© 강영호

김탁환

1968년 진해에서 태어나 서울대학교 국어국문학과와 동 대학원을 졸업했다. 장편소설 『조선 누아르, 범죄의 기원』, 『혁명, 광활한 인간 정도전』, 『뱅크』, 『밀림무정』, 『눈먼 시계공』, 『노서아 가비』, 『혜초』, 『리심, 파리의 조선 궁녀』, 『방각본 살인 사건』, 『열녀문의 비밀』, 『열하광인』, 『허균, 최후의 19일』, 『불멸의 이순신』, 『나, 황진이』, 『서러워라, 잊혀진다는 것은』, 『압록강』, 『독도 평전』, 소설집 『진해 벚꽃』, 문학비평집 『소설 중독』, 『진정성 너머의 세계』, 『한국 소설 창작 방법 연구』, 산문집 『읽어 가겠다』, 『뒤적뒤적 끼적끼적』, 『김탁환의 쉐이크』 등을 출간했다.

목격자들

2

목격자들

소설 조선왕조실록

10

조운선 침몰 사건

2

김탁환

민음사

차례

13장

의금부 참상도사 정수담과 함께 말을 달렸다. 그의 백마는 내가 탄 흑마보다 머리 하나는 컸다. 마상에서 장봉을 휘둘러 열 걸음 밖 범인의 관자놀이를 난타했다는 소문이 허풍만은 아니었다. 말과 한 몸으로 움직이는 경쾌함이 마상 무예의 달인 야뇌 백동수를 보는 듯했다. 불길이 치솟은 곳은 조창이 아니었다. 담헌 선생이 풍금을 만드는 지음당도 아니었다. 조운선들이 정박한 선소의 굴강이었다.

선직들이 나무통에 물을 채워 바삐 오갔지만, 조운선은 이미 활활 타오르고 있었다. 매운 바람살에 너울대는 불길이 바닥을 치곤 하늘로 솟구쳤다. 잠을 깬 새들이 둥지를 벗어나 허공을 날며 시끄럽게 울어 댔다. 천(天)이었다. 선풍이 광우와 함께 개조한 세 척의 조운선 중 마지막 남은

배에 불이 난 것이다. 장검을 뽑아 든 제포 만호 노치국이
선봉대를 이끌듯 소리 높여 명령했다.

"어서어서 이쪽으로 모엿! 조운선 지(地)부터 굴강 밖으
로 몰고 나가야 해. 천에서 떨어져!"

불붙은 천을 포기하고 남은 세 척의 조운선을 구하기로
한 것이다. 현명한 판단이었다. 선수에서 선미까지 불이 번
진 천으론 접근이 어려웠다. 불길이 잡힌다 해도 이미 배
의 절반이 타 버렸다. 선직들은 물통을 내려놓고 천과 가
장 가까운 지(地)로 몰려갔다. 둥근 굴강 반대쪽에 정박한
우(宇)와 영(盈)은 천이 전소하더라도 불이 옮겨 붙기엔 너
무 멀었다. 선직 하나가 돌기둥에 묶인 지의 호줄을 풀지
못해 낑낑댔다. 불똥이 거기까지 튀자 얼굴에 검댕이 앉은
선직이 엉금엉금 기었다. 노치국이 달려왔다.

"저리 비켜!"

장검을 높이 들곤 나루와 이어진 호줄을 단칼에 끊었다.
조운선 지의 갑판으로 훌쩍 뛰어올랐다.

"일단 우리도 돕지."

정수담과 나도 노치국에 뒤이어 지를 택했다. 선수 갑판
에 서니 뜨거운 기운이 얼굴로 확 밀려들었다. 갑판 아래
로 내려간 선직들이 노를 쥐곤 바다로 밀어 넣었다. 그러
나 천과 지가 가깝게 붙는 바람에 노를 저을 공간이 부족

했다.

"어서 저어랏! 지까지 잃을 순 없어. 불이 옮겨 붙는다면 네놈들 목부터 모조리 베어 주마!"

노치국이 고래고래 고함을 질러 댔지만 배는 꿈쩍도 하지 않았다.

"비키시오."

정수담이 나섰다. 장봉을 횡으로 뻗어 천의 옆판에 댄후 버티며 도움을 청했다.

"빨리!"

노치국과 내가 좌우에서 장봉을 붙잡았다. 정수담이 숫자를 헤아렸다.

"하나 둘 셋!"

우리는 동시에 장봉을 밀기 시작했다. 얼굴이 시뻘겋게 달아오를 정도로 힘을 쏟아 부었다. 불길이 장봉을 타고 삼킬 듯 넘어왔다. 노치국이 뒷걸음질을 치자 정수담이 급히 다그쳤다.

"타 죽기 싫으면 한 걸음 더 앞으로 오시오. 달려들면 살고 물러나면 다 죽소이다. 어서!"

노치국이 다시 내 곁으로 와서 섰다. 불길에 수염과 머리카락이 그을렸지만 고개만 돌릴 뿐 엉덩이나 발을 빼진 않았다. 조운선 지가 꿈틀 흔들리더니 스르르 움직였다. 손아귀 힘도 순식간에 풀렸다. 노치국이 놀람 반 기쁨 반 말했다.

"움직인다, 움직여!"

정수담이 재촉했다.

"천의 옆판이 타 버리면 끝장이오. 한 번 더!"

세 남자는 힘을 모았다. 조운선이 처음보다 두 배는 더 밀려났다. 노를 내릴 틈이 충분히 생긴 것이다. 노치국이 외쳤다.

"어서어서 저어라! 굴강 밖으로 빠져나간다."

노치국 자신도 갑판 아래로 내려가서 노 하나를 차지했다.

굴강 밖으로 나온 조운선은 낙동강 가운데 닻을 내렸다. 천은 여전히 타오르고 있었지만 뜨거운 기운이 여기까진 미치지 못했다. 여름밤에도 드물게 도깨비처럼 찾아든다는 서늘한 강바람이 흘러내린 땀을 식혔다. 어깨가 오싹 떨렸다.

상극. 단 한 번도 어울리지 못하고, 상대를 제압하여 없애야 내가 사는 관계. 불과 물이 만났다. 아무리 거대한 불도 긴 시간을 두고 보면 작은 개천 하나를 이기지 못하지만, 이 짧은 순간 선소의 불은 웅천강으로도 감당하기 어려웠다.

"개새끼들! 죽일 놈의 잡놈들!"

노치국의 욕설이 먼저 터진 다음, 피를 철철 흘리며 선직 둘이 갑판으로 도망치듯 올라왔다. 코피가 멈추질 않았고 말벌에 쏘인 것처럼 눈두덩과 볼이 순식간에 부었다. 불길로부터 조운선을 구하자마자, 노치국이 두 사내를 두들겨 패기 시작한 것이다. 갑판으로 뒤따라 나온 노치국은 분이 풀리지 않는지 검을 뽑아 들었다. 사내들은 무릎을 꿇고 양손을 모아 쥔 채 바들바들 떨었다.

"똑바로 말해. 번을 제대로 선 거야? 졸았느냐? 아니면 딴짓을 했어?"

오늘 밤 불침번인 부남이동면에서 온 최강돌(崔強乭)과 하동초동면에서 온 박왕무(朴王務)였다. 나이가 많은 최강돌이 답했다.

"아닙니다요. 졸지도 않았고 딴짓도 안 했습죠."

노치국이 최강돌의 턱을 걸어찼다. 저만치 나뒹군 최강돌을 무시하고 박왕무를 향해 다시 물었다.

"졸지도 않고 딴짓도 안 했는데, 조운선이 불길에 휩싸일 때까지 몰랐단 거냐?"

"잠시도 눈을 뗀 적이 없습니다요. 믿어 주십시오."

박왕무도 성실하게 번을 섰다고 답했다. 노치국은 발꿈치로 박왕무의 등을 내리찍었다. 그 순간 정수담이 끼어들었다.

"살살 하십시오. 이러다 병신 만들겠습니다."

노치국이 나를 보며 눈으로 물었다. 이 꺽다리는 누구요?

정수담이 스스로를 소개했다. 지를 천으로부터 떼어 놓는 일이 급해 통성명을 못한 것이다.

"의금부 참상도사 정수담입니다. 노 만호시죠?"

"그렇소만……. 의금부 도사가 한 명 더 내려온 게요?"

정수담이 대답 대신, 엎드린 채 끙끙 앓는 최강돌과 박왕무의 코앞에 쭈그리고 앉았다. 그리고 좋은 말로 물었다.

"번을 어찌 섰는지 자세히 설명해 보게."

최강돌은 정수담의 오른손에 들린 장봉을 올려다보며 답했다.

"늘 하던 대롭지요. 한 시간을 둘로 쪼개어, 전반부엔 네 척의 조운선이 모두 잘 보이는 초막에 머물며 지켜봤습니다. 후반부는 배 가까이 가서 한 척씩 살폈습죠."

"천, 지, 우, 영 이렇게 살피고, 돌아서서 영, 우, 지, 천 이렇게 살폈겠군?"

최강돌과 박왕무가 동시에 답했다.

"맞습니다요."

"배에 올라가진 않고?"

"이상한 조짐이 있으면 승선하지만, 간밤엔 정말 잠잠했습죠."

"언제 처음 배에 불이 붙었다는 걸 알았나?"

박왕무가 기억을 더듬었다.

"우리가 영까지 간 후 잠시 쉴 때였습니다요. 갑자기 쾅 소리와 함께 천에서 불길이 치솟았습니다요."

"쾅! 소리가 났다고?"

"네."

"얼마나 컸는가?"

"귀청이 떨어져 나갈 정도였습죠."

노치국이 짜증을 냈다.

"글쎄 그게 어느 정도였냐니까?"

최강돌이 겁먹은 얼굴로 고쳐 답했다.

"지자총통 아니 현자총통을 쏠 때 나는 소리만큼 컸습니다요."

정수담이 나와 눈을 맞췄다. 총통 소리에 비길 정도라면 폭음이 분명했다. 정수담이 계속 물었다.

"그래서 곧장 천으로 달려갔어?"

최강돌이 말꼬리를 붙들었다.

"달려갔다가…… 배가 불길에 휩싸인 걸 확인하곤 선소창(船所倉) 옆 우물로 뛰면서 꽹과리를 쳐 댔습죠."

"꽹과리?"

노치국이 답했다.

"번을 서다가 시급한 문제가 생기면 꽹과리를 치도록 정해 두었소. 선소창에 딸린 초가에서 눈을 붙이는 선직들을 깨우기 위함이오. 나도 그 소리에 놀라 나와 보니 벌써 천이 활활 타오르고 있었다오. 갑판에 올라갈 엄두도 못 낼 정도였소."

정수담은 고개를 끄덕인 후 두 선직의 무릎 앞에 장봉을 내려놓았다. 선직들은 장봉의 길이와 두께에 더욱 겁을 먹었다. 한 방만 제대로 맞아도 이승을 하직할 것이다. 정수담이 어깨에 손을 얹곤 당겼다. 콧김이 그들의 뺨에 닿을 만큼 가까웠다.

"지금부턴 기억을 더 확실히 해야 할 거야. 아니면 너희 둘도 공범으로 목이 잘릴 테니까."

목이 잘린다는 말에 두 사람은 벌벌 떨었다.

"우물까진 몇 보나 되지?"

"70보를 넘지 않습니다요."

"그럼 갔다 오는 데 140보 정도로군. 빈 통에 물을 채우는 시간은 따로 들 테고. 둘이 교대로 움직였나? 아니면 함께 우물로 갔었나?"

최강돌은 기억이 잘 나지 않는지 박왕무를 쳐다보았다. 박왕무가 답했다.

"함께 갔었던 것 같습니다. 강돌이 형이 앞서 달리고 제가 뒤따랐지요."

"선직들이 뛰쳐나오기 전이겠군."

"꽹과리 소릴 듣고 곧 한꺼번에 나와서 불을 끄려……."

정수담이 째리자 박왕무가 말끝을 흐렸다.

"자, 차근차근 보자고. 너희는 우물로 달려가고 잠든 선직들이 꽹과리 소리에 놀라 달려 나오기 전, 그사이엔 조운선 천을 살핀 이가 없었겠군. 맞나?"

최강돌이 조심스레 답했다.

"배는 불에 타고 있었습죠."

"알아, 그건! 하지만 아직 선수에서 선미까지 전부 타 버린 건 아니지. 그 틈에 누군가 천에서 내려 달아났다면?"

"그 사람이 누굽니까?"

박왕무가 홀린 듯 따라 물었다. 정수담이 한심하다는 듯 되물었다.

"누구겠나? 조운선에 불을 지른 방화범이지."

심문은 거기서 끝났다. 노치국은 우리와 이야기를 더 나누고 싶은 눈치였지만, 정수담은 급히 처결할 일이 남았다며 먼저 하선하겠다고 했다.

나룻배로 옮겨 타고 나왔다. 천의 불길은 그사이 많이 줄었다. 태울 걸 다 태우고 스스로 숨을 낮추는 중이랄까.

바람에 이리저리 날리는 검은 재들이, 남아 있는 성난 기운을 덮었다. 나룻배에서 내린 정수담과 나는 잠시 시커먼 조운선 앞에, 사랑하는 이와 이별하는 사람처럼 섰다. 세곡 1000석을 싣고 강과 바다를 누비던 조운선의 위용은 사라지고, 고통과 상처만 숯덩이와 재에 실려 적나라했다.

"선풍과 광우 부자 짓이라고 믿는 겁니까?"

"제대로 우릴 엿 먹인 걸세. 증거 인멸이지. 생각보다 훨씬 대담한 놈들이야. 쫓기면서도 신속하게 조운선을 불태울 만큼."

"방화 위에 다른 가능성은 없습니까?"

"완전 전소 후 불이 시작된 지점을 찾고 원인을 따져 봐야 하겠지만, 저 큰 조운선이 실수로 우연히 타 버렸다고 믿는 건 아니지? 선직들이 가끔 몰래 선상이나 배 주위에서 담배를 피우긴 해. 하지만 제포 만호 노치국까지 머무르는 밤인데, 선직들이 허튼짓을 할 리 없지. 무엇보다도 쾅! 하는 굉음은 두 선직뿐만 아니라 노치국을 비롯한 잠자던 선직들까지 다 들었어."

"폭음이겠지요?"

"그렇다고 보네. 짧은 시간에 배를 태워 없애려면 그 방법이 제일이지. 기름을 잔뜩 배에 뿌린 뒤 화약을 사용했을 걸세. 잘못하면 터뜨린 이도 위험하지만 화약에 익숙한 놈이야. 배만 태우고 감쪽같이 달아났으니까. 이제 선풍이 조운선을 불법 증축했단 물증을 후조창에서 잡긴 글렀군. 내 실수일세. 놈을 너무 쉽게 생각했어. 하지만 꼬리를 감추고 숨기엔 저들의 덩치가 너무 커졌다네."

"이젠 어디로 갈 건지요?"

노치국에게 급한 용무 운운한 것은 핑계였을까. 정수담의 입에서 뜻밖의 이름이 튀어나왔다.

"진향이란 여인을 혹시 아는가?"

"진향이라면, 동율림의 퇴기 말입니까?"

"아는군. 그미를 붙잡으러 가세."

머리가 복잡하게 돌아갔다. 선풍과 광우 그리고 진향이라!

"진향은 어찌 엮여 있는지요?"

"선풍의 오른팔일세. 무리의 돈 관리를 도맡았으며 비밀 회합의 준비를 책임졌다고 하네. 북삼도에 흉년이 잇달아 궁핍해졌을 때, 협선 여러 척에 쌀을 가득 실어 직접 북방의 무리에 전달한 이도 진향이었다는군. 선풍과 광우의 도피 자금과 경로도 그미가 알 걸세. 어쩌면 그미가 다 짰을 수도 있고. 사내를 움직이는 건 자고로 계집이라네."

진향이 『정감록』 무리였단 말인가. 담헌 선생은 이 사실을 알고 계셨을까. 진향이 선풍을 도와 불온한 무리를 이끌었다면, 주혜와 옥화는? 옥화가 광우를 내게 소개한 부분이 마음에 걸렸다. 친오누이와 같은 사이라고 하지 않았던가. 그러나 진향은 이미 이 세상 사람이 아니다. 한 발 늦었음을 밝히지 않고 더 짚어 봤다.

"그토록 대단한 여잡니까?"

"어쩌면 이 나라에서 가장 위험한 여인이라네."

"가장 위험하다?"

"『정감록』 무리 중에서 왕실 가까이 간 여인이기 때문이지. 상상을 한번 해 보게. 그미가 전하를 노려 흉기를 휘두른다거나 혹은 탑전에 궁궐에 폭탄이라도 설치하면 어떤 일이 벌어지겠는가?"

점점 더 받아들이기 어려웠다.

"자세히 설명해 주십시오. 아무나 함부로 궁궐 출입을 할 순 없지 않습니까?"

"진향이 바로 유란이라네, 오유란(吳流蘭)! 이름을 바꾸고 밀양에 숨어 살았던 걸세."

"오유란이라면? 20년 넘게 붙잡지 못한 궁중 무희 아닙니까?"

"맞네. 그 오유란일세."

해마다 체포하지 못한 중죄인의 명단이 의금부 도사들에게 나눠졌다. 수배령이 떨어진 순서대로 이름과 죄명이 적혔다. 내가 의금부에 들어온 뒤 명단의 첫 이름은 바뀐 적이 없다. 오유란. 죄명은 동궁전 귀중품 절도였다. 기묘년(1759년) 3월 29일 밤, 사도세자가 머무르던 동궁에서 패물과 보검을 훔쳐 달아난 죄였다. 패물은 훔칠 만하다고 쳐도 보검엔 자꾸 눈이 갔다. 여자의 몸으로 왜 하필 무거운 보검을 가져갔을까. 언젠가 이순구에게 물었더니 엉뚱한 대답이 날아왔다.

"악공과 무희는 장악원 소속이지. 한데 오유란은 동궁전 나인으로 2년 가까이 머물렀어. 춤도 동궁전에서만 췄다고. 이게 뭘 뜻하겠어? 세자 저하의 은혜를 입은 거야."

"저하께서 어찌 장악원 무희를 건드린단 말입니까?"

"모르는 소리 말게. 참방 나인이었던 빙애(氷愛)도 후궁으로 들이셨어. 오유란으로선 마다할 이유가 없지. 힘들게 춤 연습을 하지 않고 편히 동궁전에서 지내게 되었으니까. 기껏해야 저하가 갈아입을 옷이나 챙기면서 말이야. 그런데 사라진 거야. 패물이 도난당했다고 하지만, 그 정도는 세자 저하가 챙겨 줬다고 봐야 하지 않을까 싶어. 문제는 보검인데……. 세자 저하가 유난히 검을 아꼈고 또 조선뿐만 아니라 청나라까지 사람을 보내 명검을 모았다는 걸 알고 있나? 동궁전 후원의 지하 밀실엔 수십 개의 보검들이 빽빽하게 걸려 있었다는 소문도 있다고. 그중에서 저하가 가장 아끼는, 손잡이에 청룡과 백호를 함께 새긴 보검이 오유란과 함께 사라진 거야. 그 후론 오유란도 보검도 다시 나타난 적이 없지. 이미 사람은 죽었고 보검은 국외로 빼돌려졌다는 이야기도 있긴 해."

해마다 오유란이라며 스무 명도 넘는 여인이 붙잡혔다. 그러나 모두 오유란이 아니었다. 그런데 정수담이 진향을 오유란으로 지목한 것이다.

"헛다리 짚는 것 아닙니까? 물증이 있습니까?"

"있네."

"무엇입니까?"

"오유란은 검무에 탁월한 재주가 있었다네. 장악원 제일이었지⋯⋯."

말허리를 잘랐다.

"잠깐만요. 진향은 시기(詩妓)이지 무기(舞妓)가 아닙니다. 밀양이 검무로 유명한 고을이지만, 진향은 단 한 번도 춤을 춘 적이 없습니다."

그러면서도 마음 한구석이 불편했다. 춤을 추진 않았으나 주혜와 옥화에게 몰래 춤을 가르쳤다. 진향은 춤을 추지 못하는 것이 아니라 추지 않았을지도 모른다.

"오유란은 대대로 내려오던 검무를 멋지게 출 뿐 아니라 새로운 검무를 만들 만큼 재주가 뛰어났다는군. 오유란이 동궁전에서 만들기 시작한 검무를 진향이 얼마 전 완성했다는 밀고가 들어왔으이."

"밀고자가 누굽니까?"

정수담이 즉답을 피하고 되물었다.

"차차 알려 줌세. 한데 왜 이리 꼬치꼬치 캐묻는 것인가? 진향에게 무슨 문제라도 생겼나?"

의금부 도사답게 눈치 하나는 놀랍도록 재빨랐다. 최대한 덤덤하게 답했다.

"죽었습니다."

"뭐?"

정수담이 바짝 얼굴을 들이댔다.

"가슴 병이 깊어, 앓나가 갔습니다. 오늘 새벽에 화장을 한다던데, 벌써 끝냈을지도 모르겠습니다."

왜 진작 그것부터 말하지 않았느냐고 다그칠 수도 있지만, 정수담은 화를 꾹 눌러 참으며 물었다.

"외동딸이 있다며?"

"주혜 말입니까?"

"그래. 그미는 별문제 없어?"

"삼일장을 치르느라 지쳐 있겠지요. 그 밖엔……."

"따르게."

정수담이 서둘러 말을 타기 위해 뛰었다. 뒤따르며 물

었다.

"주혜도 연루되었습니까?"

"당연하지. 오유란이 죽었다면, 그미가 관리하던 그 많은 재물이 누구에게 갔겠나? 믿을 사람은 피붙이뿐이라고. 주혜부터 당장 붙잡아야 해. 가세."

14장

처음에 박자를 늦게 타면 노래가 끝날 때까지 밀리는 법이다.

예림에서 선풍과 광우를 놓치고 선소 굴강에서 조운신천이 불타는 것을 목격한 후 동율림에 도착하니, 발인은 물론 화장까지 끝나 있었다. 화장을 주재한 보어사 주지 승암은 사찰로 돌아갔고, 주혜와 옥화 그리고 김진은 진향의 뼛가루를 뿌리기 위해 소선을 타고 웅천강으로 나가 버린 뒤였다. 상가에는 담헌 선생만이 남아 진향이 아끼던 가야금이며 시집들을 정리하고 있었다. 문상객을 위한 음식을 장만하느라 사흘 내내 연기를 피워 올리던 부엌 굴뚝도 오늘은 잠잠했다. 개들이 거적을 걷어 낸 마당으로 킁킁 땅에 코를 박으며 걷다가 멈췄다. 그 마당에 주혜가 없음을 파악한 정수담은 곧장 응천강으로 가려 했다. 나는 안방을 흘끔 보며 권했다.

"잠시 독운어사께 인사라도 드리고 가시지요."

"한시가 급하네. 인사는 천천히 해도 늦지 않아."

그때 마침 선생이 방문을 열고 마당으로 나왔다. 손엔 서책이 몇 권 들려 있었다. 내가 소개했다.

"정수담이라고, 의금부 도사 중 선임입니다."

정수담이 마지못해 읍을 했다. 선생이 느리지도 빠르지도 않은 말투로 물었다.

"보좌할 사람이 더 필요하다고 청한 적이 없는데, 밀양엔 어인 일이오?"

정수담이 차갑게 답했다.

"독운어사를 도우려고 온 게 아닙니다. 『정감록』 무리를 붙잡으러 왔습니다."

정감록, 세 글자에 선생도 긴장했다. 피를 부르는 단어였던 것이다.

"『정감록』 무리라……. 누가 그 무리에 속한단 말이오?"

"밀양에만 100여 명을 헤아립니다. 그중 으뜸은 도목수 선풍이고, 그다음은 퇴기 진향입니다. 혹시 『정감록』에 관한 이야길 밀양에서 들은 적이 있으십니까?"

진향의 이름을 듣고도 선생의 표정은 크게 달라지지 않

았다. 이런 날이 오리라 미리 짐작한 것처럼 담담했다.

"없소. 이 도사도 지난봄에 다녀갔지만, 밀양을 비롯한 이 근처 고을은 고요하고 평화롭다오. 흉측한 무리의 기미는 전혀 없소이다."

"이 집 주인 진향과는 어찌 아는 사인가요?"

어명을 받들고 밀양에 온 독운어사가 죽은 퇴기의 집에서 유품을 챙기는 것 자체가 평범한 일은 아니다.

"'허허실실회'라고, 천문 지리에 관심이 많은 이들과 모임을 가져 왔소. 밀양부사 박차홍이 동율림에 편히 이야기를 나눌 곳이 있다 하여 왔더니 진향의 기방이었소. 시(詩)에 남다른 재주를 보여 벗으로 두고 우정을 나누게 되었다오."

정수담의 질문이 죽은 자에서 산 자로 옮겨 갔다.

"진향의 딸 주혜를 아십니까?"

"알다마다. 문하로 받았소."

"제자란 말입니까? 퇴기의 딸도 제자로 받습니까?"

"백정의 딸이라고 해도 힘써 배우려는 뜻이 있으면 제자로 받소이다."

정수담은 의심의 눈빛을 거두지 않았다. 독운어사만 아니라면 오랏줄을 꺼내 손부터 묶었을 것이다. 진향의 친구이자 주혜의 스승, 가족을 제외하고 이보다 더 모녀와 가까운 이가 있을까. 그러나 지금은 선생과 모녀의 기연을 시시콜콜 따질 상황이 아니었다. 진향이 죽어 화장되었으니 주혜라도 따라가서 잡아야 했다.

"하여튼 지금은 이만 나가 보겠습니다."

선생의 시선이 내게 옮겨 왔다. 어디로 가려 하느냐고 미간을 찡그리며 묻는 것이다. 나는 선생도 알아야 할 부분만 정리해서 밝혔다.

"선소에서 불이 나 조운선 천이 전소되었습니다. 도목수인 선풍이 조운선 천과 현과 황을 개조하였는데, 불법 증축을 의심할 부분이 있습니다. 지난봄 침몰한 다섯 곳의 조운선도 선풍이 모두 수선에 관여하였다는군요. 더 자세한 건 다녀와서 설명드리겠습니다. 제포 만호가 뒷수습을 하고 있지만 선소를 둘러보시는 게 좋을 듯합니다. 저는 정 참상과 함께 주혜 낭자를 만나러 가야 하겠습니다. 『정감록』 무리와 관련하여 확인할 것이 있다고 합니다."

"알겠네. 내가 따로 살펴보겠네. 지음당에 있을 테니 다녀오게."

그리고 정수담에게 물었다.

"혹시 당시(唐詩)를 즐기시오?"

"시는 즐겨 읽지 않습니다만."

"진향은 매일 아침 당시를 베끼며 시간을 보냈다오. 두

보의 시 100수를 가려 옮긴 서책이 바로 이것이라오. 세상 살이의 신산(辛酸)함이 가득한 작품들만 모아 두었소. 두보의 시절과 우리의 시절이 다르지 않은 것도 같소. 한 번 읽어 보겠소?"

"공무 중엔 잡서(雜書)를 읽지 않습니다. 범인을 잡는 데 시는 전혀 도움이 되지 않으니까요."

잡서, 두 글자에 서책을 쥔 선생의 손이 떨렸다. 나는 선생의 다음 이야기를 기다렸다. 꺼내기 힘든 말을 꼭 해야만 할 때, 선생은 가장 먼 지점에서부터 제자리걸음을 하듯 질문을 던졌다. 정수담이 곧 나갈 기세였기에 선생도 더는 여유를 부리지 못하고 속마음을 내비쳤다.

"혹시 주혜를 붙잡아 심문하게 되면 혹독하게 다루진 말아 주오. 죄가 있다면 벌을 받는 것이 마땅하겠지만, 바로 오늘 어미의 장례를 마친 아이라오. 몸과 마음이 많이 지쳐 있을 게요."

정수담은 머뭇거리지 않았다.

"알겠습니다. 순순히 자백만 한다면 머리카락 하나도 다치지 않을 겁니다. 하지만 많은 죄인들이 이실직고하지 않아서 스스로 매를 벌곤 하지요."

정수담과 나는 웅천강 강줄기를 따라 남쪽으로 내달렸다. 북쪽으로 향하는 뭉게구름 탓에 마편(馬鞭, 말채찍)을 휘둘러도 속도가 붙지 않았다. 진향은 응천강에 뼈를 뿌려 달라고만 했지 정확한 장소를 정하진 않았다. 강을 오르내리며 물고기를 잡거나 사람을 실어 나르는 작은 배들이 보일 때마다 말을 세우고 일일이 확인했다. 남쪽으로 흐르던 강물이 읍성을 따라 서쪽으로 곡선을 그렸다. 용두산 옆을 지나면서는 아예 동에서 서로 평평하게 흘러갔다. 읍성 위 우뚝한 영남루가 보였고 맞은편으론 남율림이 펼쳐졌다. 모이를 찾는 새들이 저마다의 울음과 날갯짓으로 강을 건너고 강에 내리고 강에서 날아올랐다. 평화로웠다. 새들이 시끄럽고 분주할수록 기이하게도 강물이 더 느리게 흐르는 기분이 들었다. 어떤 순간엔 아예 강이 흐르지 않는 것이 아닐까 싶어 나뭇가지를 던져 보기도 했다. 수면에 잠겼다가 나타나기를 반복하며 떠내려가는 나뭇가지를 보면서 문득 서운했다. 이대로 시간이 멈춰도 아쉬울 것 없는 풍광이었다.

무성한 밤나무 숲 아래 정자에 아침부터 한 사내가 누워 있었다. 가까이 다가갈수록 낯이 익었다. 말을 멈추고 내려 사내를 살폈다. 놀랍게도 김진이었다.

"화광! 일어나게. 왜 여기 있나?"

김진이 눈을 비비고 몸을 일으켜 앉기도 전에, 따라 내린 정수담이 정자로 뛰어올라 따지고 들었다.

"주혜는 어디 있어?"

김진이 즉답 대신 부채를 명치에 세워 올리곤 양손을 포개 쥐었다. 정수담이 먹살을 잡거나 주먹이라도 내지르면 단숨에 손목을 내리칠 준비를 한 것이다. 괜한 다툼을 막고 싶었다.

"의금부 참상이시라네."

잠이 덜 깬 사람처럼 엉뚱한 소릴 해 댔다.

"자네랑 친한 이 참상은 살해당했다고 하지 않았어? 이제 믿고 의지할 참상은 의금부에 없다고도 했고……."

정수담이 참지 못하고 김진의 어깨를 그러쥐었다.

"주혜가 어디 있느냐고 물었다."

김진이 어깨에 힘을 잔뜩 실어 버티며 턱을 들고 성수담을 노렸다. 부채를 휘두르진 않았다. 목소리를 깔고 느리게 답했다.

"김진이라고 합니다. 독운어사를 보좌하고 있지요. 용두산이 보일 즈음 진향의 뼈를 뿌렸습니다. 슬픔이 차올라서, 한꺼번에 흩진 못하고, 뿌리다가 울고 뿌리다가 울기를 반복했지요. 남율림에 닿을 즈음에야 겨우 뼈를 담은 유골함을 다 비웠습니다. 그리고 저를 이곳에 내려 줬습니다. 주혜와 옥화, 두 낭자는 배를 타고 잠시 더 흘러가고 싶다 하더군요. 어머니의 뼈가 흩어진 웅천강이 낙동강과 만나는 지점까진 가 보고 오겠다고 하였습니다. 마지막 배웅이겠지요. 소선이 점점 멀어졌습니다. 마침내 눈앞에서 사라지자 갑자기 졸음이 밀려들었습니다. 사람이 참 나약하다는 게 눈꺼풀의 무거움 하나 이기지 못한단 겁니다. 그래서 잠시 눈을 붙이기로 했습니다. 상가에서 밤을 꼬박 새웠으니까요."

"응천강과 낙동강이 만나는 곳이 어디오?"

"삼랑진 윗마을 오우정 부근입니다. 후조창이 있는 곳이기도 하고요."

정수단은 단숨에 정자를 내려가서 다시 말에 올랐다. 뒤따르려는 내 손목을 김진이 잡았다.

"어딜 가려고?"

낯선 물음이었다.

"정 참상은 밀양이 처음이라네. 내가 오우정까진 같이 가야……."

김진이 고쳐 물었다.

"길라잡이 말고. 자네가 무엇 때문에 밀양에 왔는지를 잊지 말라는 거네. 정 참상을 도와 주혜 낭자를 붙잡으려고 왔는가?"

"아닐세. 하지만 민심을 어지럽히고 난을 획책하는 무리를 잡아들이는 건 의금부 도사가 항상 해야 하는 일이라네."

"그 무리부터 먼저 잡고, 조운선과 소선 침몰에 대한 조사는 다음으로 미루겠단 말인가?"

"그런 뜻이 아니라네. 전하의 밀명을 내 어찌 미뤄 두겠는가?"

"둘이 충돌한다면 어디로 갈 텐가?"

"충돌한다고?"

담헌 선생과 정수담의 얼굴이 번갈아 떠올랐다. 『정감록』 무리를 잡아들이는 일과 조운선 침몰 사건을 조사하는 일은 선택의 문제가 아니다. 둘 다 의금부 도사가 맡아야 할 사건이다. 물론 사건의 경중을 따져 선후를 정하는 것은 중요하다. 지금까지 『정감록』 무리를 쫓는 일은 정수담이 전담하다시피 천착해 왔다. 내가 밀양에 온 까닭은 조운선과 소선 침몰 사건을 재조사하기 위함이다. 하지만 동떨어진 것처럼 보이던 두 사건이 섞여 드는 판국이 아닌가.

"지금 당장 답하란 건 아닐세. 의금부에서 도사로 함께 근무한다 하여 정수담의 이런저런 부탁을 계속 들어주다가 보면, 어느새 자넨 정수담의 수족으로 움직일지도 몰라. 그 꼴만은 막고 싶으이. 가 보게."

지나친 걱정으로 들렸다. 도사들끼리 이 정도 배려는 관례다. 오늘 하루 정수담을 돕는다 해도, 담헌 선생이나 김진보단 조운선과 소선에 관한 조사를 내가 훨씬 많이 했다.

"다녀와서 논의하세. 나도 화광 자네에게 물을 것이 많다네. 어디로 갈 텐가?"

"담헌 선생 곁에 있겠네. 독운어사를 보좌하는 게 내 책무니까."

"알겠네."

그것은 나의 책무이기도 했다. 급히 말을 몰아 정수담을 따랐다. 오우정과 후조창 그리고 불이 났던 선소까지 두루 돌아보았지만 주혜와 옥화는 보이지 않았다. 말머리를 돌렸다. 웅천강이 아니라 낙동강을 거슬러 올라갔다. 낙동강은 강원도에서 발원하여 경상도 전체를 두루 돌아 남해로 흘렀다. 고을마다 자랑하는 천(川)과 강(江)이 있지만, 웅장함과 도도함에선 낙동강을 따라갈 강이 없었다. 심장에서 발끝까지 멈추지 않고 이어진 핏줄기가 이와 같을까. 길이로는 압록강이 으뜸이지만 낙동강이 더 길다는 느낌을 받았다. 압록강은 그 자체로 국경이었다. 사무역(私貿易)을 엄금하기에 장졸들이 경계하며 지켰다. 법으로 정한 나루가 아니고는 강을 오가는 것도 자유롭지 못했다. 그러나 낙동강은 물줄기에 몸만 맡기면 어디든 내릴 수 있었고 누구든 만날 수 있었다. 평안도 백성이 압록강의 아름다움을 절반도 채 누리지 못한다면, 경상도 백성은 낙동강의 탁월함을 두 배 세 배 만끽했던 것이다.

손가진(孫哥津)에 이르러서야 겨우 그미들을 태웠던 배를 찾아냈다. 사공은 배에서 내린 주혜와 옥화가 흥복사(興福寺) 가는 길을 묻고는 북쪽으로 사라졌다고 했다.

"새벽에 화장을 주재한 승려가 어디서 왔다 했지?"

"보어사입니다. 죽은 진향이 그 절의 주지 승암과 교분이 두터웠다고 하더군요. 시를 즐기는 승려라고 합니다."

"『정감록』무리엔 꼭 그런 땡추가 한둘씩 끼게 마련이지. 한데 보어사가 아니라 흥복사 가는 길을 왜 물었을까? 아무래도 우릴 따돌리려는 수작 같아."

나도 비슷한 의심을 품었다.

"돌아가시겠습니까?"

"아니야. 속는 셈 치고 흥복사까진 가 보도록 하지."

땡볕에 오르막길을 헉헉대며 올랐다. 나무가 거의 없는 민둥산이었다. 뿌리를 드러낸 채 썩어 가는 고목 사이로 토끼들의 놀란 눈이 나타났다가 사라졌다. 강의 여름과 산의 여름은 달랐다. 밤나무 숲의 여름과 숲이 사라진 산비탈의 여름은 더더욱 달랐다. 계곡에서 물을 챙겨 담지 않은 것이 내내 후회스러웠다. 샘이었던 자리엔 푸석푸석 흙먼지만 날렸다. 정수담은 장봉을 지팡이 삼아 껑충껑충 잘도 비탈을 탔다. 나는 고목에서 떼어 낸 작대기에 의지했다가 그마저 부러져 언덕을 구르기까지 했다. 팔꿈치와 무릎의 생채기로 끝난 것이 다행이었다.

겨우 흥복사에 도착하자마자 시원한 물부터 두 바가지 마셨다. 주지 섭천(涉川)은 어제 오늘 흥복사를 찾아온 이가 없다고 했다. 주혜와 옥화라는 이름도 처음 듣는다는 것이다. 역시 함정이었다. 정수담은 분통을 터뜨렸지만 더 이상 그미들을 추격할 단서가 없었다.

해가 지기 시작했다. 민둥산을 오르는 것으로 하루를 날리다니 허무했다. 산속의 저녁은 빨랐다. 어둠이 능선을 타고 올리오며 바위와 풀들을 삼키기 시작했다. 정수담은 하산하지 않고 서쪽 하늘이 훤히 보이는 대웅전 마당에서 노을을 바라보며 섰다. 마음을 달래는 중이었다. 범인을 뒤쫓다 보면, 온종일 돌아다녀도 소득이 없는 날이 더 많았다. 그럴 땐 혼자 마음을 다독여야 한다. 의금부 도사의 운명이었다. 나는 조용히 곁에 서서 기다렸다가 물었다.

"무리에 속한 또 다른 사람 중 파악된 이가 있습니까?"

"100여 명이라고 했네만, 이름이 나온 건 선풍과 진향 둘뿐이라네. 놈들은 가명을 쓰고 점을 찍듯 둘 혹은 셋씩 은밀히 만날 뿐이야. 자기를 끌어들인 한 사람만 알고, 윗선이 누군지는 그들도 정확히 모르지."

"낭패로군요. 선풍은 아들 광우와 함께 달아났고, 진향은 죽었으며, 그 딸 주혜도 옥화와 함께 사라졌으니까요."

"내가 좀 더 근방을 수소문하겠네. 자넨 밀양 관아로 돌아가도록 해."

"혼자, 괜찮으시겠습니까? 내일 새벽까진 동행해도 됩니다."

"아니야. 충분히 고마우이. 독운어사를 보좌해야 하지 않는가? 그동안 자네가 이 참상하고만 친하게 지내 말을 섞을 기회가 없었는데, 오늘 이렇게라도 함께 다니고 보니, 의외로 손발이 맞는단 생각이 드는군."

"저도 그렇습니다."

덕담을 덕담으로 받았다. 진심도 담겼다. 정수담의 수족이 되지 말라는 김진의 경고가 스쳤다.

"처녀들이 달아나 봤자 어디로 가겠는가? 꼬리가 곧 잡힐 걸세. 그땐 다시 도움을 청해도 되겠지?"

"물론입니다. 연락만 하십시오. 곧장 달려가지요."

김진의 충고가 틀린 말은 아니지만, 의금부 도사끼린 각별한 마음이 또 있었다. 의리라고 불러도 좋으리라. 목숨을 걸고 흉악범을 쫓는 사내들의 우정이었다.

정수담과 헤어져 흥복사를 내려왔다. 올라갈 땐 나무 그늘이 없어 애를 먹었는데, 횃불 하나에 의지하여 하산할 땐 앞이 트이고 무릎이나 발목에 걸리는 것이 없어 오히려 편했다. 일희일비 말라는 담헌 선생의 충고가 새삼 떠올랐다.

어둠이 깔린 낙동강을 따라 질주했다. 강은 넓고 고요했으며 말발굽 소리만 빠르고 요란했다. 주혜와 옥화가 사라졌다. 그미들끼리 꾀를 부려 추격을 피한 것이 아니다. 함정인 줄 알면서도 그곳에 가도록 만드는 짓을 멋지게 꾸밀 줄 아는 친구의 얼굴이 떠올랐다. 김진에게 또한 담헌 선생에게 쌓인 불만을 쏟아 낼 작정이었다.

윗마을 지음당으로 곧장 갔다. 내일 아침부터 풍금을 다시 만들기로 한 탓에 나무를 두드리거나 자르는 소리가 들리지 않았다. 문이 굳게 잠겨 있었다. 힘을 줘서 열려고 했지만 꿈쩍도 하지 않았다. 조짐이 이상했다. 선생이 이 허름한 창고를 지음당으로 명명한 뒤 문을 잠근 적은 없었다. 혹시 『정감록』 무리가 덮치기라도 했는가. 급한 마음에 문을 두드렸다. 쿵 쿵쿵!

철각 소리가 들렸다. 옆 걸음으로 벽에 붙어 장검을 뽑아 들었다. 문이 조심조심 열리고 사내의 목이 삐죽 나왔다. 장검을 쥔 내 손에 힘이 들어갔다. 고개를 돌린 사내와 눈이 마주쳤다. 김진이었다.

"휴우, 자네였군."

나도 모르게 한숨이 흘렀다. 김진은 내가 치켜든 장검의 푸른 칼날을 지나 어둠을 노려보았다. 정 참상의 그림자라도 찾는 걸까. 나는 속히 검을 내린 후 남 탓부터 했다.

"문은 왜 걸어 잠갔어? 잡인이라도 침입했는지 걱정하게 말이야."

"잡인?"

"조운선에 불을 지른 놈들이 왔나 했지."

"그놈들이 왜? 불을 지른 건 우리에게 와서 보란 뜻이야. 너무 깊이 파헤치려 들지 말고 적당히 얼버무린 뒤 돌아가란 경고이기도 하고. 우릴 노리려고 했다면 목수들이 수시로 오가는 지음당을 택할까?"

"선소 굴강도 은밀한 장소는 아니었네."

"그건 그래."

지음당으로 들어서니 담헌 선생이 의자에 앉은 채 왼손을 들고 흔들었다. 오른손엔 앙증맞은, 오동나무로 만든 배 모형을 쥐었다. 지금까지의 지음당과는 분위기가 달랐다. 일을 돕던 목수들이 없어서이기도 하지만, 선생 옆에 놓인 직사각형 나무 상자 때문이었다. 어른 한 사람은 족히 들어가 누울 만한 상자엔 물이 가득 담겼다. 악기를 만드는 지음당과는 어울리지 않았다. 악기와 물은 상극인지라, 선생은 잔에 담긴 물도 지음당에 들이지 말라 했다. 그 옆 탁자엔 나무배 모형이 열 개나 더 놓였다.

"어서 오게. 화광이 자정을 넘기지 않을 거라더니 과연 시간을 맞췄군그래."

김진이 이어 물었다.

"주혜 낭자와 옥화 낭자는?"

"못 찾았네. 손가진을 거쳐 흥복사까지 다녀왔네만."

"정 참상은?"

"두 낭자를 좀 더 찾아보겠노라고 하더군. 그런데 이게 다 뭔가?"

"후조창 조운선 모형 배라네. 자네가 오면 시작하려고 기다렸으이."

나무배 하나를 집어 들고 살폈다. 배의 모양은 물론이고 돛의 숫자나 닻의 위치까지 조운선과 똑같았다. 더욱 놀라운 부분은 갑판 밑 그러니까 배 안이었다. 중앙 갑판을 엄지와 검지로 떼어 내자 세곡을 채우는 칸이 나왔다. 배를 삼등분하는 나무판 둘을 끼운 것은 물론이고, 식수와 음식 재료를 두는 선수와 조군들의 소지품과 잠시 눈을 붙일 수 있도록 베개와 이불을 넣어 두는 선미까지 똑같이 만들었다.

"언제 이런 걸 다 준비했는가?"

"내가 만든 게 아닐세."

김진이 아니라면 담헌 선생의 솜씨란 말인가. 선생이 내 눈길을 피하지 않고 배를 들어 좌우로 돌리며 물었다.

"비슷하지?"

"비슷한 게 아니라 똑같습니다. 풍금을 만드시느라 바쁘신 줄 알았는데요."

"4월 5일 침몰한 조운선에 관해 여러 문서를 읽었다네. 쌓아 놓으면 내 키보다도 높을 걸세. 한데 아무리 읽어도 안개 자욱한 숲을 걷는 듯 흐릿하더군. 우리 세 사람 다 배에 관해 문외한이긴 마찬가지겠지? 그동안 올라 본 배라야 나룻배가 고작이니까. 백성 중에 조운선을 한 번이라도 탄 이가 몇이나 되겠는가? 조운선부터 낱낱이 정확하게 알아야겠다는 생각이 들더군. 그래서 선소를 오가며 처음엔 그림을 그렸네."

김진이 탁자 아래에서 수첩 하나를 꺼내 내밀었다. 첫 장부터 마지막 장까지 배에 관한 그림이 마흔 장이었다. 전체와 부분, 측면도와 정면도, 새의 시선으로 하늘에서 내려다본 그림과 물고기의 시선으로 수중에서 올려다본 그림까지 다양했다. 사실에 바탕을 두되 눈에 보이지 않는 부분에 대해선 엄밀한 상상을 더한 것이다. 초서로 휘갈긴 글자 몇 개와 숫자들이 그림의 일부처럼 들어 있었다.

"눈에 보이는 대로 급히 옮겨 담았다네."

"밀양 관아에 조운선을 포함한 선도(船圖)가 있지 않습니까?"

"그것만으론 부족해. 침몰한 현과 황은 도목수 선풍의
주도로 여러 차례 수선한 배라네. 선도는 어디까지나 기
준일 뿐이지. 그런데 배를 이리저리 그려 봐도, 바람이 없
고 파도도 세지 않은 등산진 앞바다에서 조운선이 어떤 식
으로 침몰했는지 상상이 안 되더라고. 그래서 이렇게 모형
배를 만들어 봤네. 어떠한가?"

"형암 형님이 벌집을 녹인 밀랍으로 만든 매화를 본 적
이 있습니다만, 그보다도 오히려 솜씨가 뛰어나십니다."

"과찬일세. 화광이 연경에서 구해 준 칼과 나무망치와
끌 덕분이라네."

김진이 자세를 낮췄다.

"저도 그 공구들을 지녔지만, 이처럼 정교하게 나무를
깎진 못합니다. 탁월하세요."

선생도 칭찬이 싫지만은 않은 듯했다.

"빈말이라도 고맙군. 원하는 것들을 하나씩 말해 보게
나. 이 사건을 마치고 나면 가장 먼저 만들어 선물함세."

"감사합니다. 한데 무엇을 하려고 이렇듯 상자에 물까지
채워 두고 저를 기다리신 겁니까?"

선생이 웃음을 거두었다. 김진이 격군들의 증언을 상기
시켰다.

"자네가 밝혀냈듯이, 조운선 현과 황은 서로 부딪혀 침몰한 것이 아닐세. 그런데 격군들은 모두 쿵 하는 소릴 들었다더군. 배끼리 부딪힌 것도 아니고 암초도 없었는데 그와 같은 굉음이 두 배에서 거의 동시에 났다는 걸세. 그리고 배가 가라앉았지."

"배를 일부러 침몰시켰단 뜻인가?"

"거기까지 가기 전에, 하나만 더 짚도록 하세. 등산진 앞바다에서 침몰한 조운선의 경우 특이한 사실은 증열미가 전혀 나오지 않았단 점일세. 나머지 네 군데에서 침몰한 조운선들도 혹시 그러할까 인편으로 알아보았다네. 오늘 답이 왔는데, 놀랍게도 열여덟 척의 조운선 역시 마찬가지라더군. 모두 합쳐 조운선 스무 척에서 단 한 톨의 세곡도 건지지 못하였네. 그 바람에 광흥창은 녹봉을 지급할 세곡이 크게 부족하게 되었고, 결국 각 고을에서 다시 세곡을 모아 7월 말까지 조운선을 출항시키란 어명이 내렸지. 조운석 한 척이 침몰했는데 1000석의 세곡 중 단 한 석도 건질 수 없는 경우를 고민해 보세. 우선 이 두 조운선을 볼까?"

김진이 모형 배 두 척을 양손에 들었다.

"차이가 뭘까?"

나는 두 배를 유심히 살핀 후 답했다.

"왼쪽 배는 세곡을 채운 중앙 부분을 갑판으로 완전히

덮었군. 오른쪽 배는 절반 정도밖에 덮지 못했고."

"정확해. 대부분의 조운선은 오른쪽과 같네. 그렇기 때문에 비가 오면 세곡이 비에 젖을 것을 염려하여 포구에 배를 대고 쉬었으이. 한데 왼쪽, 그러니까 선풍이 수선한 조운선 천은 갑판이 중앙 부분을 완전히 덮었다네. 드나드는 나무 문도 쌀 한 석이 겨우 들어갈 정도지. 밖에서 자물쇠로 잠그면 빗물이 전혀 새어들지 않아. 천이 이러했다면 함께 수선한 현과 황도 마찬가지였을 걸세. 자, 보세."

김진이 두 배를 물 위에 띄웠다. 그리고 수면 아래 선수 부분을 잠근 엄지 손톱만 한 나무판을 뽑았다. 물이 차츰 들면서 두 척 모두 침몰했다. 오른쪽 배는 세곡 대신 중앙 갑판 아래 넣어 둔 짚 뭉치들이 수면에 둥둥 떠오른 반면, 왼쪽 배는 단 하나의 짚 뭉치도 밖으로 나오지 않았다.

"비를 피하기 위해서가 아니라, 증열미를 거두지 못하게 하려고 중앙 갑판을 증설했단 얘긴가? 하지만 갑판만 튼튼히 한다고 세곡이 흘러나오지 않는 건 아니야. 선수든 선미든 혹은 조운선의 옆판이든 부서져서 바닷물이 흘러들고 배가 기울면 세곡은 배 밖으로 흩어질 수밖에 없지."

"단순 사고였다면 자네 말이 옳아. 담헌 선생도 나도 중앙을 덮은 갑판만큼이나 주목한 부분이 바로 세곡을 넣어 둔 중앙 부분의 앞과 뒤, 그러니까 선수와 선미를 가르는 나무판이지. 혹시 그 판들을 살펴보았는가?"

"보긴 했네만……."

대수롭지 않게 지나쳤다. 쓰임에 따라 칸을 나눈 판에 불과하지 않은가.

"우선 그 판들 역시 전혀 물샐 틈 없이 꽉 짜여 있더군. 지금 남아 있는 나머지 세 척의 조운선을 오늘이라도 가서 확인해 보게. 그 배들도 나무판을 세로로 끼워 선수와 선미 공간을 마련했지만, 한 뼘 넘게 윗부분이 떠 있다네. 바람이 넘나드니 배가 침몰할 때 바닷물 역시 순식간에 밀려들겠지. 하지만 천의 나무판은 공기 한 점 파고들 틈이 없었어. 그리고 또 하나 주목할 점은 판의 두께라네."

"두께라고?"

"엄청나게 두껍더군. 내 이 손으로 두 뼘이 넘을 정도였어. 그 정도면 바닷물이 직접 닿는 외판보다 더 두껍지. 침몰과 함께 수압이 가해져도 쉽게 부서지거나 뒤틀리지 않을 정도였다네."

"무슨 말을 하고 싶은 겐가?"

"두 가질세. 하나는 세곡을 감싼 갑판과 세로 판이 아주 견고하다는 것. 배가 침몰하더라도 쉽게 판들이 부서지거나 벌어지지 않으리라는 것이지. 이 정도는 되어야 증열미가 전혀 없었다는 보고를 받아들일 수 있어. 또 하나는 배의 침몰 속도에 관한 것이라네. 쿵 소리가 났을 때 격군들은 모두 어디에 있었다고 했지?"

"선미 갑판 아래에 모여 있었네."

"맞아. 배가 선미부터 가라앉았다면 조군들은 구조되기 어려웠을 걸세. 전원 구조가 되었단 얘긴 배가 선수부터 아주 천천히 가라앉았음을 반증한다네. 자, 이번에는 저 배들을 볼까? 시작하시지요."

고개를 끄덕인 선생이 모형 배 세 척을 선수가 보이도록 하나씩 들었다.

"여기 세 척의 배는 크기와 무게가 동일하다네. 다만 선수의 나무판에 뚫린 구멍의 위치가 다를 뿐이지. 첫 배는 선수 쪽 배 밑바닥을 뚫었네. 가운데 배는 선수에서 배 밑판과 선수 판이 만나는 지점을 뚫었지. 선수 판들 중에서 가장 아래라고 보면 되네. 마지막 배는 선수 판들 중에서 다섯 번째를 택했네. 그 당시 실린 1000석의 세곡과 배에 탄 조군들 몸무게까지 합쳐 배가 수면에 닿는 지점 바로 아래 판이라네. 자, 하나씩 잡게."

김진이 첫째, 담헌 선생이 둘째, 내가 마지막 모형 배를 잡고 나무 상자 속 수면에 배를 올려놓았다. 담헌 선생이 문시종(問時鐘, 휴대용 회중시계)을 보며 약간은 상기된 얼굴로 말했다.

"동시에 손을 놓는 걸세. 준비되었는가? 그럼 하나 둘 셋!"

세 사람이 손을 놓자 모형 배들은 침몰하기 시작했다. 김진이 택한, 밑판에 구멍을 뚫은 배가 가장 먼저 침몰했다. 담헌 선생이 택한, 가장 아래 선수 판이 뚫린 배가 그다음으로 가라앉았다. 내가 택한 배는 물이 계속 들어왔음에도 한참 동안 가라앉지 않고 버텼다. 이윽고 마지막 배까지 가라앉고 난 후 선생이 침몰까지 걸린 시간을 알려 줬다.

"첫째는 15초, 둘째는 40초, 셋째는 3분까지도 침몰하지 않았다네."

김진이 덧붙여 설명했다.

"바다와 조운선에 익숙한 격군들이 모두 구조되기엔 충분한 시간이지. 더군다나 호위 군선까지 바로 곁에 따라가고 있었으니까."

나는 이 실험의 의도를 명확히 알고 싶었다.

"그러니까 수면 바로 아래 선수 판을 누군가 일부러 부쉈단 말인가? 외판은 그리 쉽게 부서지지 않네. 더군다나 자네 말이 맞으려면 배가 가라앉을 시간과 장소까지 정해 뒀단 소리 아닌가. 도끼질에 능한 사내라도 약속된 시간과 장소에 외판을 부수긴 어렵네. 더군다나 외판이 부서지자마자 바닷물이 밀려들 건데, 목숨을 걸 만큼 위험한 짓일세."

"나도 알아. 제아무리 조운선을 여러 번 탄 조군이라도 외판을 부수는 건 간단한 일이 아니지. 하나 조운선 현과 황을 도목수 선풍이 수선했음을 잊어선 안 된다네. 조선 최고의 솜씨를 자랑하는 선풍이라면, 자신이 원하는 선수 판에 구멍이 쉽게 나도록 만들 수도 있을 듯하네."

"어떻게 말인가?"

"내가 생각한 걸 보여 주겠네."

김진이 가로와 세로가 한 척 정도 되는 나무판을 들었다. 가운데 둥글게 홈이 파여 있었다.

"이건 선수 판과 같은 재질과 두께라네. 자, 여기에 홈이 있지. 화약을 이렇게 채워 넣는 걸세. 그리고 홈의 바깥을 나무판으로 다시 덮는 거지. 눈 밝은 조군이라면 선수 판과 덧댄 판의 빛깔이 약간 다르다고 지적할 순 있지만, 그거야 옹이가 생겼다거나 도목수 선풍이 멋을 부렸다고 얼버무릴 수 있겠지. 평소엔 그냥 다니다가 배가 등산진 앞바다에 이르렀을 때, 이처럼 심지를 꽂고 줄을 선수 갑판 위까지 연결한다고 치세."

김진과 나 그리고 담헌 선생은 나무판으로부터 열두 걸음 물러났다. 김진의 설명이 이어졌다.

"그리고 불을 붙인다면? 이렇게!"

김진이 기름 바른 줄에 불을 놓았다. 줄이 타들어 가면서 나무판을 향해 불꽃이 맹렬하게 나아갔다. 심지에 불꽃이 옮겨 닿는 순간, 쿵 소리와 함께 나무판에 구멍이 뚫렸다. 홈을 파 두었던 둥근 모양과 정확히 일치했다. 김진이 나를 보며 어깨를 으쓱 들어 올렸다.

"두 사공들 짓이라 이 말인가? 그놈들이 조운선을 일부러 침몰시켰다고? 당장 불러내어 엄히 심문해야겠군."

선생이 반대 의견을 냈다.

"그리하지 말게. 사공들을 혹독하게 다루면, 우리가 조운선이 어떻게 침몰했는지 알아냈음을 세상에 자랑하는 꼴이지. 사공들도 굳게 입을 다물고 버틸 걸세. 평생 놀고 먹을 정도의 보상 없인 이 같은 중죄를 짓지 않을 테니까. 한데 내 생각엔 말일세, 누가 조운선을 침몰시켰는가는 나중에 저절로 밝혀질 듯하이. 지금은 조운선 침몰이 우연한 사고가 아니란 걸 우리가 밝혀냈다는 사실이 중요해. 또 이걸 당분간 우리 셋만 알아야 한다는 것도."

반박할 논리를 찾지 못했다. 문까지 잠그고 은밀히 행한 실험을 떠벌려서는 안 된다.

"그리하겠습니다. 모형 배들 덕분에 조운선의 세부 사정을 알게 되었습니다. 늘 많은 걸 배웁니다."

"나 혼자 세운 공이 아닐세. 우리가 함께 이룬 거지."

선생은 이 정도에서 실험을 정리하고 싶은 눈치였다. 상가에서 사흘을 보냈으니 지칠 만도 했다. 그런데 나는 아직 이야기를 시작하지도 않았다.

"오늘 꼭 드릴 말씀이 있습니다."

선생이 나를 쳐다보았다. 제자들의 질문을 막는 법이 없는, 언제나 넉넉히 마음을 여는 스승이었다.

"솔직히 섭섭합니다. 제가 모르는 비밀이 너무 많은 것 같습니다. 오늘 이 실험까지 포함해서, 왜 화광하고만 이런저런 의논을 하시는 겁니까?"

김진이 선생보다 먼저 끼어들어 되물었다.

"무슨 비밀을 말하는 건가?"

"별당 뒤에서 자네가 주혜 낭자와 나누는 대화를 우연히 들었네. 배를 타고 나라 밖으로 몰래 나가라고 권하더군. 자, 긴말 말고 털어놓게. 주혜와 옥화, 두 사람을 어디에 감췄나?"

김진이 선생과 시선을 교환한 후 심각한 얼굴로 되물었다.

"그 얘길 정 참상에게 했는가?"

"아직 하진 않았네. 어쨌든 자네가 빼돌린 건 맞지? 퇴기 진향이 『정감록』 무리란 것도 알고 있었는가? 동궁전 절도범 오유란이란 것도 알고 있었어?"

선생이 먼저 긴 한숨을 내쉬었다. 영원히 숨겨 두려던

52

비밀을 들킨 얼굴이었다. 짧은 침묵이 흘렀다. 김진이 침착함을 잃지 않고 확인하듯 물었다.

"정 참상이 그러던가? 진향이 오유란이라고?"

"그럼 내가 누구에게서 그 얘길 들었겠는가?"

김진이 설명을 하려다가 멈추곤 선생에게 권했다.

"먼저 들어가 쉬십시오, 논의가 길어질 듯하니. 이 도사에겐 제가 잘 말하겠습니다."

"그래 주겠는가? 알겠네. 부탁하이."

선생이 씁쓸한 미소만 남기고 창고를 나갔다. 문이 닫힌 후에도 김진은 한동안 말이 없었다. 우리가 대화를 잇는 것보다 침소로 들어간 선생의 거문고 연주가 더 빨랐다. 쉽게 잠들기 어려운 것이다. 유장한 가락이 허공을 휘감사 김진이 단정적으로 말했다.

"주혜와 옥화, 두 여인은 찾지 말게. 다신 밀양 근처로 오지 않을 걸세. 이 도사! 자네 말이 맞아. 난 주혜 낭자를 피신시키고 싶네. 할 수만 있다면 최대한 멀리!"

"화광, 자네가 지금 얼마나 무거운 죄를 범하고 있는 줄 아는가? 20년 넘게 수배를 받아 온 범죄자의 딸이야. 그 어미 진향이 흉측한 무리의 거금을 관리했다는 의심까지 사고 있다네. 진향이 죽었으니 거금이 누구에게 흘러들어 갔겠는가? 진향이 죽기 전부터 딸 주혜와 수제자 옥화가 무리의 일원으로 움직였을지도 모르네. 그런 두 사람을 국외로 탈출시킨다면 자넨 목이 달아날 걸세. 자네가 왜 그런 위험을 감수해야 하는가?"

"그냥 두면 주혜 낭자의 목숨이 위험하기 때문일세. 난 그미를 살리고 싶어."

"목숨이 위험하다고? 죄를 인정하지 않고 피신하는 것이 훨씬 위태롭네. 하나만 묻지. 주혜 낭자가 죽을 위기에 처했다 해도 왜 화광 자네가 나서서 그미를 구하려고 해? 자네는 겨우 사흘 전 동율림 별당에서 그미를 처음 만나지 않았는가? 혹시 그 전에도 알고 지냈나?"

"그날 처음 본 게 맞네. 내가 자네보다 조금 더 빨리 보긴 했지. 독무(獨舞)를 감상하는 호사를 누렸으니까."

김진이 말을 끊고 부채를 폈다 접었다. 중요한 이야기를 꺼낼 때 그는 늘 손을 움직였다. 부채를 펴든 붓을 쥐든 하다못해 손가락을 허공에 까닥이든.

"사모한다네."

옥화의 예감이 맞았다. 나는 못 알아듣는 척했다.

"사모? 누가 누구를? 겨우 사흘 만에?"

"남자가 여자를 사모하는 데 시간은 중요하지 않네. 한순간이면 족해."

김진은 진지했다.

"그 밤의 춤 때문인가? 거대한 눈물방울에 그미를 비겼지."

"주혜 낭자가 그러더군. 76년 만에 돌아온 혜성이 지구를 다시 볼 때와 같은 기분이었다고."

이상한 비유였다. 담헌 선생도 그 혜성을 내게 설명한 적이 있다. 모르는 척하고 물었다.

"왜 하필 76년인가?"

"주혜 낭자가 태어나던 해에 혜성이 왔기 때문이라네. 그래서 이름에도 빗자루(彗)가 들어간 것이고. 76년마다 돌아오는 별이지. 이 도사, 자네가 태어난 바로 그해이기도 하고."

주혜와 나는 동갑이었다. 나도 내가 태어나던 해에 혜성이 빛났다는 이야기를 듣긴 했다.

"인생이 100년도 되지 않으니, 76년 만에 만난다는 건 삶에서 딱 한 번 부딪친다는 뜻이겠군."

"맞네. 설령 주혜 낭자가 춤을 추지 않고 노래를 불렀다고 해도, 노래를 부르지 않고 시를 지었다고 해도, 춤도 노래도 시도 짓지 않고 그냥 앞에 앉아만 있었다고 해도, 나는 그미를 알아차렸을 걸세. 이 세상이 내게 허락한 단 한 번의 인연이니까."

"서로 첫눈에 반했다는 말씀? 화광 자네가 어떤 여자와 사랑을 할까 내내 궁금했으이. 매사에 치밀하게 따지는 성격이니, 마음에 드는 여자가 나타나더라도 오랫동안 뜸을 들이지 않을까 싶었지. 그 성격 때문에 아직까지 여자를 만나지 못한 거라고도 여겼고. 맹목은 뜻밖이네.

한데 사랑에 빠진 시기가 나쁘군. 만나자마자 끌린 건 그렇다 쳐도, 흠모하는 여인의 어머니가 죽고, 모녀를 쫓는 의금부 도사까지 나타났으니까. 자네는 행복한 시간을 함께 보내지도 못한 채 그 여인을 도피시켰네. 왜 꼭 도피시킬 수밖에 없었는지 아직도 납득하기 어려워. 자네가 이러는 건 주혜 낭자도 그 어미 진향처럼 『정감록』 무리에 깊이 속했다는 이야기로밖에 해석이 안 돼. 죄가 없다면, 해명을 하는 데 애를 먹긴 하겠지만 달아날 것까진 없지 않아? 더군다나 자네처럼 세상의 난제를 훌륭히 따져 푸는 사람이 곁에 있고, 또 담헌 선생과 내가 돕는다면, 정 참상도 그미를 함부로 대하진 못할 걸세. 목숨이 위태로울까 걱정하여 미리 피신시켰다는 건 너무 앞서간 것 같으이."

김진이 왼손으로 제 턱을 쓸었다.

"충분히 그렇게 따져 물을 수 있다고 보네. 나도 내가 순식간에 한 여자에게 빠질 줄은 몰랐으니까. 하지만 억지를 부린다고 여기진 말아 주게. 좀 긴 이야기가 될 것 같네. 솔직히 털어놓겠네. 담헌 선생과 내가 자네에게 말하지 않은 비밀이 있으이. 우리가 왜 그리할 수밖에 없었는지 설명하는 게 지금도 내키지 않는군. 자네에게 이 비밀을 알리는 게 좋을까? 모르고도 침몰 사건을 마무리할 방법이 있지 않을까? 진향이 죽은 후로 지금까지 주저했다네."

"주저하다니 화광답지 않군. 얘기해 주게. 그래야 내가 담헌 선생도 자네도 지켜 줄 수 있다네."

"바로 그런 식으로 말할까 봐 주저했던 걸세. 암, 이 도사 자넨 우리와 끝까지 가겠다고 하겠지. 하지만 우정이나 의리를 앞세우는 게 좋은 것만은 아니야."

"무슨 소릴 하려고 이렇게 사설을 늘어놓는가?"

"진향이 오유란이란 걸 정 참상이 알고 있다니 더 늦출 여유도 없겠네. 좋아. 전부 다 말해 주지. 기묘년, 그러니까 주혜와 자네가 태어나던 그해로 가 보도록 하세. 혜성이 왔던 3월에 오유란은 임신 중이었다네. 자, 오유란은 검무에 일가를 이루었고 그 덕분에 장악원 소속 궁중 무희로 발탁되었다가 동궁전 나인으로 자리를 옮겼네. 말이 나인이지 일은 거의 하지 않고 동궁전 별실에만 머물렀다네. 그런 그미가 아이를 가진 걸세. 누구의 아이였겠는가?"

놀라지 않을 수 없었다.

"주혜 낭자가 뒤주에 갇혀 죽은 사도세자의 딸이란 말이야?"

"진향이 가쁜 숨을 겨우 쉬며 털어놓은 유언이라네. 세자가 뒤주에 갇힌 이유에 대해선 아직도 여러 소문이 돌지. 진향은 단정적으로 밝혔다네. 정신이 맑지 않았다고. 특히 두 가지에 대한 집착이 심했다고 하네. 하나는 검(劍)! 세상의 모든 진기한 검을 사들여 후원 밀실에 진열해 놓고 그중 한둘씩을 동궁전에 옮겨 두었다고 하네. 그리고 또 하나는 옷! 의대증(衣襨症)이라고 들어 봤는가? 옷에 대한 기피와 집착이 강한 병일세. 궁중 법도에 따라 옷을 바꿔 입히려는 내관과 궁녀들을 죽이거나 다치게 했지. 바로 밀실 벽에 모아 둔 보검들로 말일세. 그때마다 영조대왕의 후궁이자 세자의 어머니인 영빈 이씨(暎嬪李氏)가 덮고 덮고 또 덮었다고 했네.

기묘년에 들면서 세자의 병세가 점점 나빠졌다는군. 어려서부터 뚱뚱했는데, 이즈음부턴 더욱 살이 붙고 배가 나와 옷을 입고 벗기가 불편했다고 하네. 헛것이 자주 보이고 방에 한 번 틀어박히면 『금병매(金甁梅)』나 『육포단(肉蒲團)』 같은 대국의 소설을 끼고 누워 며칠이고 나오지 않기도 했대. 서연(書筵)을 폐하는 날도 많았다더군. 그보다 2년 전엔 우물에 몸을 던져 자살까지 시도했다고 하네.

기묘년 혜성이 나타난 3월의 어느 오후, 세자가 검을 들고 오유란을 죽이려 들었다는군. 영조대왕이 그동안의 공부를 묻고 답하기 위해 세자를 찾았던 것이야. 한 달에 두 번 세자시강원의 관원들 앞에서 공부한 내용을 회강(會講)하는데, 가끔 영조대왕이 직접 그 자리를 주재했던 게지. 세자는 깐깐한 영조대왕과 대면하여 회강하는 것을 두려워하고 매우 싫어했대. 여러 핑계를 대고 피하려 들었겠지. 오유란은 동궁전 상궁과 함께 의관을 챙겨 세자에게 입히려 했어. 한데 세자가 그 옷들을 갈기갈기 찢어 버렸대. 상궁이 다시 옷을 가져왔지만 이번에는 불을 지르려 했다는 군. 말리는 오유란을 향해 세자가 검을 휘둘렀는데, 그미를 안아 지키려 한 상궁이 대신 목숨을 잃었다고 해. 세자는 발밑에 보검을 던지곤 나가 버렸고.

오유란은 바로 그 검을 품고 동궁전을 빠져나와 잠적한 거라네. 언제 또 자신과 배 속 아기를 공격할지 몰라 불안했겠지. 그날부터 오유란이란 이름이 수배자 명단에 올랐어. 오유란은 지리산 깊은 골짜기 화전민 마을에 1년을 넘게 숨어 지냈고, 그 후 진향으로 이름을 바꾸고 밀양으로 왔지. 동궁전을 나온 후론 다신 검무를 추지 않았네. 20년은 긴 시간일세. 세자가 뒤주에 갇혀 죽은 참극이 일어나고 또 그 아들이 왕위에 오를 만큼."

"오유란, 아니 진향이『정감록』무리인 게 정말 맞나?"

"진향은『정감록』이란 서책은 언급하지 않았으이. 선풍

에 대한 이야기도 없었고. 지금으로선 무리일 수도 있고 아닐 수도 있지. 선풍 부자를 잡아 심문하면 진향과의 관계가 분명해질 게야. 자, 이제 막바지에 왔군. 되짚어 보세. 신왕이 등극한 후 여전히 그를 탐탁지 않게 여기는 이들이 조정엔 적지 않다네. 궁궐로 자객이 직접 들어간 것이 3년 전일세."

정유년(1777년), 경희궁(慶熙宮)으로 들어가서 전하를 시해하려 한 홍상범과 그 무리를 일컫는 것이다. 왕위에 오른 후에도 경희궁 존현각을 떠나지 않으셨지만, 이 사건 이후 창덕궁으로 처소를 옮기셨다.

"어리석은 역도들 소행일세."

"그놈들이 어리석다는 건 나도 인정해. 다만 의심의 눈들이 완전히 사라지진 않았다네. 뒤주에 갇혀 죽은 정신병자, 사도세자의 아들이 과연 왕 노릇을 제대로 할까 하는 시선 말이지. 한편으론 이런 생각도 든다네. 전하는 위기를 기회로 바꾸는 탁월함을 지닌 무서운 분이시라고."

"위기를 기회로 바꾸다니? 그게 무슨 소린가?"

"홍상범과 그 무리를 잡아들여 벌함으로써, 자칫 흔들리기 쉬웠던 등극 초기의 흐름을 돌려세우신 게야. 조정 대신들은 그 후로 한동안은 홍상범의 잔당으로 몰리지 않으려고 스스로 입조심들을 했으니까."

"그게 그렇게 연결되는가?"

"하지만 정유년 변고의 약효도 이제 다한 듯하이. 올봄 다섯 군데에서 거의 동시에 조운선이 침몰했네. 이 정도 사고라면 하늘이 신왕을 저버렸다고 몰아세울 만하다네."

"억지래도."

"합당한 비난은 아니지. 하지만 민심을 뒤흔들 사건임은 분명해. 여기에다가 사도세자를 흠집 낼 사건을 하나만 더 없는다면 어찌 될까? 세자에게 숨겨 둔 딸이 있었고, 그 어미는 세자의 광증을 견디지 못해 동궁전을 탈출한 후 딸을 낳고 숨어 살았으며, 불경한 마음을 품어 『정감록』 무리에 가담했다고."

"전하를 궁지로 몰아세우는 끔찍한 이야기로군."

김진이 한 걸음 더 나아갔다.

"여기가 끝이 아니지. 달아난 선풍이 올봄 다섯 군데에서 침몰한 조운선들을 모두 수선했어. 그럼 이렇게 연결할 수 있겠군. 무리의 수괴인 선풍이 수선한 조운선들만 모조리 침몰하였다. 거슬러 올라가면 이 참사의 책임은 미쳐 날뛴 사도세자에게 있다. 사도세자의 아들인 신왕 역시 그 책임으로부터 자유롭지 못하다."

"허튼소리!"

"소문은 원래 허튼소리라네. 억지를 섞어도 이야기가 흥미룹다면 입에서 입으로 떠돌게 돼. 소설을 좋아하는 자네이니 어디 평을 해 보게. 사도세자와 『정감록』 무리와 조운선 침몰이 엮인 이야기를 듣는다면 재미없는 망상이라고 할 텐가, 억지가 다소 섞였지만 흥미진진하다고 할 텐가?"

김진의 물음에 끌려들어 가지 않았다.

"재미를 따질 문제가 아닐세."

김진도 심각한 표정으로 마무리를 지었다.

"사도세자를 뒤주에 가둬 죽인 자들의 손에 주혜 낭자가 넘어간다면, 방금 말한 억지 주장을 한껏 펼친 후 불경한 무리로 몰아 목을 벨 걸세. 그리고 전하께 주혜 낭자를 데려간다 해도, 죽여 없애려 드실 거야. 이게 자네에게 비밀을 털어놓지 않은 이유라네. 주혜 낭자가 최장기 수배범인 오유란의 딸이란 걸 알고도 포박하여 조사하지 않는다면, 의금부 도사인 자네의 직무 유기인 셈이지. 자네가 낭자를 붙잡는다면, 당연히 전하께 이 일을 보고해야 하며, 전하는 자네에게 그미를 참하라는 어명을 내리실지도 모르네. 어느 쪽이든 주혜 낭자는 밀양 동율림에 그대로 머물 방도가 없어. 이편으로 가도 죽고 저편으로 가도 죽는다 이 말일세. 그래서 손을 쓴 걸세."

"엄청난 이야기로군. 믿을 수가 없어. 하면 주혜 낭자도 자신이 사도세자의 딸임을 어려서부터 알고 자랐는가?"

"진향의 유언에 따른다면, 숨겼다고 해. 장악원 악공과 사랑에 빠졌고, 그 악공은 이미 병들어 죽었다고 둘러댔다더군. 주혜 낭자도 진향의 유언을 듣고서야 아버지가 누구인지 알았던 게야. 사도세자와의 사이에 낳은 딸이 바로 자신이라니, 얼마나 놀라고 혼란스러웠겠는가. 아비 없이 자랐기에, 어떤 사내였을까 가끔 상상은 했겠지만, 그 상상에 사도세자가 들어간 적은 물론 단 한 번도 없지. 20년 동안이나 비밀에 부칠 수밖에 없었던 어머니 진향의 심정을 주혜 낭자와 함께 차근차근 짚어 보고 싶네. 그렇기 때문에 그미를 멀리 떠나보내는 게 힘들었으이. 세상을 떠돌며 상처가 깊어지지나 않을까 걱정이야. 내 얘긴 여기까지일세. 나도 하나만 자네에게 확인하고 싶군. 진향이 오유란인걸 정 참상은 어찌 알았다던가?"

"밀고를 받았다고 했네. 이름은 밝히지 않았다네."

"밀고자라! 얇은 금 하나가 큰 둑을 무너뜨리는 법이지. 하지만 난 무너진 둑을 다시 세우고 금 하나를 그은 자를 찾고 싶은걸."

"가능한 일이 아니잖은가? 시간을 거슬러 올라가지 않는 이상……."

김진이 아직 물에 띄우지 않은 모형 배 하나를 집어 들며 말허리를 잘랐다.

"시간이나 강물은 어렵겠지만, 생각은 되짚을 수 있다네. 꼭 되짚어야겠어."

15장

폭풍이 몰아친 다음의 적막이라고나 할까. 조운선이 전소된 후 열흘 동안은 이상하리만치 고요했다. 흥복사에서 헤어진 징 참상은 돌아오지 않았고, 밀양의 산원들은 창고에 세곡을 채우느라 분주했으며, 담헌 선생도 다시 풍금 제작에 정성을 쏟았다.

주혜의 출생에 관한 놀라운 이야기를 들은 다음 날 아침, 김진과 함께 관아로 갔다. 박차홍은 일찌감치 식사를 마친 후 후원 노송들 사이를 거닐다가 동헌 우측 매죽당(梅竹堂)으로 들어갔다고 했다. 벽마다 서책으로 가득 찬 방으로 들어가니, 박차홍은 담뱃대걸이에서 담뱃대를 고르는 중이었다. 담배 연기가 오가는 통로인 담배설대를 깨끗한 천으로 닦으며 권했다.

"골라들 보시오. 한 대씩 피우며 이야기를 나눕시다."

"저는 있습니다."

김진이 소매에서 백죽(白竹)으로 만든 담뱃대를 꺼냈다. 담배설대 중에선 가장 소박하고 값이 쌌다. 박차홍의 시선이 내게로 향했다.

"담배를 위한 도구들이 참으로 다양하고 곱군요."

"차 맛을 아는 이는 다구(茶具)부터 소중히 여기는 법이라오."

"그래도 이렇듯 한 벌을 모두 갖춘 것은 본 적이 없습니다. 담배를 써는 자두와 칸부터 대통(杯, 담뱃대 앞부분 끝에 담배를 담는 작은 통)과 형형색색의 받침대, 담뱃대걸이, 그 걸이에 걸린 길고 짧은 담뱃대들, 비단으로 만든 담배쌈지, 검은 옻칠을 한 나무에 나전칠기를 상감으로 넣은 담배합, 화로와 부젓가락, 불을 일으키는 부시와 그 불씨를 받아 불꽃을 피우는 부싯깃, 재를 터는 연대(烟臺, 재떨이)까지. 눈이 호강을 하는군요."

"눈만 호강을 해서야 쓰겠소? 마음에 드는 놈으로 골라 보오. 이건 손님들을 위해 따로 갖춘 것이니 어서!"

나는 최상품인 화반(花斑, 도장을 만들 때 쓰는 무른 돌)을 골랐고 박 부사는 그다음인 촉절(促節, 마디가 짧은 대)을 집은 후 담뱃갑을 열었다. 향긋한 기운이 코를 어지럽혔다. 김진이 손끝으로 담배를 조금 꺼내 문질렀다.

"꿀에 담근 듯 진액이 나오는군요. 황금 빛깔에 붉은 느낌이 도니 상품 중에서도 최상품이네요."

김진의 평가가 만족스러운 듯 박차홍은 껄껄 웃었다.

"두 분이 밀양을 위해 애쓰고 계신데 이 정도는 아무 것도 아니라오."

물부리를 이로 물곤 연기를 빨아들이자 머리가 뻥 뚫리듯 상쾌했다. 맛이 너무 좋아서 자꾸 더 빨리 숨을 들이마셨다. 김진은 고개를 든 채 연기를 입안 가득 머금고 콧구멍으로 조금씩만 뱉어 냈다. 매운 담배 연기가 곧 방을 가득 메웠다. 잠시 맛을 음미하느라 침묵이 깔렸다. 나는 어디서부터 이야기를 꺼낼까 하다가, 밀양에 새로 등장한 사람부터 거론했다.

"봄에 왔던 참상도사 이순구와 함께 도사 중에선 최고참인 정수담을 어제 선풍 할아범의 집 앞에서 만났습니다."

박차홍이 연기를 내뿜다 말고 물었다.

"도사 한 분이 더 오신 게요? 한데 왜 하필이면 선풍의 집 앞입니까?"

나는 김진을 곁눈질했다. 그는 눈을 지그시 감곤 담배 맛을 음미하느라 바빴다. 꽃나무 아래에 누워 향기에 취할 때처럼 느긋하고 행복한 표정이었다.

“후조창의 조운선 전부를 만들고 수선하였다 하니 만나보려고 갔었습니다. 선풍은 물론 그 아들 광우도 집을 비웠더군요. 한데 갑자기 정 참상이 나타난 것이지요. 그리고 놀라운 이야기를 들었습니다. 선풍이『정감록』무리 중 하삼도를 책임지는 남방의 수괴라더군요.”

　박차홍이 들고 있던 담뱃대를 떨어뜨렸다. 김진이 눈을 뜨곤 그 담뱃대를 집어 건넸다.

　“고, 고맙소. 너무나 허무맹랑한 이야기라서, 놀랍기도 하고…….”

　김진이 눈을 뜨곤 내게 고개를 끄덕였다. 더 매섭게 몰아붙이란 뜻이었다.

　“허무맹랑한 것만은 아닙니다. 정 참상은『정감록』을 비롯한 예언서들을 믿는 흉측한 자들만 찾아내어 잡아들이는 일을 오랫동안 해 왔지요. 그가 선풍을 지목하여 밀양으로 온 것은 그만한 첩보가 있는 겁니다.”

　담배를 두 모금 빤 후 이야기를 이었다.

　“선풍이 조운선들을 불법 증축하였단 풍문도 들리더군요. 혹시 아시는 것이 있는지요?”

　박차홍이 차갑게 반문했다.

　“내게 그와 같은 명령을 했느냐고 묻는 것이오? 선소의 도목수는 도차사원인 밀양부사의 명령 없이는 나무판 하나도 배에 덧대거나 뺄 수 없소. 그것이 나랏법이라오. 좋소, 답을 하지. 난 파손된 부분만 교체하라고 했을 뿐 증축을 명령한 적이 없소. 나야말로 확인하고 싶소이다. 조운선들이 증축되었단 물증이 있소?"

현과 황은 바다에 잠겼고 천은 불타 버렸다. 김진이 측정한 숫자를 내세운다고 해도, 실물이 없으니 확인이 불가능하다.

"선풍과 광우 부자를 잡아들여 심문하면 불법 증축이 드러날 겁니다."

박차홍이 힘주어 따졌다.

"그 말은, 물증이 없다?"

"관아에 오기 전 선소에 다시 들렀는데, 선풍 부자는 선소에 나오지 않았더군요."

"선풍은 허리를 다쳤다며 두 달 넘게 쉬고 있소. 여든 살을 넘겼으니 아프다고 잠시 쉬기를 청하면 들어줄 수밖에 없다오. 그 아들 광우가 아비의 빈자리를 그럭저럭 잘 메우고 있어서 별문제 없이 지나온 게요. 한데 광우까지 나오지 않았다니, 걱정이구려. 다른 목수들은 배의 부분부분에만 밝을 뿐, 전체적인 수선 순서와 조운선으로서 특히 조심해서 만질 곳을 아는 이는 선풍 부자뿐이라오. 불법 증축 의혹을 제기한 쪽에서 증인을 확보하는 게 순리라 보오만⋯⋯."

맥을 짚는 역공이었다. 말문이 막힌 나 대신 김진이 질문을 이어 갔다.

"선풍뿐만 아니라 동율림의 진향까지『정감록』무리라는 정 참상의 주장에 대해 어찌 생각하십니까? 역시 금시초문인가요?"

"그렇소. 밀양에서 그와 같은 불경한 무리가 있단 소린 듣지 못하였소이다. 정 참상을 만나거든 관아로 와서 내게 증거와 증인을 제시하라 하시오. 조운선 증축에『정감록』무리? 점필재 선생의 강직하고 고아한 뜻을 이어 가는 밀양도호부를 흉악한 역도들의 소굴로 몰아가겠다는 심산이오? 어림도 없지."

단 하나도 인정하지 않는 것이다. 순순히 물러날 김진이 아니었다.

"퇴기 진향과 친분이 두터우셨나 봅니다. 퇴기가 죽었다고 밀양부사가 직접 문상했단 소릴 들은 적이 없습니다."

"하삼도에 진향만큼 시에 밝은 이가 없소. 노래 또한 황진이보다 낫단 칭찬을 들었지. 나뿐만 아니라 전임 부사들도 각별하게 지냈다오."

"밀양은 검무로 이름이 높은 곳 아닙니까? 조선 최고의 솜씨를 지녔다고 칭찬받은 운심의 제자도 여럿 있다 들었습니다. 진향은 검무를 추진 않았나 봅니다."

"그렇소. 밀양에서 나고 자란 사람이 아니기도 하고, 어렸을 때 허리를 심하게 다쳤다고 하더군. 그건 왜 묻소? 기생이라고 전부 검무를 추진 않는다오."

"진향의 외동딸 주혜와 제자 옥화 역시 검무 대신 시에 뛰어납니까?"

박차홍이 짧게 답했다.

"그렇소. 시는 늘 짓고 노래도 종종 불렀으나 춤을 추진 않았다오. 주혜와 옥화뿐만 아니라, 기녀들 역시 춤에는 그다지 재주를 보이지 않았소. 검무로 즐기겠다면 읍성 동쪽으로 가면 안 된다는 걸 모르는 밀양 양반은 없었소. 그것이 농율림만의 멋스러움이외다."

김진이 그 정도에서 말머리를 돌렸다.

"잘 알겠습니다. 세곡은 얼마나 모였는지요? 출항이 한 달도 남지 않았습니다만."

"출항까진 2000석이 모두 모일 게요. 걱정 마시오."

"다행입니다."

그리고 김진이 일어섰다. 담배 한 모금을 빨아들였다가 내뿜을 틈도 없었다.

"끝난 게요?"

"네."

박차홍도 놀라 물을 만큼 조운에 관해선 간단히 대화를
마친 것이다.

"연경에서도 맛보기 힘든 맛이었습니다. 덕분에 오늘 하
루가 향기롭고 든든할 것 같네요."

"언제든 오시오. 맛을 아는 이와 담배를 나누는 것, 이
또한 삶의 즐거움 아니겠소? 다음엔 담헌과 함께 오오. 지
금 어디에 있소, 담헌은?"

"지음당에서 풍금에 필요한 재료들을 챙기느라 새벽까
지 바쁘셨습니다."

"담헌의 집중력을 내 모르는 바는 아니나 몸이라도 상
할까 걱정이오."

"하면 이 진귀한 물건들을 챙겨 지음당으로 직접 가 보
시지요? 담헌 선생도 무척 기뻐하실 겁니다."

"그럴까요? 알겠소. 오전에 공무를 대충 마치고 가리다."

덕담을 마지막으로 박차홍과 헤어졌다. 김진을 따라 나
와 말을 타고 남문을 통과한 후 종남산을 바라보며 강가에
서 잠시 쉬었다.

"몇 가진 더 따질 줄 알았네. 조운선이 불에 탈 경우 대
비책이라거나 그동안 밀양에서 잡아들인 도적들의 명단이
라거나……."

"어떤 걸 묻더라도 증인과 증거 타령만 할 게야. 면전에

서 몰아세우는 건 충분히 했네."

"조운선과 소선 침몰에 대하여 제대로 밝힌 건 아직 없지 않은가?"

"그렇게 보나? 나는 정 참상의 등장으로 상황이 완전히 달라졌다고 생각하는데……."

"정 참상 때문에 상황이 달라졌다고?"

"자넨 정 참상이 선풍과 진향을 붙잡으러 밀양까지 내려온 것을 우연이라고 생각하나?"

"우연이 아니라면? 백두산 화적 두령 만보가 털어놓았다고 하지 않는가?"

"만보를 본 적 있나?"

"없지. 처음 듣는 이름일세."

"정 참상이 그렇다니까 그렇게 받아들인 것 아닌가?"

"맞네."

"대충 둘러댄 거라면?"

"거짓말을 했단 말인가? 정 참상이 왜?"

"그건 모르겠지만, 의금부 도사는 평생 거짓말 한마디 하지 않는 사람들인가?"

"할 때도 있지. 하지만 아무런 물증도 없이……."

"의금부 도사를 거짓말쟁이로 몰지 말라고? 자, 생각을 해 보세. 정 참상의 주장대로 선풍이 이번에 침몰한 조운선 수선에 모두 참여했다고 치세. 그가 불법 증축을 했다고 가정하자 이 말이지. 그럼 선풍에게 그 일을 의뢰한 자가 있을 테고, 선풍이 증축한 배의 늘어난 공간에 무엇인가를 실은 자도 있겠지. 그 둘은 같은 사람일 수도 있고 다를 수도 있네. 하여튼 정 참상이 등장하기 전까진 다섯 고을의 그 누구도 침몰한 조운선과 선풍이 연관이 있음을 몰랐지. 갑자기 정 참상이 등장하여 조운선 침몰의 잘못을 선풍에게 몰았네. 혼자 엄청난 잘못을 범하긴 어려우니 『정감록』 무리라는 배후까지 넣어서 말이야. 진향이 20년 넘게 붙잡히지 않은 동궁전 절도범 오유란이라고 흘렸지. 이런 정황들이 무엇을 뜻하겠나? 선풍과 그를 비호하던 세력 사이에 금이 간 걸세. 그 금은 이제 봉합되긴 늦었다네. 둘이 힘을 합쳐 나쁜 짓을 했는데 서로에 대한 믿음이 사라지면 어떤 일이 벌어질까?"

"상대가 내게 잘못을 떠넘길까 두렵겠지."

"정확해. 지금 배후 세력은 선풍과 그 무리에게 잘못을 떠넘겼네. 불법을 일삼는 무리로 몰린 선풍 쪽에선 가만히 있을까? 지금은 아무 일 없는 듯 고요하지만 곧 둑이 무너질 걸세. 그때까지 우린 우리 일에만 충실하면 돼."

"우리 일?"

"내가 전에 강조했지? 선풍이나 진향이 『정감록』과 관련되었단 얘긴 우리가 밀양에 온 후 들었다네. 우리가 담헌 선생을 모시고 이곳에 온 이유가 뭐지?"

"조운선과 소선 침몰 사건을 조사하는 것."

"맞아. 그러니까 그 일에 집중하자고. 이런, 늦었군. 이제 그만 가세."

"어디로 가는 건가?"

"우리만큼이나 이번 일이 명쾌하면서도 빨리 끝나기를 바라는 사람. 누굴 것 같은가?"

수수께끼는 질색이다.

남동쪽으로 말을 달려 밀양읍성에서 50여 리 떨어진 낙동강변 수산현(守山縣)에 닿았다. 국농소(國農所)로 유명한 이곳은 국가에서 둔전을 직접 일궈 많은 세곡을 생산하기도 했다. 관리에 실패하여 지금은 농사를 지을 수 없는 습지가 되었다.

김진과 내가 탄 말이 수산창(守山倉)에 도착했다. 낙동강을 오가는 손님들이 잠시 머물러 쉬던 덕민정(德民亭)에 대한 시들을 읽은 기억이 났다. 강은 도도하고 손님에 대한 접대는 후하여 시들이 느긋하고 풍요로웠다. 넘실넘실 겹치는 풍광들이 부드럽고 넉넉했다. 덕민정은 임진년 왜란 때 불탔다. 창고 입구의 마당이 그 자리였다고 한다. 창고들은 굳게 잠겼고 오가는 이도 없었다. 창고에 딸린 허름

한 초가의 문이 부서질 듯 열렸다. 햇볕에 시커멓게 그을 린 사내가 고개만 삐죽 내밀곤 호통을 쳐 댔다.

"맛난 점심을 대접하겠다더니 해가 서편으로 기울고 있어. 내가 굶어 죽고 나서야 와서 곡을 할 작정이었는가?"

수염이 입과 턱을 모두 가렸지만, 들판을 뒤흔드는 목소리의 주인공은 백동수가 분명했다. 나는 초가로 뛰어올라가서 반갑게 얼싸안았다. 김진은 창고 주위를 살핀 뒤 문을 닫았다. 백동수의 몸에선 막걸리 냄새가 코를 찔렀다. 윗목에 벌써 빈 막걸리 통이 세 개였고 나머지 하나도 반쯤 비었다. 김진이 받았다.

"이렇게 드시면 100년은 거뜬하시겠습니다."

"겨우 하루 쉬는 날인데 술이라도 마셔야지. 뼈 마디마디 온몸 구석구석 술기운이 스며들어야 몸이 완전히 풀리는 걸세. 자네들 소식 받고 한달음에 달려왔네만 사람을 이리 기다리게 하나? 답답하고 심심하여 먼저 술 몇 사발했으이."

"한숨 주무시고 이야기를 나눌까요?"

"내가 취한 것 같나? 열 통을 더 마셔도 난 끄떡없어. 그나저나 조사는 어찌 되고 있어? 소운이 뜬금없이 밀양까지 온 이유를 밝혀냈어?"

"거의 다 왔습니다만 아직 한두 가지 더 해결할 문제가 남았습니다. 창고에서 세곡 나르시느라 많이 힘드시죠?"

"그깟 세곡이야 얼마든지 나를 수 있는데, 오히려 지겨워 못 견디겠어. 한심하기도 하고."

내가 끼어들었다.

"지겹고 한심하다고요?"

"아무래도 봉상감관 최고직은 머리가 돌인가 봐. 세곡을 창고에 넣을 때 정확히 위치를 잡아서 차곡차곡 쌓으면 되는데, 꼭 두세 번 일을 하게 만든다니까. 기껏 여기에 풀면 내일 저기로 옮기라 하고 저기로 옮기면 다시 거기로 바꾸라는 식이야. 성질 같아선 한주먹에 묵사발을 내고 싶지만 겨우 참았어."

김진이 물었다.

"한 달 뒤에 2000석을 조운선에 싣고 떠나야 합니다. 세곡이 다 모일 것 같습니까?"

백동수가 막걸리를 사발째 들이켠 뒤 헛웃음을 쏟았다.

"2000석? 어림도 없지. 지금 겨우 500석이 모였을까 말까라네. 세곡을 모아 오는 영산, 창녕, 현풍, 양산의 호방들 얘길 들어 보면 자기들도 거의 창고가 동이 나서 죽을 맛이래. 탈탈 긁어모아도 1000석이 될까 말까야."

자신만만한 박차홍의 얼굴이 떠올랐다.

"확실합니까? 1000석이나 모자란다면, 도차사원 이하 관원들이 중벌을 면치 못합니다. 방금 만나고 왔는데, 박 부사는 2000석을 광흥창으로 올려 보낼 수 있다고 자신했고요."

백동수가 내게 사발을 건네곤 가득 따랐다.

"박 부사가 보낸다면 보내겠지. 하나만 알려 줄까. 2000석을 모으지 못하면 박 부사와 함께 당장 징계를 받을 관원이 누구겠어?"

"그야 봉상감관 최고직이겠지요. 세곡을 모으고 관리하는 책임자니까요."

"최고직은 전혀 걱정을 하지 않더라고. 열흘 전엔 웃기는 이야기까지 들었다니까. 나봉구(羅奉九)라고, 함께 세곡을 나르다가 친해진 격군인데, 돈이 필요하면 얘길 하라더군. 내가 우직하게 일하는 게 맘에 들어 특별히 말해 주는 거라나. 필요하다 했지. 노름판에서 빚진 게 꽤 된다고 적당히 이율 댔어. 그랬더니 다음 날 밤에 자기랑 둘이서 어딜 좀 가자고 하더라고. 해가 지고 창고 문까지 완벽하게 잠근 뒤에, 봉구와 나는 창고 뒷문을 열고 들어가서 세곡을 스무 석이나 소달구지에 실었어. 그리고 남율림에 있는 최고직의 집으로 그걸 날랐다니까. 덕분에 푼돈을 챙기긴 했지만 정말 한심하고 웃기지 않아? 쥐새끼한테 쌀을 맡긴 꼴이라니까. 겨우 모은 500석 중에서 봉상감관이 스무 석을 슬쩍 빼돌리는 게지. 나봉구 말로는 봉상감관뿐만 아니래. 밀양부사도 제포 만호도 하다못해 육방들까지 손을 댄다는군. 그렇지만 세곡은 2000석 꽉꽉 채워 밀양을 떠날 거래. 늘 그래 왔듯이."

"믿을 수 없군요. 절반인 1000석에도 못 미치는 세곡이 광흥창에 닿으면 두 배로 바뀐단 말인가요? 마술이라도 부린답니까?"

김진이 대신 답했다.

"마술이지, 가장 더럽고 악취 나는……."

침묵이 흘렀다. 백동수와 나는 김진이 더 설명해 주기를 기다렸다. 그러나 김진은 내 손에서 사발을 빼앗아 마신 뒤 백동수에게 물었다.

"마술인지 아닌지 구별할 수 있겠습니까?"

백동수가 가슴을 펴며 답했다.

"내 눈을 의심하는 건가? 지금이라도 마당에 나가서 화살을 겨눠 쏘아 보게나. 멋지게 맨손으로 잡아챌 테니."

"조선에서 가장 눈이 빠른 무사가 바로 야뇌 형님이시지요. 세곡이 두 배로 부풀어 오르는 순간을 직접 확인하고, 마술사인 척하는 자들을 붙잡으십시오. 형님만 믿겠습니다."

"걱정 말게. 이번에 아예 뿌리를 뽑자고. 농부들이 1년 내내 땀 흘려 거둔 세곡을 꿀꺽꿀꺽 몰래 두꺼비처럼 삼키기만 하는 놈들은 감옥에 처넣어야 한다고."

백동수는 남은 막걸리를 마저 비우고 쓰러져 잠이 들었다. 코를 심하게 고는 것을 들으며 김진이 안쓰러운 표정을 지었다.

"말은 저렇게 하시지만 갑갑할 게야. 사냥이라면 1년 내내 해도 지치지 않겠지만 세곡을 어깨에 지고 나르는 일은 전혀 재미가 없을 테니까. 하지만 야뇌 형님 덕분에 조운이 어떻게 준비되고 있는지 파악했으니, 큰 도움이 되었어."

"형님도 소운을 아꼈나 보지?"

"둘이서 자주 총에 관해 이것저것 의논했지. 왜국의 조총을 참고하여 직접 만든 소운의 총을 야뇌 형님이 쏘아보기도 했다네. 소운은 검의 시대가 가고 총의 시대가 오리라 예견했고, 야뇌 형님은, 완전히 동의하진 않았지만, 이 새로운 무기가 활에 비해 무엇이 좋고 나쁜가를 알고 싶어 하셨어. 이번 일이 끝나면 소운이 개발한 총에 관한 그림들을 보여 줌세. 대여섯 가지가 넘는다네."

"고마우이. 꼭 보고 싶군."

그 밤에 윗마을 지음당으로 가서 담헌 선생을 뵈었다. 횃불을 밝히고 목수들이 바삐 오가며 나무를 자르고 옮기고 붙였다. 물을 담았던 직사각형 나무통도 모형 배들도 보이지 않았다. 일어서서 벽을 따라 지음당 안을 천천히 걸으며 홀로 도면을 살피는 선생의 모습이 쓸쓸했다. 곁에 머물며 돕던 주혜와 옥화가 없어서일까. 인사를 드리려는데 김진이 내 팔꿈치를 잡아끌었다. 고개를 돌려 눈으로만 물었다.

왜 그러는가?

김진이 손을 들어 선생의 다리를 가리켰다. 걷다가 멈추고 또 걷다가 멈추었다. 나는 귓속말로 속삭였다.

"뭘 보라고?"

"조금만 기다려. 방해하지 말고."

"방해라니?"

"작곡 중이시잖아? 안 보여?"

곡을 만들고 있다고? 선생은 양손에 도면을 들고 벽을 따라 지음당을 걷고 있었다. 주변을 살폈지만 선생이 아끼는 거문고는 물론이고 작은 피리 하나 없었다.

"보폭과 빠르기를 달리하셔. 허공의 기(氣)를 모았다가 밀고 계신다네. 음률이 마음을 지나가는 중일 거야."

"악기도 없이 곡을 만드는 게 가능해?"

"먼저 소리들이 지나가지. 선생의 두 발은 그 소리들을 흘려보내지 않고 기억해 두려는 거야."

"악보를 기록하지도 않고 두 발로만 기억한다고?"

"바둑 복기(復棋)를 본 적 없나? 고수에겐 종이나 붓 따위 거추장스러울 뿐이야. 흘러가는 대로 돌을 놓으면 판이 완성되지. 선생에겐 저 발놀림이 돌의 움직임과 같아. 악공이나 다른 이들에게 곡을 알려 주기 위해 악보를 그릴 필요는 있겠지만, 지금은 저렇게 가다 서다를 반복하는 것만으로도 넉넉하다네."

"무슨 곡을 만드시는 걸까?"

김진이 나를 뚫어져라 쳐다보곤 반문했다.

"정말 잊었는가, 선생이 지음당에 매달리는 이유를?"

그제야 풍광 하나가 선명하게 떠올랐다. 전하께서 내린 어명도 함께.

"풍금에 어울리는 곡?"

김진이 고개를 끄덕였다.

"선생의 발놀림을 보고 있자니, 음률과 춤은 처음부터 하나였단 생각이 드는군. 저렇듯 몸을 움직여야 곡이 떠오르고, 또 곡이 떠오르면 거기에 맞춰 몸을 다시 움직이는 식이야."

선생은 지음당을 한 바퀴 더 돌았다. 그리고 멈춰 서선 고개를 푹 숙였다. 목수들이 나무와 쇠에 두드려 대는 소음들만 크게 들렸다. 이윽고 선생이 고개를 들곤 주위를 살폈다. 두 눈엔 행복한 미소가 가득했다. 비로소 우릴 발견하더니 잠시 쉬자며 목수들을 내보냈다. 목수들이 담뱃대를 챙겨 들고 앞마당으로 나갔다. 창고엔 선생과 김진 그리고 나만 남았다. 김진이 도면을 살피며 말했다.

"좋은 곡이 기대됩니다. 많이 하셨습니까?"

선생이 미소를 지우지 않고 받았다.

"그럭저럭. 풍금이 완성되는 날 곡도 마치는 게 목표라네. 동율림에 가 있는 동안엔 전혀 곡이 떠오르지 않았는데, 오늘은 좀 낫군."

내가 끼어들었다.

"아뇌 형님을 뵙고 오는 길입니다."

"무탈하던가? 지난번에 창고에서 보니 얼굴이 까칠하던데……."

"큰 문제는 없어 보였습니다. 막걸리 네 통을 비우셨으니 보름은 또 거뜬하실 거고요."

김진이 목소리를 낮추며 말머리를 돌렸다.

"세곡이 걷힌 양은 저희들 예상대롭니다. 한 달 남짓 남았지만 2000석을 조운선에 싣는 건 어렵습니다. 때가 된 듯합니다. 이 길로 한양으로 가겠습니다."

나는 고개를 돌려 김진을 쳐다보았다. 한양이라니? 왜 갑자기 한양에 간단 말인가? 이젠 내게 비밀 따윈 없다고 하지 않았는가? 섭섭함과 짜증이 밀려들었다. 김진이 그런 마음을 알아차리기라도 한 듯 내게 말했다.

"지금까지 조사한 내용을 중간에 한 번 전하께 아뢰고 와야 해서⋯⋯. 기밀 사항이 많으니 파발을 띄울 수도 없지. 직접 가는 수밖에 없지 않겠는가?"

"그렇군."

누굴 믿고 전하께 올리는 글을 맡기겠는가. 김진이 간다면 나는 남는다는 뜻이겠지. 그 없이 조사를 이어 갈 생각을 하니 금방 막막해졌다. 김진이 뜻밖의 청을 선생에게 했다.

"이 도사와 함께 다녀왔으면 합니다."

"함께? 두 사람이나 갈 필요 있어?"

의외인 듯 물었다. 나 역시 선생과 같은 생각이었다.

"아무래도 분위기가 좋지 않습니다. 조운선까지 불태우는 놈들이니까요. 이 도사가 호위를 해 준다면 한결 낫겠습니다."

"그럼⋯⋯ 이 도사만 다녀오는 건 어떻겠나?"

김진이 내게 도움을 바라는 눈짓을 보냈다.

"저도 조사를 한다고 했지만, 전후 사정을 살펴 자세하게 설명하는 건 화광이 낫습니다. 밤낮없이 달려 금방 돌아오도록 하겠습니다."

선생이 고개를 끄덕였다.

"알겠네. 그리하게. 밀양에서 한양까진 812리나 되니 무탈하게 다녀오는 게 가장 중요하겠지."

선생이 소매에서 비단으로 싼 서찰 하나를 내밀었다. 전하께 올릴 글은 이미 완성해 놓은 것이다. 김진이 밀서를 받아 품에 고이 넣었다. 선생이 뒷기미 나루까지 배웅을 해 주었다. 말을 달리기 전에 김진에게 물었다.

"우리가 없는 사이에 심각한 사건이라도 터지면 어떻게 하지?"

선생을 홀로 두고 떠나는 것이 마음에 걸렸던 것이다. 김진이 웃으며 가볍게 받았다.

"어사를 보좌하던 두 관원이 갑자기 한양으로 올라갔단 소식을 들으면, 저들도 몹시 궁금할 거야. 우리가 한양에서 무슨 짓을 하는가를 파악한 다음에 저들도 움직이려 들 테니, 너무 걱정 말게."

"우리 둘 다 올라가야 하는 이유라도 있어?"

"한양에 도착하면 알려 줄게. 자, 이제 달리자고."

김진이 먼저 허리를 숙인 채 말을 몰았다. 나도 뒤질세라 속도를 높였다. 더운 바람이 얼굴을 때렸지만 고개를 돌리지 않고 북쪽 하늘을 바라보았다. 밀양 후조창과 등산진 앞바다가 밑변을 만드는 삼각형의 두 꼭짓점이라면, 한양은 이 밑변을 밤하늘의 북극성처럼 내려다보는 삼각형의 가장 높은 꼭짓점이었다. 이제 다시 세 꼭짓점을 이어 가며 고민을 할 때가 다가온 것이다. 김진이 곁에서 함께 달려 새삼 든든했다.

16장

사흘을 낮밤 없이 달려 숭례문에 닿았다. 먹장구름이 몰려들더니 장대비를 쏟았다. 볏짚으로 짠 도롱이를 어깨에 걸쳤지만 들이치는 비를 막긴 어려웠다. 군데군데 물웅덩이까지 생겨 말의 발놀림도 경쾌함을 잃었다. 비 내리는 거리엔 행인이 뚝 끊겼다. 어둠이 더 어둡고 슬픔이 더 슬프다는 문장이 어울리는 날이었다.

김진은 중간 보고라며 상경의 이유를 요약했지만, 나는 그 중간이 꼭 절반을 의미하진 않는다고 여겼다. 등산을 할 때도 거리로는 절반이지만 정상에 가까울수록 가파르고 험한 법이다. 전하를 뵙고 나서 또 사흘을 달려 밀양으로 돌아오면, 지금까지와는 비교하기 힘든 어려움이 기다릴지도 모른다. 흉악범들을 쫓으며 생긴 예감 같은 것이다.

이제부터가 진짜다. 사건을 해결하여 범인을 잡든지 사건을 풀지 못한 채 내 목숨이 달아나든지.

의금부 도사임을 밝히고 대문을 지키는 문지기 숙소에서 잠시 비를 피했다. 김진이 수건으로 얼굴과 목을 대충 닦아 냈다. 그 수건을 건네받으며 사흘 내내 품었던 질문을 던졌다.

"둘이 함께 상경해야만 하는 까닭이 뭔가?"

김진이 대답 대신 비단으로 곱게 싼 담헌 선생의 밀서를 품에서 꺼내 내밀었다. 받지 않고 물었다.

"무슨 뜻인가?"

"잠시 내가 맡아 둔 거라네."

"맡아 두다니?"

"나는 입궁하지 않을 걸세. 자네 혼자 용안을 우러르도록 해."

"뭐라고?"

귀를 의심했다. 변덕을 부릴 상황이 아니었다. 칡넝쿨처럼 얽힌 사건을 간명하게 정리하여 아뢸 능력이 내겐 없었다. 더군다나 전하와의 독대라니. 상상만으로도 식은땀이 흘렀다.

"납득할 만한 이유를 들게. 그렇지 않으면 허락할 수 없어."

김진이 기다렸다는 듯이 설명했다. 내가 쉽게 밀서를 받지 않으리라고 예상했으리라.

"정 참상의 보고가 벌써 탑전으로 올라갔을 걸세.『정감록』무리를 밀양에서 찾았으며 기묘년에 동궁전에서 사라진 오유란의 행적도 확인했다고.『정감록』무리를 모조리 잡아들이란 명을 내리실 거야. 오유란의 하나 남은 피붙이인 주혜 낭자까지 말일세. 자넨 내가 주혜 낭자를 꼭 잡겠노라고 전하께 거짓말하길 바라는가? 주혜 낭자가 전하의 배다른 동생일지도 모른다고 아뢰기를 원하는가? 난 둘 다 못하겠네. 그러니 자네 혼자 가! 그게 좋겠어."

김진의 마음이 거기까지 뻗쳤으리라곤 헤아리지 못했다. 정말 주혜를 깊이 아끼는 것이다. 입장이 곤란한 것은 알겠지만, 순순히 응낙할 수는 없었다. 사건을 재조사하기 위해 하루하루 분주했던 나날이다. 새로 알아낸 부분도 적지 않지만 전체를 하나로 꿰어 살피진 못했다. 정돈을 하려고만 들면 돌발 상황이 터졌다. 김진이라면 어떻게든 전하의 매서운 질문에 합당한 답을 찾아내리라 믿고 상경길에 올랐다. 김진 없이 전하를 뵙는 광경을 단 한 번도 상상하지 않았다.

"자신 없네. 주혜 낭자에 대해 하문하시면 내가 전부 답하지. 자넨 그저 고개를 숙이고 잠자코 있기만 하게."

김진이 단호하게 잘랐다.

"싫네. 가만히 있지 않으려고, 하고 싶은 말 맘대로 하고, 가고 싶은 곳 맘대로 가려고 택한 삶이라네. 군왕 앞에서도 이 원칙은 지켜야 해. 난 오로지 내가 가만히 있고 싶을 때만 가만히 있겠네. 주혜 낭자를 거명하면 어찌 가만히 있겠는가?"

내 목소리가 커졌다.

"정신 차려! 이건 나랏일이야. 여자 때문에 형편없이 굴 줄은 몰랐군."

"의금부 도사인 자네에게 나랏일이 중요하겠지만 내겐 아닐세. 난 그저 담헌 선생과 자네를 도와 먼저 간 벗 소운의 최후를 살펴보려는 것뿐이라네. 나랏일은 녹봉을 꼬박꼬박 타는 자네나 열심히 하게. 뭐라 해도 난 가지 않겠네."

"임시직이지만 규장각 서리로 일하고 있지 않은가? 독운어사를 보좌하기도 하고?"

"독운어사를 보좌하는 이유는 이미 말했네. 규장각 서리 역시 검서관 형님들이 도움을 청하여 시간을 냈을 뿐일세. 세상에 나고 떠돌다 사라지는 서책들에 대해 모여 앉아 이야기 나누는 시간이 얼마나 근사한지는 자네도 짐작하지? 나라에선 필요한데 규장각엔 없는 서책을 구해 오고, 또 내가 미처 지니지 못한 서책을 규장각에서 우연히 발견하여 필사하는 기쁨을 누렸다네. 녹봉은 필요 없어. 규장각 서리도 독운어사 보좌관도, 두 일 모두 나라에서 사례를 하겠다고 해도 단 한 푼도 받지 않을 거라네. 나는 오로지 나이고만 싶어. 세곡 몇 석, 돈 몇 푼으로 나랏일에 묶이고 싶지 않으이."

김진의 고집을 꺾긴 어려웠다. 내가 그를 아끼는 이유이기도 하다. 정처 없는 사내여! 어쨌든 이 난처함을 벗어날 방법을 알려 줄 이도 그뿐이다.

"대체 나 혼자 어찌 말씀을 올리라고 이러는가?"

"어렵지 않을 걸세. 밀서를 읽으시면 용단을 내리실 거야. 자넨 아는 만큼만 하문에 답하면 돼."

"함께 뵐 생각이 아니었다면 자넨 무엇 때문에 한양에 왔는가?"

또 무엇을 숨겼는지 궁금하기도 하고 섭섭하기도 했다.

"전하를 우선 뵙고 오게. 건곤일초정에서 기다리겠네."

나는 결국 그가 건넨 밀서를 받았다.

"하나만 묻겠네. 밀서에 무엇이 적혀 있나? 그걸 알아야 전하의 하문에 합당한 답을 미리 준비할 것 아니겠는가?"

"나도 자네와 마찬가지로 독운어사의 밀서를 읽어 보지 않았으니 자세히는 모르겠네. 다만 담헌 선생도 우리와 생각이 같을 걸세. 반격을 시작할 때라고 청하였으리라 보네."

반격! 힘찬 만큼 떨리는 단어다.

"어떤 반격 말인가?"

"밀양부터 영암까지 이 사건과 관련된 자들이 우리의 패를 미리 읽고 입을 맞췄네. 예상한 대로지. 계속 그들의 입을 쳐다보는 건 어리석어. 자네라면 어찌하겠는가?"

"글쎄……."

마땅한 답이 떠오르지 않았다.

"나라면, 말 대신 행동을 유도하겠네."

"그들이 스스로 움직인다고? 어떻게 말인가?"

"나는 못하지만 전하라면 구중궁궐에 편히 앉으신 채로도 하실 수 있다네. 팔도강산 구석구석 어디든 어명이 미친다는 걸 자네도 모르진 않겠지? 벌써 시작하신 부분도 있고."

"시작하셨다고? 그게 뭔가?"

"뭘 것 같은가?"

김진이 되물었다. 이렇게 되물을 때는 옳든 그르든 내 식대로 답을 내놓아야 했다. 다시 물으면, 김진은 아예 말머리를 돌리거나 침묵으로 답을 숨겼던 것이다. 나는 4월 5일 이후 한양에서 밀양으로 내려온 어명을 짚어 보았다. 그 어명은 하나뿐이었다. 지금까지 김진이 낸 문제 중에서 가장 쉬웠다.

"등산진 앞바다에 빠진 세곡 2000석을 마련하여 7월 말까지 조운선을 다시 출항시키라 하셨다네. 그 때문에 밀양은 물론 인근 네 고을의 관원들까지 바삐 움직이고 있지."

"맞아. 다섯 군데에서 스무 척이 침몰하였으니, 2만 석의 세곡을 실은 조운선이 7월 말에 일제히 조창을 출발해야겠군. 내년으로 세곡을 넘기자는 몇몇 당상관들의 청을 거절하셨다네. 백성의 고단함을 세심히 챙기시는 전하시니, 다른 때 같으면 먼저 세곡을 내년으로 넘길 방도를 찾으라고 호조와 선혜청에 명하였을 걸세. 하지만 7월 말로 못을 박은 이도 전하시고 그때까지 조운선을 출항시키지 않는 도차사원은 엄벌에 처하겠다고 명하신 이도 전하시지. 이 정도는 맛보기인 셈일세. 이제 본격적으로 그들을 움직여야 할 때가 된 거라네. 그럼 난 가겠네. 수고하게."

김진은 비 내리는 거리로 바삐 뛰어나갔다.

삼경(三更, 밤 11시)에 경희궁 존현각으로 오라는 밀명을 받았다. 세손 시절에는 많은 이들을 이곳에서 만나셨고, 용상의 주인이 되신 후에도 한동안 이곳에서 잠을 청하셨다. 그러나 정유년 괴한들이 침궁한 뒤론 창덕궁으로 거처를 옮기셨다. 존현각에는 방비를 위한 최소한의 궁인만 남겼을 뿐이다.

여름비 내리는 이 밤엔 그마저도 모두 물리고 잡인의 출입을 금했다. 대전 내관은 나를 존현각 앞까지 인도한 후 왔던 길을 되돌아 사라졌다.

"들어오너라."

아뢰기도 전에 방으로 들라는 명이 내렸다. 빗소리가 시끄러웠지만 인기척을 알아차리신 것이다. 문을 열자, 담배 연기부터 얼굴로 밀려들어 왔다.

담배를 피우셨던가?

나라 전체가 담배를 즐기니, 깊은 밤 종구품 당하관을 기다리며 담배 몇 모금을 들이키셨다고 해서 이상할 것은 없다. 마음의 상처가 많은 사내일수록 더 빨리 더 깊이 담배 연기를 빨아들이는 법이다.

예의를 갖춘 뒤 밀서를 꺼내 올렸다. 길게 담배를 한 모금 들이키신 뒤, 연대에 재를 터셨다. 그리고 그 위에 담뱃대를 내려놓은 다음, 서찰을 펴 읽으셨다. 나는 꿇어 엎드려 이마를 바닥에 대고 기다렸다. 빗소리가 크고 우렁찼다. 지붕을 두드리고 벽을 두드리고 문과 창을 두드리고 내 맘을 두드렸다. 덮고 지우고 파묻고 지나가게 하진 않겠다는 외침으로 들렸다. 많은 질문들과 그에 맞는 답들을 머릿속으로 떠올려 보았다. 세손 시절부터 예리한 질문을 쏟아내어 신하들을 곤경에 빠뜨리셨다. 철저히 준비하고 갔지만 예상 못한 질문 세례에 눈물을 쏟은 당상관도 여럿이었다. 김진에 대한 원망이 스멀스멀 차올라 왔다. 나쁜 사람! 나 혼자 불구덩이로 밀어 넣다니.

"담헌이 계방에 근무할 때 이곳에서 여러 서책을 함께 읽고 의논하였느니라. 알고 있느냐?"

"들었사옵니다."

"참 새로운 사람이었다. 공맹에 밝은 것은 물론이고, 청나라에 대해서도 모르는 것이 없었고, 천문에도 능했으며, 수학에도 조예가 깊었지. 그렇게 많이 공부하고 색다른 경험을 했으면서도 오로지 학인으로 평생을 살아가겠다는 자긍심이 말 한마디 눈빛 한 줄기마다 담겼더구나. 그처럼 사는 것은 어떨까 상상하기도 했더랬다. 우주가 무한하다고 자신 있게 주장하는 이가 이 나라에서 몇이나 될까? 청나라가 얼마나 넓은지도 제대로 답하지 못하는 이가 대부분이다. 담헌은 호기심의 크기와 깊이가 남달랐다. 또한 그 호기심을 풀기 위해 최선을 다했고, 그리하여 얻은 것들을 설명하기 위해 또 갖은 궁리를 보탰느니라. 끈질긴 학인이자 탁월한 선생이다. 네가 담헌의 문하에서 공부에 매진한다고 들었다. 아무나 담헌의 제자가 되는 것이 아니다. 격물치지(格物致知)에 온 정성을 다 쏟거라."

"명심하겠사옵니다. 신은 아직 부족한 부분이 너무 많사옵니다."

"일백 층 보탑(寶塔)이 있다고 치자꾸나. 탑 밖에 서서
층수나 세는 것보다는 한 걸음 한 걸음 올라가는 노력이
필요한 게다. 그래야 언젠가는 일백 층 꼭대기에 서서 천
하를 바라볼 것 아니겠느냐. 과인이 용상의 주인이 아니라
면, 우리는 같은 스승을 모시고 같은 서책을 읽으며 지금
도 밤낮없이 공부에 매진하는 동학일 게야."

"저, 전하!"

예상 밖이었다. 날카로움 대신 촉촉한 감상들이 밀려든
것이다. 긴장을 늦추진 않았다.

"하면 너도 연경 유리창에 가 보고 싶었겠구나."

이미 뒷조사를 마친 느낌이었다. 군왕이 마음만 먹는다
면 그 정도는 식은 죽 먹기다. 솔직하게 답했다.

"지난 5월 연행에 참가할 예정이었사옵니다. 연행은 독
운어사를 가까이 해 온 이들에겐 죽기 전에 꼭 한 번 이루
고픈 소망이옵니다."

"정녕 그렇더구나. 담헌이 적은 연행록은 신기한 풍광과
재미있는 사건들로 가득 차 있더구나. 화려하진 않고 오히
려 심심한 듯하면서도 품격이 있고 사람의 마음을 흔드는
정이 넘치더구나. 글깨나 한다는 신하들이 담헌과 그의 서
책들을 추천한 이유를 알겠다."

전하께서도 담헌 선생의 여행기들을 읽은 것이다. 『연기』일까? 아니면 『을병연행록』? 혹은 그 모두일 수도.

"일찍이 효종대왕이나 소현세자께선 청나라를 두루 보고 오셨느니라. 생각을 널리 펴고 단단히 다지는 데는 이국의 경험들이 큰 보탬이 되었겠지. 과인에게도 그와 같은 기회가 있을까? 아니면 담헌처럼 그곳을 다녀온 이의 글이나 읽으며 부러워하다 말까?"

"전하!"

"하늘이 기회를 주셔서 청나라를 살필 기회가 있다면, 과인을 호위하여 주겠느냐? 산해관에도 가고……."

지도를 펼쳐 놓고 연행의 여정을 확인하셨는가. 눈으로나마 먼 여행을 떠났다가 오셨는가.

"목숨을 걸고 호위하겠나이다."

다시 화반(花斑) 담뱃대를 쥐곤 입에 무셨다. 연기를 가볍게 뱉으신 후 문득 하문하셨다.

"밀양 백성도 담배를 즐겨 피우더냐?"

"그러하옵니다."

"너도 즐기느냐?"

"평소엔 가까이하지 않으나 벗들과 어울릴 때면 사양하진 않사옵니다."

"왜 가까이하지 않느냐?"

"잔기침이 자주 나서이옵니다."

"사람에 따라 처음엔 꽤 힘든 이도 있다더구나. 좀 더 자
주 많이 피우면 기침이 사라지기도 하는데, 노력해 보진
않았느냐?"

"아직 그렇게 담배에 끌리진 않았사옵니다."

"한 모금 피우려느냐?"

귀를 의심했다. 어찌 군왕과 마주 앉아서 담배를 나누어
필 수 있단 말인가.

"저, 전하! 아니옵니다. 어찌 제가 감히……."

소리 내어 낮게 웃으셨다.

"품계 따윈 잊어라. 과인에겐 영의정보다 이 도사 네가
더 가깝고 중요하다. 영암 앞바다를 비롯한 전라우수영을
돌아본 감회가 남달랐겠구나. 어떠했느냐?"

"조운선이 침몰하긴 했으나 눈에 띄는 어지러움은 없었
사옵니다."

나는 질문의 맥락을 이해했지만, 끌려들지 않고 직책에
맞게 차분히 답했다. 좀 더 어심을 내보이셨다.

"의민공(이억기)이 지키던 바다이지 않는가? 이 충무공
의 공이야 백번을 강조해도 지나침이 없겠지만, 의민공 또
한 수군을 이끈 공이 충무공 다음으로 큰 명장이니라. 과
인은 항상 의민공이 자랑스럽다."

나의 본이 전주이고, 선무이등공신 의민공이 내 오대조
란 것을 염두에 둔 지적이었다. 독운어사의 제자에서 의민
공의 후손까지 나아간 것이다.

"법으로 정한 종친의 테두리에는 들지 않으나, 의민공이
나 또 그 오대손인 의금부 도사 이명방이 사사롭게는 과인
의 일가붙이인 것은 분명한 사실이니라."

그래서 영의정보다도 가깝다는 말씀을 내리신 것이다.

"황공하옵니다."

감읍하면서도 솔직히 두려웠다. 무슨 하교를 위해, 사사
롭게는 같은 집안이라고까지 강조하며 이렇듯 뜸을 들이
시는가. 서론이 길수록 불안감이 커졌다.

"용상을 흔드는 자들이 있다."

"누가 감히……."

말허리를 자르셨다.

"그자들이 누구든 엄단해야 하느니라. 너는 담헌과도 다
르고 김진과도 다르다. 그들은 명을 받들어 직분에 충실하
고자 애쓰는 것이겠지만, 네게는 이것이 곧 네 전부다. 직
분이 아니라 삶 자체란 뜻이야. 알아듣겠느냐?"

"예. 전하!"

"그들보다 한 가지를 더 고민해야 할 것이야. 우선 조운
선과 소선 침몰 사건의 실상을 낱낱이 조사하여 밝혀내어

라. 그리고 독운어사나 다른 이들이 거기서 만족할 때, 너는 밝혀낸 사실들을 과인의 입장에서 생각해 보아야 한다."

"신이 어찌 감히 그와 같은 불충을……."

목소리에 힘을 실으셨다.

"어명이다. 군왕인 과인이 의민공의 오대손에게 특별히 하는 부탁이라 여겨도 좋다. 과인에게 유리한 것과 불리한 것을 신속하고 정확히 나누도록 해라. 궁리한 결과를 은밀히 과인에게 알려 다오. 상황이 급박하여 과인에게 알릴 여유가 없다면, 네가 먼저 뜻대로 일을 해치우더라도 문제 삼지 않겠느니라."

담헌 선생이나 김진에겐 비밀로 하고, 전하를 위해 일가붙이로서 움직여 달라는 것이다. 그래도 못 미더웠는지 예를 덧붙이셨다.

"독운어사는 진향 모녀가 도목수 선풍과 연관되었단 풍문이 있다고, 별일 아니라는 듯이 적고 넘어갔지만, 이건 그렇게 간단히 넘길 문제가 아니다. 반드시 동율림을 뒤져 죽은 진향이 오유란인지 확인해야 한다. 물증을 찾아내서 가져와라. 그리고 달아난 진향의 딸 주혜도 반드시 붙잡아라. 이씨의 나라가 망하고 정씨의 나라가 시작된다고 떠드는 무리는 남녀노소를 막론하고 모두 잡아들여라. 알겠느냐?"

"명심하겠사옵니다."

김진의 예측이 옳았다. 정수담의 보고가 이미 올라간 것이다. 『정감록』 무리를 모조리 색출하여 잡아들이기를 원하셨다. 그리고 사도세자를 가까이 모시다가 달아난 오유란으로 추정되는 진향에 대해서도 모든 걸 알아내기 바라셨다. 마지막 화살이 주혜에게 향하자, 김진의 굳은 얼굴이 떠올랐다. 전하께서 찾으려는 여인을 김진은 사랑한다. 잡아 오라 명하신 여인을 김진은 빼돌렸다. 주혜를 숨긴 사실이 밝혀지면, 내 친구의 목숨까지 위태롭다.

"독운어사에게 가서 전하거라. 광흥창의 수와 주부와 봉사와 부봉사를 모두 원하는 대로 바꿀 터인즉 신중하게 뜻대로 행하라고. 후조창의 조운선이 도착할 때는 낯익은 이들이 광흥창에서 이사를 맞을 거라고 하거라. 사검서라면 믿고 맡길 만하지 않겠느냐?"

광흥창의 관원을 바꾼다. 이것이 담헌 선생이 원한 다음 요청인 것이다. 사검서에게 임시로 광흥창을 맡겨 후조창에서 올라온 세곡 2000석을 살피겠다는 용단을 내리셨다. 최후의 결전을 위해 낭떠러지 사이에 외나무다리를 놓는 느낌이 들었다.

"알겠사옵니다."

"풍금에 대한 기대가 크다는 말도 꼭 전하거라."

"최선을 다하여 풍금을 만들고 있사옵니다. 악기에 맞는 새로운 곡도 마무리 중이라 들었사옵니다."

"알겠다. 풍금을 듣기에 가장 좋은 장소 역시 독운어사가 알겠지. 어디든 고르면 가서 듣겠다. 언제 밀양으로 내려가겠느냐?"

"내일 날이 밝는 대로 출발할 예정이옵니다."

"알겠다. 과인의 밀명을 명심하여 행하거라. 누구도 믿어선 아니 된다."

네 벗인 김진도, 스승인 담헌도.

예의를 갖추고 나오는 동안 담배 연기가 다시 방에 자욱했다. 연기 속으로 모습을 감추는 데 익숙한 이가 바로 전하셨다. 어명을 받들어 밀양과 남해 바다를 누비는 것은 나 이명방이겠지만, 그 모두를 하늘에서 굽어보는 이는 단 한 분 전하이시다. 해도 달도 보이지 않는 그믐밤이라고 해도, 어디로도 가시지 않고 같은 자리에 앉아 계신다. 전부를 아시지만 하나도 모르는 듯, 미리 명령을 내리고도 무관심한 척 기다리시는, 내 평생 충성을 바쳐야 하는, 무서운 분!

존현각을 나온 후 깊은 밤을 달려 남산 건곤일초정으로 향했다. 먹구름이 여전히 달과 별을 가렸지만 비는 어느새 멈췄다. 광흥창의 관원을 바꾸겠다는 하교를 듣는 순간, 머리가 맑아지면서 엉킨 실타래가 한꺼번에 풀리는 기분이 들었다. 도차사원 박차홍부터 차사원 노치국과 봉상감관 최고직까지, 세곡이 부족하면서도 여유로운 것은 꿍꿍이가 있기 때문이다. 조운선이 도착하는 광흥창에서 마지막 반전이 일어날 가능성이 컸다. 광흥창 관원들이 조운선을 끌고 온 지방 관원들이나 한강의 장사치들과 저녁마다 어울려 술잔을 기울인다고 하지 않는가. 그런데 광흥창 관원을 깐깐한 규장각의 사검서로 바꾸면, 박차홍으로선 믿었던 해결책이 사라지는 셈이다. 김진의 말대로, 그들은 새로운 방법을 찾아 스스로 몸을 움직일 수밖에 없다. 비장의 한 수라고 무릎을 치는 것과 동시에 위험한 한 수라는 생각도 들었다. 막다른 골목에 몰린 쥐가 고양이를 문다고 하지 않는가. 퇴로도 없이 적군을 공격할 땐 아군도 어느 정돈 손실을 각오해야 한다. 담헌 선생과 김진 그리고 전하께서 이 방법을 택한 것은 그만큼 저들의 허점을 찾기 어렵단 뜻이리라.

"왔는가? 수고했네."

건곤일초정으로 들어서니, 김진은 크고 작은 원경들과 혼천의 세 개를 방에 가득 늘어놓은 채, 수건으로 닦고 나사를 조이느라 바빴다.

"이게 다 뭔가? 비는 그쳤으나 달도 별도 없다네."

"오늘 천문을 관찰하려는 게 아닐세. 적어도 보름에 한 번은 이렇게 꺼내 청소를 해 줘야 해. 먼지가 끼고 녹이 슬면 천문을 살필 때 오차가 생긴다네. 작은 차이가 심각한 결과를 낳을 수도 있으이."

"도와줄까?"

"고맙네. 어느 때보다 자네의 양손이 그립더군."

김진이 수건을 내밀었다. 그 수건을 받아 혼천의를 받침대부터 닦기 시작했다. 침묵이 깔렸다. 김진은 독대의 결과에 대해 아무것도 묻지 않았다. 나 역시 비스듬히 등을 진 채 혼천의에 앉은 먼지를 없애는 데만 집중했다. 빡빡한 시간이 흘러갔다. 먼저 말을 꺼내면 지는 것인데도, 내가 번번이 답답함과 불편함을 이기지 못하고 묻곤 했다. 오늘도 마찬가지였다.

"궁금하지 않아, 어찌 하명하셨을지?"

"독운어사의 청을 승낙하셨겠지. 마지막 수단임을 모르지 않으실 테니까."

얄밉다, 여우처럼!

"광흥창을 사검서에게 임시로 맡기겠다고 하셨다네."

"단어 하나에서도 잘잘못을 가리는 매의 눈을 지녔으니, 세곡 한 알도 허투루 새어 나갈 기회가 봉쇄되겠군."

"원경이나 청소하려고 상경한 건 아닐 테고……?"

한양에 올라온 까닭부터 물었다. 김진이 고개를 들곤 방금 자신이 닦은 원경을 들어 보였다. 원경들 중에는 가장 크고 무거웠다.

"이 녀석이면 을미년(1835년)에 주혜가 와도 생생히 관찰할 수 있겠어."

"을미년에 주혜가 오다니?"

"어렸을 때 그런 적 없나? 밤하늘을 수놓는 별들 중 하나에 자기 이름이나 자기가 아끼는 사람의 이름을 붙여 준 적 말일세."

"있지."

"주혜 낭자에게도 별을 하나 고르라 했어. 당분간 헤어져 지내더라도 그 별을 보며 당신 생각을 하겠노라고. 그런데 그미가 자기 별은 이미 정해 놓았는데, 늘 보이진 않는다고 했어. 76년마다 한 번 오는 혜성이 자기가 택한 별이래. 그래서 내가 물었지. 을미년 그 별이 다시 오면 함께 보지 않겠느냐고."

김진에게도 이런 달콤함이 있었던가.

"뭐라고 하던가?"

"좋다더군. 대신 그 혜성을 또렷하게 품을 준비를 해 달라고 했어."

"그래서 원경들이 생각났고, 상경하여 청소니 뭐니 하며 야밤에 이 난리를 피우는 거라고?"

헛웃음이 나왔다. 사랑에 빠진 이들을 여럿 보아 왔지만, 55년 후에 함께 볼 혜성을 위해 미리 원경을 닦는 이는 처음이었다. 혜성이 온다고 해도 그때까지 우리가 살아 있기나 할까.

"참, 자네도 같은 해에 태어났으니 혜성을 이 원경으로 봐도 좋네. 단 주혜 낭자와 내가 먼저 보고, 자네는 그다음에 날을 잡도록 하세. 혜성은 적어도 한 달 남짓 보일 테니 조급할 필요는 없다네."

"됐네. 자네나 혜성이 나타나서 사라질 때까지 실컷 보게. 난 그냥 운종가에서 두 눈 부릅뜨고 봄세. 근데 그땐 주혜 낭자가 아니라 주혜 할멈이겠군."

김진이 심각한 얼굴로 받아치는 바람에 오히려 더욱 웃겼다.

"아니야. 주혜 낭자는 영원히 주혜 낭자라네. 원경 없이 맨눈으로 보겠다면 그리하게. 눈으로 그냥 봐도 긴 꼬리가 확인될 만큼 충분히 밝게 빛날 걸세."

사랑에 빠진 바보의 이름이 바로 김진이었다.

그는 깨끗한 천으로 원경을 덮어 솜씨 좋게 옮기기 시작했다. 몇 개는 붙박이장에 숨기고 몇 개는 서재로 들어갔다. 가장 큰 원경은 별채 지하에 마련된 보관실로 사라졌다. 새벽이 밝아 오고 있었다. 나는 길게 하품을 하며 물었다.

"피곤하군. 사흘 꼬박 말을 달리느라 편히 방바닥에 등을 대지 못했네. 잠깐 눈만 붙이고 느지막하게 일어나 아침과 점심을 겸하여 한 술 뜨고 밀양으로 출발하세."

"좋도록 해."

"자넨?"

"난 만날 사람이 있으이. 내가 한양까지 온 이유이기도 하고. 생각 같아선 자네도 한 번쯤 만나 두면 좋을 듯한데, 눈꺼풀이 반도 넘게 내려온 친구에게 권하긴 어렵겠군. 자넨 여기서 잠이나 즐기도록 하게. 나는 잠시 나갔다가 옴세."

"잠깐. 아무리 졸러도 자네가 누굴 만날까 궁금하군. 한양까지 와야만 하는 까닭도 궁금하고. 같이 감세. 한데 그 사람이 어디 있는가? 왜 하필 이렇게 이른 시각에 약속을 잡았어? 아침이라도 먹고 천천히 만나도 되지 않나?"

"되짚어 보니 그를 만난 건 언제나 새벽이었군. 그이만 특별한 건 아닐세. 서쾌 김진에게 부탁을 하러 오는 이들은 대부분 남들의 눈을 꺼리더군. 나랏법이 정한 테두리에서 해결이 어려운 문제를 풀어 달라는 경우가 대부분이니, 나란 인간을 만나는 것 자체를 꺼리는 게지. 오늘 만날 이는 더더욱 그렇고."

"내가 동석하는 걸 싫어하지 않을까? 둘만의 비밀로 하고 싶을지도."

김진이 미소를 지으며 답했다.

"아니야. 오늘은 자네가 있는 게 낫겠어. 혹시 안 좋은 일이 생길지도 모르는데, 자네가 곁을 지킨다면 든든하겠지."

"가지. 하룻밤 더 지새운다고 별문제야 있겠는가."

남산 자락을 내려와선 필동을 거쳐 성명방을 지나 개천(청계천)에 이르렀다. 동쪽으로 돌아서서 천변을 따라 창선방을 지났고, 다시 북쪽으로 방향을 꺾어 초교(初橋)를 지나니 곧 건덕방이었다. 홍인문을 중심으로 들어선 가게들은 어둑새벽부터 문을 열고 물품을 진열하느라 바빴다. 대로에 늘어선 가게들과 나란히 횡으로 뻗은 뒷골목엔 거상들의 창고나 저택이 자리 잡았다. 정승 판서의 집보다 넓고 크다는 소문이 허풍만은 아니었다. 건덕방에 들어서자마자 높은 담벼락과 마주쳤다. 반쯤 열린 협문을 향해 김진이 걸음을 옮기며 말했다.

"최대한 자중하게. 내가 부탁하기 전까진 움직이지 말게."

"알겠네. 한데 누구 집인가? 으리으리하군."

"경강상인으로 동대문까지 진출한 거상 윤덕배의 집이라네."

"윤덕배? 그이를 만나고자 상경한 겐가?"

김진이 가타부타 말하지 않고 협문으로 들어섰다. 기다리던 하인이 거리를 살핀 뒤 문을 닫아걸었다.

"장검을 주십시오."

눈썰미가 좋았다. 두루마기 안으로 등에 멘 검을 알아차린 것이다. 김진이 고개를 끄덕였다. 나는 검을 풀어 건넸다. 하인을 따라 마당을 가로지르고 긴 복도를 따라 들어가니, 빈방이 하나 나왔다.

"기다리십시오."

하인이 물러나고 잠시 후 계집아이가 소반에 국화차를 내왔다. 그 차를 한 모금 마시기도 전에 문밖에서 인기척이 들렸다.

"날세."

김진이 일어났으므로 나도 따라서 몸을 일으켰다.

거상이라고 해도 한낱 장사치에 불과하지 않는가? 일어나 맞는 건 지나치다.

문을 열고 들어온 이는 장사꾼이 아니었다. 큰 갓을 쓴 늙은이는 꼬장꼬장한 걸음걸이에서부터 사대부의 분위기를 풍겼다. 나를 보자 잠깐 멈춰 서서 아래위를 훑었다. 감정이 전혀 드러나지 않는 무뚝뚝한 표정이었다. 김진이 나를 소개했다.

"함께 밀양에서 조운선과 소선 침몰을 조사 중인 의금

부 참외도사 이명방입니다. 어차피 같이 끝까지 가야 하겠기에 동석을 시켰습니다."

"이명방입니다."

늙은이는 인사도 받지 않고 아랫목으로 가서 허리를 세우고 정좌했다. 김진과 내가 그 앞에 나란히 앉았다. 사내의 얼굴을 정면에서 보니 낯익은 얼굴 하나가 겹쳤다. 판의금부사 조광준! 의금부의 으뜸 대신과 날카로운 턱이며 오뚝한 콧날이 꼭 닮은 것이다. 다만 처진 눈귀 탓에 예민한 분위기는 덜 풍겼다.

아! 비로소 나는 내 앞에 굳은 얼굴로 앉은 늙은이가 누군지 알아차렸다. 만인지상 일인지하 영의정 조광병이었다. 소운 조택수의 아버지이자 소선 침몰 조사를 김진에게 요청한 장본인이기도 했다. 나는 김진을 흘끔 노리며 눈으로 물었다.

영상 대감을 만나러 상경한 겐가? 조운선과 소선 침몰을 조사하는 것은 공무이고, 영상의 요청을 받아 소운의 마지막 행적을 살피는 건 사사로운 일이야. 둘을 혼동하는 건 아니겠지?

김진이 불쑥 나를 칭찬했다.

"'방각살옥'을 해결한 사람입니다. 오늘도 낮에 독운어사를 대신하여 전하를 뵙고 지금까지 조사한 성과를 아뢰고 왔습니다. 앞으로도 소운을 궁지로 몬 자들을 쫓는 일은 이 도사가 주도할 겁니다. 저는 곁에서 훈수 몇 군데 두는 정도이지요."

조광병이 담담하게 말했다.

"나라의 기강을 바로잡는 일이니 분발해 주게."

"명심하겠습니다."

어색한 침묵이 흘렀다. 김진이 그동안 조사한 결과를 설명했다.

"소운의 행적을 둘로 나눠 살필 수 있겠습니다. 먼저 광흥창 부봉사로 재직하며, 그는 알아서는 안 되는 비밀 혹은 알더라도 모르는 척해야 하는 조운과 관련된 비리를 밝혀낸 듯합니다. 그리고 그 비리가 시작된 곳을 거슬러 밀양까지 간 것이고요. 부사 박차홍을 비롯한 밀양의 관원들을 두루 만났을 뿐만 아니라 세곡을 모으고 저장하고 조운선에 싣는 과정을 발로 뛰어 조사했더군요. 하지만 후조창에서 광흥창까지 이어진 더럽고 어두운 부패의 줄을 확실히 밝히진 못했습니다. 아버지의 후광만 믿고 날뛰는 철부지 취급을 받았지요. 열 사람이 입을 맞추면 한 사람을 미친놈으로도 만들고 살인자로도 둔갑시키는 법입니다. 확실한 물증을 잡기 위해 모험을 감행하기로 결단을 내렸나 봅니다."

김진이 말을 끊고 조광병의 표정을 살폈다. 변화가 없었다. 내가 몇 마디 거들었다.

　"소운과 함께 소선에 탔던 이들 중에서 유일하게 맹인 악공 고후만 어부 정상치에 의해 구조되었습니다. 한데 조사를 받고 나온 정상치가 어선에 고후를 태우고 사라진 후, 정상치는 시신으로 고후는 혀가 잘린 채 발견되었습니다. 뭔가를 분명히 감추고 있는데, 그걸 밝히기 어려운 상황이라고나 할까요."

　조광병이 여전히 나나 김진과 눈을 맞추지 않고, 시선을 내리지도 올리지두 피하지도 않은 멍한 얼굴로 말했다.

　"맡은 직분에 최선을 다하는 것이 신하 된 도리겠지."

　틀린 말은 아니지만 김진의 설명에 어울리는 반응은 아니었다. 해도 그만 안 해도 그만인 말들인 것이다. 설명이 부족했는가 싶어 덧붙이려 했다. 김진이 내게 눈짓한 후 먼저 말했다.

　"아직도 아드님이 왜 소선을 타야만 했는지 알고 싶으십니까? 그걸 알아내기 위해선, 소운이 파헤치려 한 질긴 밧줄에 매달린 자들을 함께 밝혀야 합니다. 그들 중엔 대감이 아는 이들도 있을 듯합니다. 이 도사나 저는 어명을 받들어 끝까지 조운선 침몰 사건을 조사할 것입니다만, 소운의 죽음과 관련된 부분은 적당히 덮을 수도 있습니다.

지금 선택하셔야 합니다. 처음 제게 의뢰하실 때와 달라진 부분이 있다면 말씀해 주십시오."

조광병은 가만히 김진과 내 눈을 쳐다보았다. 그것은 우리에게 무엇인가를 말하는 눈빛이 아니라 성벽이나 바위 혹은 나무나 바다를 무심히 바라보는 바로 그 눈빛이었다.

"신하가 신하답고 백성이 백성이 백성다우면 세상이 태평하겠지."

소운의 마지막 행적에 대한 조사를 더할 것인가 말 것인가를 질문했는데, 돌아오는 답은 이번에도 엉뚱했다. 계속하란 말인지 그만두란 말인지 판단이 서지 않았다.

"한 번만 더 확인하고 싶습니다. 아끼던 아드님을 잃으셨습니다. 소운의 행적을 끝까지 파헤치면, 지금 대감 곁을 지키는 이들 중 상당수를 잃을지도 모릅니다. 잃고 또 잃어도 괜찮으십니까?"

조광병은 이번에도 동문서답이었다.

"나는 원칙을 지키는 사람이라네."

더 이상 참기 힘들었다. 묻고 답하기에 대화인 것이지, 조광병의 말들은 맥락 없는 독백에 가까웠다. 지금까지 그가 답한 문장들을 뒤섞어 마음대로 놓아도 괜찮을 정도였다. 그만큼 그의 답은 질문으로부터 동떨어져 있었고 하나마나 한 소리였다. 저런 사람이 어찌 영의정이 되었는지 알다가도 모를 일이었다. 김진이 내 무릎을 손으로 눌렀다. 조금만 더 참으라는 뜻이다.

"지난봄 다섯 군데에서 조운선 스무 척이 침몰하는 바람에 광흥창에 세곡 2만 석이 부족합니다. 밀양에서도 2000석을 마련하느라 힘겨워하고 있더군요. 제가 따로 알아보니, 이 저택의 주인이기도 한 거상 윤덕배나 경강상인 정효종 등 서너 명이 힘만 합치면 2만 석 정도는 광흥창에 우선 빌려줄 수 있다고 들었습니다. 그와 같은 대안을 대감께서도 마련해 두셨겠지요?"

나는 마음 한구석이 송곳에 찔린 듯 뜨끔했다. 경강상인 몇 사람의 도움을 받으면 밀양을 비롯한 여러 고을 백성들이 고생할 필요가 없단 말인가. 조광병이 강조했다.

"원칙을 지키는 사람이라고 하지 않았는가? 재론 말게."

김진이 끝을 맺었다.

"알겠습니다. 저도 원칙을 지키겠습니다."

조광병이 일어섰다. 나는 허리 숙여 읍했다. 자식의 일을 끝까지 잘 살펴 달라는 당부를 할만도 한데, 거기 없는 사람처럼 취급하고 찬바람을 일으키며 방을 나갔다. 김진에게 답답한 기분을 드러냈다.

"친형제인데도 영의정과 판의금부사가 너무 다르군. 판의금부사는 눈치가 빠르고, 상대의 말에서 약점을 예리하게 찾아내며, 모든 이야기의 앞뒤가 딱딱 들어맞는다네. 한데 오늘 처음 만난 영상 대감은 말이 둥둥 떠다니는군. 성현의 어록에서 발췌한 문장을 아무렇게나 흩어 놓은 느낌이라고나 할까. 게다가 비록 서자지만 아들의 일인데 저렇듯 차갑게 굴 수 있는 건가? 어떻게 저 자리까지 올라갔는지 궁금할 정도라네."

"그 아버지가 이조판서를 역임한 덕분에 겨우 열여덟 살에 음서로 당하관에 임명되었고 2년 뒤 과거에 급제하였다네. 그러곤 승승장구하였지. 아버지가 병사한 뒤 위기가 닥쳤으나 그땐 동생인 조광준이 형을 받쳐 줬어. 궂은일은 아우가 다 하고 벼슬은 형만 점점 높아졌다고나 할까. 동생이 떠들고 다녔다는 거야. 형은 영의정에 오르기 위해 태어난 사람이라고. 그리고 영의정이 된 걸세. 어떤 이들은 영상 대감이 조정에서 일다운 일을 책임지고 한 적이 없다고 비판한다네. 여러 벼슬을 했지만 그게 육조의 판서와 같이 한 부분을 맡아서 실적을 내는 곳이 아니라, 그런 육조를 감시하고 비판하는 언관직만 돌았어. 강직한 언관 중에는 뜻한 바를 상소에 자세히 적고 또 탑전에서도 목소리를 높여 명을 재촉한 이가 적지 않네. 하지만 영상 대감은 언관을 맡던 시절에도 거의 상소를 쓰지 않았고 또 용안을 우러르는 자리에선 침묵을 지키다가 회의를 마칠 때쯤 그날의 다수 의견에 멋진 문장 하나를 얹는 식으로 자신의 역할을 다했지. 대부분의 신하들이 조 대감처럼 굴어선 영의정이 되기 어렵지만, 조 대감은 조 대감처럼 군 덕분에 영의정에 오른 거라네."

"복잡하군."

"복잡하게 생각하지 않기로 했어. 나도 처음엔 저 말 뒤에 딴 뜻이 숨어 있나 곰곰이 따져 보았지만, 결국 아무것도 없단 생각이 들었거든. 자신이 한 말이 무얼 뜻하는지도 모른 채 내뱉는 이들도 많다네. 처음엔 날짜는 물론이고 시간대별로 나누어 소운의 행적을 하니히니 짚어 설명했지. 하지만 반응은 똑같았다네. 소운이 왜 그런 일을 해나갔는지, 맥을 전혀 짚지 못하더군. 내가 매우 중요하다고 여긴 대목에선 침묵했고, 전혀 중요하지 않은 부분에선 또 뻔한 이야기를 하더군. 그래서 오늘 봤듯이, 공들여 세밀하게 설명하지 않기로 한 걸세. 질문이 꼬리를 물며 깊이 파고들지 못할 바에야 큰 흐름만 대충 보여 주는 것으로 충분하니까 말이지. 말을 믿지 말고 행동을 믿는다는 건 여기서도 지켜야 할 원칙이야. 소운의 일이 걱정되지 않는다면, 그가 이 새벽에 우릴 만났을 리 없어. 하지만 정작 와선 평생 살아온 방식대로 구는 거지. 멋진 문장 몇 개만 읊었어. 그 문장들 기억나는가?"

"하나도 떠오르질 않네. 벙어리가 다녀간 것 같아. 그림 자거나."

김진이 히죽 입으로만 웃었다.

"문제는 우리에게 있는지도 몰라. 영상 대감이 자신의 당인들과 만날 땐, 서로 먼저 휴대용 먹물 통을 꺼내고 영상 대감의 말들을 받아 적느라 바쁘다고 하더라고. 하지만 자네도 나도 아직 누군가의 말을 면전에서 받아 적는 데는 익숙하지 않지."

어색한 침묵이 맴돌 때 김진이나 내가 세필을 들고 뭔가를 끼적였다면 훨씬 시간이 잘 흘러갔으리란 생각은 들었다.

"경강상인들의 도움을 왜 받지 않느냐는 질문을 던졌을 땐 무척 놀랐다네. 무얼 확인하고 싶었던 겐가?"

"조정 중론을 모아서 어명을 바꾸려고 하진 않을까 걱정하였다네. 모두 합하여 2만 석을 조창이 마련하여 7월 말일에 출항하란 어명 대신, 경강상인들에게 그만큼의 세곡을 빌리도록 하자고 삼정승 육판서가 뜻을 합쳐 아뢰면 전하께서도 힘들어지신다네. 오늘 우리가 확인했듯이, 영상 대감은 윤덕배를 비롯한 거상들의 저택을 편히 오갈 정도로 절친한 사이일세. 한데 영상 대감은 중론을 움직이진 않을 것 같으이. 2만 석을 임시방편으로 채워 넣는 건 다행이겠으나, 조정 대신들과 경강상인들과의 거래선 역시 드러나게 된다네. 불법 거래가 밝혀진다면 영상 대감에게 모든 책임이 돌아갈 거야. 혼자 책임지는 대신 각 조창에 책임을 떠넘긴 거라네. 영상 대감다운 선택이겠지. 사검서가 광흥창을 맡으면 더욱더 거상들과의 거래는 끊길 걸세. 그쪽은 신경 쓰지 않아도 좋겠네."

나는 오늘 조광병에게서 받은 느낌을 정리하며 물었다.

"영의정은 그저 허수아비일 뿐이고, 그 아우인 판의금부사 겸 호조판서 조광준이 실세라면, 지금이라도 그쪽으로 관심을 둬야 하지 않을까?"

"허수아비라고 속단하긴 이르네. 지난날 실세들처럼 전면에 나서지 않을 뿐이라네. 저렇게 굴면 어명과 부딪칠 일도 없고, 대신들과 다툴 일도 없지. 물론 자네가 무엇을 지적하는 줄은 아네. 좋은 게 좋다는 식으로 자리만 차지하고 있는, 벼슬 욕심만 있는 무능한 늙은이라는 비판 아닌가. 둘 중 하나일 걸세. 새로운 방식으로 권력을 쥔 실세이거나 아니면 정말 바보이거나. 조금만 더 두고 보세나. 이번 조운선과 소선 침몰 사건이 그가 과연 둘 중 어느 쪽인가를 판가름하게 될 걸세."

"하나만 더 짚고 싶은 대목이 있네. 서강 광흥창에서부터 밀양 후조창까지 위법한 짓을 누군가 저질렀고, 그걸 소운이 밝히려다가 죽었다면, 소운을 위협하고 죽이려 한 자들은 어떤 식으로든 영상 대감과 이어져 있지 않을까? 구태여 자네 힘을 빌리지 않더라도 아들이 왜 등산진 앞바다에서 실종되었는가를 알 수 있을 텐데……."

김진이 답했다.

"중요한 지적일세. 두 가지 짐작을 할 수 있겠군. 둘이 이어져 있을 수도 있고. 우선 영상 대감이 전혀 소운의 실종에 관해 모르는 경우라네. 누군가 일부러 영상 대감이 모르도록 중간에서 움직였을 수도 있음일세. 또 하나는 영상 대감이 범인을 짐작은 하지만 물증이 없는 경우야. 워낙 신중한 성품이니, 내가 그 물증을 찾아내길 바라는지도 모르겠네. 정리해 보자면, 영상 대감은 기존의 당인들을 통해선 소운의 실종을 조사하기가 곤란한 처지에 놓인 거라네. 소운을 죽음으로 내몬 이들이 자신의 당인 중에 있다고 판단한다면, 자네라면 어찌하겠는가?"

"전하께서 담헌 선생을 독운어사로 발탁하신 것처럼, 영상 대감은 당인과 무관한 자넬 쓰기로 했다?"

"그렇지."

지금으로선 최선의 추측이었다.

"알겠네. 이제 어찌할 건가?"

"우선 건곤일초정으로 돌아가서 한숨 자도록 하세. 그리고 밀양으로 질주해야지. 전하께서도 영상 대감도 조사를 그만두라고 말리진 않는군. 다행이야. 이제 정말 끝까지 가보도록 하세."

"만약에, 둘 다 말렸다면 어찌하려 했는가? 둘 중 한쪽이라도 그만두길 요구했다면?"

김진이 경쾌하게 답했다.

"이 도사 자네와 생각이 같네."

"……?"

"그래도 했을 걸세. 호기심이 만족될 때까지 질문을 이어 간다는 것이 내 원칙이니까. 자네 또한 이 원칙을 품지 않았는가?"

동의하며 반기지 않을 수 없었다.

17장

그 아침에 다시 꼬박 사흘을 달려 밀양에 닿았다. 충분히 쉬면서 간다면 열흘은 족히 걸리는 거리였다.

점심을 갓 넘긴 한낮에 오우정 옆 지음당으로 비로 갔다. 어명을 전하고 반격을 준비하기 위함이었다. 말에서 내려 문 앞에 섰다. 갖가지 공구들이 내는, 귀에 익은 소리부터 들려왔다. 응천강에서 내려온 어선들이 물살을 가르며 낙동강으로 들어서고 있었다. 한양에선 시시각각 중요한 사건들이 터지고 새로운 결정이 내려지며 누군가는 벼슬아치가 되고 누군가는 그 자리에서 밀려나지만, 강과 강이 만나 물결이 휘도는 강변에 고을을 만들고 배를 띄운 후로 누천년 변함없는 풍광이었다.

혹자는 선생의 타고난 천재성을 높이 사지만, 나는 그의 한결같음이 탁월함의 가장 중요한 발판이라고 믿는다. 김진도 일찍이 말했다. 한결같지 않은 이는 천문을 관측하기 힘들다고. 좋든 싫든 꾸준히 밤하늘을 우러른 이에게만 밝은 별은 더 밝게 보이고 어두운 별도 제 모습을 드러내는 법이라고. 김진이 문을 열고 들어섰다.

"어서들 오십시오."

담헌 선생 대신 봉상감관 최고직이 우리를 맞았다. 목수들의 굳은 얼굴엔 근심이 가득했다.

"독운어사는 어디 계시오?"

최고직 역시 심각한 표정으로 목소리를 깔았다.

"오늘 아침, 추화산(推火山) 자락에서 시신이 발견되었습니다. 동문에서 성벽을 따라 1000보쯤 가면 솔숲이 나오는데, 그 안에 백골이 있다는군요. 도목수 선풍으로 추정된다고 합니다. 어사께선 소식을 듣고 아침에 급히 가셨습니다. 혹시 두 분이 오실지 모르니, 제게 이곳에서 기다리라 하셨고요."

"추화산이라고? 알겠소."

나는 당장 말을 타고 북으로 향하려고 했다. 목수들 표정이 목판에 새긴 듯 하나같이 어두웠다. 지금은 독운어사를 도와 풍금을 만들지만, 그들은 또한 도목수 선풍의 지휘 아래 오랫동안 조운선을 만들거나 수선해 왔다. 그들에게 도목수 선풍은 내게 담헌 선생이나 연암 선생과 같은 스승이었다. 목수들의 몸은 삼랑진 지음당에 있지만 마음은 벌써 추화산으로 향하고 있으리라. 시신이 발견된 현장이 번잡할 것을 걱정한 선생이 좋은 말로 목수들에게 하던 일을 멈추지 말고 기다리라 명하지 않았다면, 그들은 공구를 놓고 추화산으로 달려갔을 것이다. 김진은 말고삐를 당겨 멈춘 후 허리를 낮춰 최고직에게 물었다.

"방금 백골이라고 하였소?"

"그리 들었습니다."

김진은 더 묻지 않고 말을 몰아 내 곁으로 왔다. 최고직이 보이지 않을 만큼 지음당에서 멀어진 후 확인했다.

"자네가 선풍의 집을 찾아간 깃이 언제였는가?"

"여드레 전이지."

그사이 한양을 다녀오는 바람에 8일이 80일처럼 멀게만 느껴졌다.

"그 전엔 선풍을 만난 적 없고?"

"계속 허리가 좋지 않아 선소에 나오지 않았다고 들었네. 왜 그러는가?"

"최고직이 추화산에서 발견된 시신을 백골이라고 했네. 겨우 여드레 만에 시신이 백골이 된다는 게 말이 되지 않아. 둘 중 하나겠군. 그 백골이 선풍이 아니든지……."

"또 하나는?"

"선풍이 훨씬 전에 죽었든지! 여름 더위를 감안한다고 쳐도 한두 달은 더 지나야 살점이 썩고 뜯겨 나가 백골이 되지 않겠어?"

놀라지 않을 수 없었다. 허리가 아파 집에서 쉬고 있다던 사람이 오래전에 죽었다면?

"살해당했단 뜻인가?"

"그건 모르지. 시신을 우선 봐야겠네."

"시신이 선풍이라면 죽음을 감춰 온 이율 찾아야겠군. 아들 광우는 여드레 전에도 선풍이 집에서 쉬고 있다고 했으니까."

"반대로 가야 할지도 몰라."

"반대라니?"

"지금 백골이 우리 앞에 나타난 이율 찾아야 한단 뜻일세."

"백골이 살아 있는 사람인가, 나타나게?"

"자네 말대로 죽음을 감춰야 했다면, 동문에서 불과 1000걸음 떨어진 숲에 백골이 드러나도록 하겠는가? 돌을 매달아 응천강 깊이 빠뜨리거나 땅을 파고 묻어 버리면 시신을 찾긴 매우 어려워. 한데 시신이 나타난 거라네. 상경했던 우리가 밀양에 닿는 이 아침에 말이야. 우연일까?"

밀양읍성은 대문이 셋이었다. 서문과 동문 그리고 남문. 북문은 따로 내지 않았다. 험난한 추화산이 막고 있어 사람들의 내왕이 적기도 했고, 북문은 망자들이 오가는 문이란 풍문도 있었다.

동문에서 포졸들이 길을 막고 서 있었다. 우리는 문을 통과한 뒤 말에서 내려 성벽을 따라 북쪽으로 걸음을 옮겼다. 사람 하나가 겨우 오가는 좁은 산길이었다. 굽이를 네 번 돌고 나니 임신한 암소의 배처럼 불룩하게 튀어나온 언덕이 나타났다. 그 언덕 아래 당집이 홀로 탑처럼 서 있었다. 부서진 문으로 들여다보니, 제단 위의 장군신이 두 눈을 부릅뜨고 노려보았다. 대장군 임경업이었다. 당집을 돌아 야트막한 언덕을 하나 더 넘었다. 최고직이 설명한 대로 솔숲이 나타났다. 소나무들이 키를 다투듯 하늘로만 향했다. 소나무 사이로 스무 걸음쯤 들어갔다. 여름 사이 자란 풀이 허리를 지나 가슴을 찔러 댔다.

담헌 선생은 줄기가 썩어 넘어간 소나무에 기대 앉아 있었다. 거기서 열 걸음쯤 떨어진 풀숲을 포졸들이 둥글게 에워싸고 경계를 섰다. 밀양부사 박차홍의 뒷모습도 보였다. 그 옆 소나무에 기댄 채 비스듬히 서서 상기된 얼굴로 대화를 나누는 사내는 의금부 참상도사 정수담이었다. 맞은편 소나무 아래엔 흙투성이 바지만 겨우 입은 벌거숭이 사내가 무릎을 꿇고 고개를 숙인 채 엎드렸다. 등 뒤엔 빈 지게가 놓였다. 그 지게 옆으로 또 다른 사내 넷이 서 있었다. 선소에서 마주쳤던 목수들이었다.

"잘 다녀왔는가?"

선생이 손을 가볍게 들었다가 내렸다. 김진과 나는 읍을 했다. 박차홍과 정수담이 우릴 발견하고 종종걸음으로 왔다. 박차홍이 말문을 열었다.

"사나흘은 더 걸릴 줄 알았소이다. 엿새 만에 한양을 왕복하다니, 과연 젊음이 부럽구려. 선풍을 생포하지 못해 유감이지만, 불경한 무리의 수괴를 잡았으니 다행이오. 아니 그렇습니까?"

정수담이 받았다.

"발견하지 못한 것보다야 백배 낫습니다. 하지만 광우와 주혜 그리고 옥화까지 붙잡아야, 무리가 어떻게 결성되었고 어떤 활동을 했으며 무슨 이유로 조운선 불법 증축을 시도하였는지 알아낼 수 있지요."

박차홍이 우리를 흘낏 보며 답했다.

"불법 증축 문제는 물증과 증인이 확보된 후에 다시 의논합시다. 지금은 어디까지나 일방의 주장일 뿐이라오."

김진이 끼어들었다.

"우선 시신부터 살폈으면 합니다."

"좋을 대로 하오."

김진과 함께 풀숲에 누워 있는 시신 곁으로 갔다. 살점이 모두 뜯겨 나가 허연 뼈가 드러났다. 정말 백골이었다. 누가 누군지 가려내기 힘들 정도였다. 내가 박차홍에게 물었다.

"선풍이 맞긴 맞는 겁니까?"

박차홍이 손짓했다. 겁을 잔뜩 집어먹은 목수들이 황급히 달려왔다.

"선풍 밑에서 10년 넘게 함께 일한 목수들이오. 시신을 보곤 선풍이 분명하다고 밝혔다오. 어찌하여 저 시신이 선풍이라고 확신하는지 근거를 말해 보아라."

그들이 돌아가며 말했다.

"도목수 어른은 뻐드렁니가 심했습죠."

"키가 제 어깨 정도였는데, 저 시신도 딱 그만큼입니다요."

"젊었을 때 탁자에서 떨어진 손도끼에 찍혀 오른쪽 새끼발가락이 잘렸다는 얘길 종종 하셨습니다요. 저 시신도 바로 그 새끼발가락이 없습죠."

"골초였습죠. 담배를 조금만 넣어도 연기가 많이 나오는 청동 담뱃대를 항상 허리춤에 차고 다녔습니다요. 시신의 허리춤에서 발견된 바로 그 담뱃대입죠."

네 가지가 모두 일치한다면 선풍일 가능성이 컸다. 특히 뻐드렁니와 잘린 발가락이 결정적인 증거였다. 김진이 목수들을 훑어보곤 물었다.

"선풍을 마지막으로 본 게 언제인가?"

그들이 서로 눈을 맞추며 선뜻 답을 못했다. 예상 밖 질문을 받은 학생 같았다.

"올여름엔 못 봤습죠."

"여름 언제?"

"생각해 보니 봄에도 뵌 기억이 없네요."

"늦봄에 보지 못했다?"

"예."

"5월엔?"

"그게, 기억이 가물가물합니다만, 허리가 아프다며 쉰다는 얘길 들었던 것 같습니다."

"4월엔?"

"글쎄요."

답이 점점 흐릿해졌다. 김진이 눈을 부라리며 몰아세웠다.

"조운선이 출항할 땐 자네들 곁에 있었는가?"

네 사람이 동시에 답했다.

"예! 배를 떠나보내곤 아랫마을에서 함께 탁주를 마셨

습니다요."

조운선 출항까진 선소에 나왔고 그 뒤론 행적이 모호한 것이다. 박차홍이 끼어들었다.

"제포 만호의 얘길 나중에 들어 봐야 하겠지만, 여든 살을 넘긴 선풍이 자주 아팠단 건 나도 아오. 그 아들 광우가 선풍 몫까지 충실히 하기 때문에 문제 삼지 않았소."

김진이 고개를 끄덕이며 내게 눈짓을 보냈다. 자, 이제 자네가 본격적으로 나서 봐! 이렇게 권하는 듯했다. 시신과 시신 주변을 뒤져 단서를 찾는 일은 의금부 도사의 몫이긴 하다. 살인 사건 현장에서 간단한 검안까지 직접 한 경우도 다섯 번이었다. 이 자리엔 나보다 훨씬 경험이 많은 의금부 참상도사 정수담이 먼저 도착했다. 그가 벌써 조사를 마치지 않았을까. 정수담을 쳐다보았다. 내 마음을 읽은 듯 설명을 시작했다.

"지게 옆에 꿇어앉아 떨고 있는 사내가 보이는가? 향교 머슴 밤쇠라네. 나무 하러 올라왔다가 오줌이 마려워 풀숲에 들었는데, 시신이 있더라는 거야. 혼비백산하여 동문까지 뛰어가서 문지기들에게 알린 거라네."

거기서 끝이었다. 나머진 스스로 찾으라는 듯 입가에 묘한 미소까지 머금었다. 나는 정수담과 박차홍을 차례차례 보곤 물었다.

"제가 잠시 살펴도 되겠는지요?"

"얼마든지."

박차흥이 선선히 응낙했다.

허리를 숙여 시신을 꼼꼼히 살피기 시작했다. 급히 오느라 검안에 필요한 약초와 약물을 챙기지 못했다. 지금으로선 내 눈을 믿는 도리밖에 없었다. 시신의 저고리와 바지엔 찢긴 흔적이 없었다. 들짐승이나 날짐승들이 시신을 발견했다면 옷들이 갈기갈기 찢겼을 것이다. 팔다리가 없거나 상체와 하체가 분리된 시신을 검안한 적도 있었다. 짚신을 벗겨 오른쪽 발가락들을 확인했다. 과연 새끼발가락이 없었다. 김진에게 고개를 돌렸다.

"잠시만 도와주겠나?"

"알겠네. 숨바꼭질을 하자는 거지?"

이심전심이었다. 솔숲에서 산길까지 풀들을 손바닥으로 쓸며 천천히 걸어 나갔다. 길에 서서 뒤돌아섰다. 뒤따라오던 김진이 풀 속에 꼿꼿이 서서 손을 들었다. 그리고 무릎을 접곤 양손을 흔들었다. 손은 보여도 풀 밑으로 들어간 머리는 보이지 않았다. 손을 내리니 머리는 물론 몸 전체가 사라졌다. 누구라도 풀 속에 앉거나 엎드리면 산길에선 사람을 발견하기 어려웠다. 술래인 내가 손뼉을 쳤다. 김진이 다시 풀 위로 고개를 내밀었다. 나는 길을 떠나 풀 속으로 들어가서 김진과 함께 박차홍 앞으로 돌아왔다.

"흥미롭습니다."

나는 김진이 즐겨 쓰는 문장을 흉내 냈다. 박차홍이 틈을 주지 않고 물었다.

"흥미롭다니?"

대답 대신 여전히 떨고 있는 밤쇠를 손으로 불렀다. 무릎을 꿇고 엎드렸을 땐 몰랐는데 가까이 와서 서니 나보다도 머리 하나는 더 컸다. 여름 내내 웃통을 벗고 잡일을 해서인지 살갗은 검붉게 그을렸으며, 어깨는 넓고 가슴은 두터웠다. 씨름판에서 맞선다면 넘어뜨리기가 쉽지 않은 덩치였다.

"시신을 발견했을 때와 달라진 게 있느냐?"

밤쇠가 고개를 들어 시신과 그 주변을 둘러보았다.

"없습니다요. 그대로입죠."

"소피를 보기엔 너무 멀리 들어왔구나. 저 길에서 곧장 이리 온 것이더냐?"

방금 갔다 온 길을 손으로 가리켰다. 밤쇠는 검지를 따라 고개를 돌려 잠시 멈췄다가 다시 나와 눈을 맞췄다.

"아닙니다요."

"그러면?"

밤쇠가 좀 더 북쪽을 가리켰다.

"저기로 내려왔습죠. 풀들 땜에 성가셔서…… 주위를 쓰윽 살피곤 그냥 대충 오줌을 내갈기곤 하는데, 저기에서 여기까진 풀들이 꺾이거나 갈라져 있었습죠."

"꺾이거나 갈라졌다?"

"예. 혹시 노루라도 한 마리 지나갔나 싶어, 소피가 마렵기도 했지만 살금살금 따라 내려와 봤던 겁니다요."

"그랬더니 시신이 있었다?"

"맞습니다요."

"시신 주위에서 돌이나 풀 혹은 시신의 소지품 따월 만지거나 옮긴 적이 있느냐?"

"없습니다요. 너무 놀라 곧장 동문으로 달려갔습죠."

나는 고개를 돌려 정수담에게 확인하듯 물었다.

"이 시신이 옮겨진 건 아시죠?"

김진의 턱이 천천히 하늘로 올라갔다. 눈웃음을 감추려는 것이다. 정수담이 놀라며 따지듯 물었다.

"옮겨지다니? 무슨 근거로?"

나는 시신의 머리맡에 쭈그리고 앉았다. 조심조심 백골을 들고 뒷머리에 눌린 풀잎을 서너 개만 뽑아들었다. 박차흥이 콧김을 뿜으며 따졌다.

"풀잎 아니오?"

"맞습니다. 시신이 백골이 될 정도로 이곳에 있었다면,

시신의 머리나 상체 그리고 엉덩이에 가려진 풀들은 햇볕을 받지 못하였을 테니 말라 버려야 옳습니다. 그런데 이 풀을 보십시오. 녹색이 짙군요. 길이도 제 허리에 닿을 정도입니다. 이건 뭘 말하는 겁니까? 불과 며칠 전까지 이 풀은 햇볕을 받아 잘 자라고 있었던 겁니다."

담헌 선생이 맞장구를 쳤다.

"옳은 지적일세."

"또 저 시신의 발치에 쓰러진 풀들을 보십시오."

박차홍이 낚싯대에 끌려 나오는 물고기처럼 물었다.

"저게 뭐 어쨌다는 게요?"

"이상하지 않습니까? 다른 곳은 멀쩡한데 저 풀들만 북쪽에서 남쪽으로 쓰러져 있습니다. 밤쇠가 들어온 바로 그 방향이지요. 이건 나무판 같은 걸 놓은 흔적입니다. 목적지에 도착하여 나무판을 놓았는데, 걸어 내려오던 힘에 풀들이 약간씩 밀린 겁니다. 저는 그 판 위에 무엇이 실렸을까 궁금합니다. 바로 곁에 시신이 있으니, 그자들이 시신을 옮겨 와서 이곳에 두고 나무판만 챙겨 사라진 건 아닐까 합니다. 밤쇠가 숲으로 들어온 이유도, 나무판을 옮긴 이들이 짓밟거나 꺾어 놓은 풀들을 봤기 때문이지요. 아시고 계셨지요?"

정수담이 굳은 얼굴로 답했다.

"이상하단 느낌을 받긴 했네만……."

나는 잠자코 듣기만 하는 김진을 쳐다보았다. 이 정도면 충분하냐고 눈으로 물었다. 김진이 입귀에 미소를 만들었다가 지우곤, 내 어깨를 짚은 후 밤쇠에게 갔다. 밤쇠는 덩칫값도 못하고 벌벌 떨며 시선을 내린 채 서 있었다. 김진이 앞뒤 다 자르고 곧바로 물었다.

"소피가 마려워 들어온 게 아니지?"

"맞습니다요. 오줌을 누려는데 풀들이 꺾인 걸 보고……."

"꺾인 걸 못 봤으면 그냥 지나갔겠구. 아니면 산비탈 적당한 곳에 누었을 테고?"

"그랬겠지요."

"다른 날에도 풀들이 꺾인 걸 보고 따라 들어간 적 있나?"

대답하는 목소리가 작고 흐려졌다.

"있었던 것도…… 같습니다요."

"아까 혹시 노루가 있을까 싶어 들어갔다고 했지?"

"예."

"그때 손엔 뭘 쥐고 있었고?"

"지겟작대깁죠."

"밧줄은?"

"없었습니다요."

"낫은?"

"산등성이에 가면 쓰러져 썩어 가는 고목들이 많습죠. 특히 산성 근처 마른 나뭇가지들은 뚝뚝 잘 부러지기 땜에 낫이 없어도 나무하는 게 전혀 어렵지 않습니다요."

"그럼 키만큼 자란 풀숲으로 들어와서 노루라도 발견하면 어쩌려고 했는가? 지겟작대기를 휘둘러 잡으려 했어?"

"노루는 없었습니다요. 대신 시신이……."

"시신은, 들어와 봤더니 발견한 거고 처음엔 노루가 행여 있을까 싶어 따라 들어왔다고 하지 않았는가?"

"그랬습죠."

밤쇠가 불쌍했다. 김진의 쏟아지는 질문을 받곤, 코를 꿴 채 이리저리 끌려다니는 황소로 전락한 것이다. 씨름을 열 판쯤 끝낸 사람처럼 지친 기색이 역력했다. 상대를 궁지로 몬 김진이 마지막으로 던질 치명적인 질문이 궁금했다.

"울창한 풀숲으로 짐승이 들어간 흔적이 있으면 일부러 그곳을 피해 바삐 멀어지는 법이야. 그 짐승이 범이거나 멧돼지라면 큰 낭패니까. 지겟작대기 하나로 맞서다간 목숨이 위태로워. 자식이 있나?"

"아들이 하나 있습죠. 일곱 살입니다요."

"그 애한텐 뭐라고 가르치나? 풀이 꺾여 있으면 들어가 보라고 하는가 아니면 피하라고 하는가?"

"피하라고 합지요."

"그럼 왜 자넨 들어갔는가?"

밤쇠의 얼굴이 하얗게 질렸다. 답을 못하고 말만 더듬었다.

"그, 그, 그게……."

"엽전 때문이지?"

김진의 물음에 밤쇠가 깜짝 놀라며 명치를 맞은 듯 주저앉았다. 박차홍이 뒤에서 듣고만 있다가 끼어들었다.

"엽전이라니? 밤쇠 네 이놈! 날 속인 게 있더냐?"

밤쇠가 넙죽 엎드렸다.

"속인 게 아닙니다요. 묻지 않으시기에 말하지 않았을 뿐입지요."

구차한 변명이었다. 김진이 질문을 이어 갔다.

"당집 지나서부터 떨어져 있었지?"

"맞습니다요."

"산길에도 있었고? 어느 정도 간격이었나?"

"열 걸음마다 한 닢씩."

"그 엽전이 풀숲으로 이어진 게로군."

"맞습니다요. 산길에 떨어진 마지막 엽전을 줍고 주위를 살피니 풀들이 꺾여 있더군요. 그 속으로 서너 발짝 들어

가니 엽전이 있었습니다."

"풀숲에서 엽전을 몇 개나 주웠나?"

"워낙 높이 자란 풀 땜에 산길처럼 수월하진 않았지만 그래도 다섯 닢은 건졌습죠."

"마지막 엽전은 어디서 찾았나?"

"시신의 머리맡입니다요."

"그 엽전까지 주워 챙긴 뒤 동문으로 간 게로군."

"맞습니다요."

"알겠네. 일어나 지게 옆으로 가서 기다리게."

밤쇠가 걱정이 되는지 쭈뼛거렸다.

"엽전을 가져다 드릴깝쇼? 잘 감춰 뒀습니다요."

"아니야. 그 돈은 자네가 갖게. 시신을 찾은 공도 있으니까."

밤쇠의 눈이 커졌다.

"정말 돌려드리지 않아도 됩니까요?"

"그래. 어서 일어나기나 해."

밤쇠가 지게 옆 원래 자리로 돌아갔다. 김진이 뒤돌아서서 우리를 향해 덧붙였다.

"시신은 우연히 발견된 게 아닙니다. 누군가 시신을 풀숲으로 옮겨 놓은 뒤 당집에서부터 엽전으로 밤쇠를 유인한 겁니다."

"그자가 누구요?"

정수담이 물었다. 김진이 고개를 갸우뚱한 후 답했다.

"글쎄요. 시신을 우리에게 보이고 싶은 사람이겠죠. 이 대목에서 한 가지 더 짚어야 하는 사람이 바로 선풍의 아들 광우입니다. 지금까지 우리는 선풍과 광우가 함께 도피 중이라고 간주했습니다. 그러나 시신이 부패한 정도를 보건대, 정 참상과 이 도사가 예림에 있는 선풍의 집 앞에서 우연히 만났을 때 선풍은 이미 이 세상 사람이 아니었습니다. 처음부터 광우는 혼자 피신한 것이지요. 선풍의 죽음을 처음부터 알았는지는 따져 봐야 하겠지만, 적어도 선풍이 사라진 사실을 감춘 채 집에서 쉬고 있다고 줄곧 거짓말을 해 온 겁니다. 아버지가 없어졌다고 관아에 알리지 않은 이유가 뭘까요? 그 이유를 밝히는 것이 선풍이 왜 죽을 수밖에 없었는가를 알아내는 핵심 문제입니다. 제가 덧붙이고 싶은 건 이 정돕니다."

김진의 설명이 끝났다. 정수담은 풀숲에 남아서 조사를 더 하겠다고 했다. 김진은 담헌 선생과 박차홍이 저만치 산길로 올라서는 것을 보곤 지나가는 말처럼 정수담에게 흘렸다.

"여긴 이 도사와 제가 방금 설명한 것 이상은 나오기 힘들 듯합니다. 밤쇠에게 질문할 게 하나 더 있었는데 눈들이 많아서 참았습니다."

"무엇인가, 그게?"

정수담이 귀를 쫑긋 세웠다. 내색을 하진 않았으나 김진의 날카로운 추측과 논리적인 설명에 감동했던 것이다.

"나무를 하러 매일매일 산을 오르는 건 아니지 않습니까? 제가 이 사건을 맡은 의금부 도사라면, 밤쇠에게 새벽부터 나무를 해 오라고 올려 보낸 이가 누군지 알아보겠습니다. 묘시(새벽 5시)에 여기까지 왔다면 아침도 뜨는 둥 마는 둥 했단 건데, 하인들이 새벽부터 일을 한다지만 일러도 너무 이르지 않나 싶습니다. 밤쇠가 자진해서 새벽부터 나무를 하러 나선 건지 아니면 누가 시켰는지 궁금하네요."

정수담이 크게 고개를 끄덕였다.

"조사한 뒤 알려 줌세."

박차흥과 선생이 먼저 걷고 김진과 내가 뒤따랐다. 나는 김진에게 바짝 붙어서 속삭이듯 물었다. 궁금해서 참을 수가 없었다.

"밤쇠가 엽전을 주웠다는 걸 어찌 알았는가?"

김진이 나를 턱짓으로 가리켰다.

"자네 덕분일세."

"내 덕분이라니?"

김진이 소맷자락에서 엽전 하나를 꺼내 내밀었다. 엽전

과 김진을 번갈아 쳐다보았다. 김진이 설명했다.

"자네가 아까 도와달라 하지 않았는가? 풀숲에 무릎을 접고 앉았는데 풀과 풀 사이에 세로로 낀 엽전을 본 걸세. 주워서 소매에 넣었지. 밤쇠도 엽전을 주우며 여기까지 온 게 아닐까 하는 생각이 문득 들었다네. 그러니 숨바꼭질을 제안한 자네 덕분이지. 고마우이."

객사에서 담헌 선생, 김진과 함께 밤늦도록 의논했다. 선생이 손수 꽃차를 내왔다. 영남루 아래 무봉사(舞鳳寺)에서 선물한 것이라고 했다. 성벽 바깥 깎아지른 절벽 위에 절이 있는 것도 신기했고, 그 절에서 만드는 차의 맛이 경상도 일대에 이름이 높다는 사실은 더 신기했다. 주혜와 옥화가 하던 일이었지만, 소반에 차를 담아서 내놓는 손길이 어색하지 않았다. 차의 맛 또한 그미들의 솜씨보다 나았다. 손을 놀려 하는 일이라면, 글씨든 그림이든 악기 연주든 음식이든 빼어났다.

선생이 독운어사로 임명되어 밀양으로 온 후 셋이서 긴 시간 머리를 맞댄 것은 처음이었다. 선생은 한 발 물러서듯 풍금 제작에만 매달렸고, 김진은 따로 조사하겠다며 혼자 돌아다니는 일이 잦았다. 나는 나대로 이번에는 김진의 도움 없이 결정적인 단서를 찾고자 애썼다. 그러나 지금은 힘을 모을 때란 걸 우리는 직감했다. 한양에서 내려오며 떠오른 생각들을 두 사람에게 확인하고 싶었다. 어렴풋하게 윤곽은 잡히지만 명확하지 않은 대목이 많았다.

한양에서 전하와 영의정 조광병을 만나 나눈 대화들을 김진과 내가 돌아가며 간략히 설명했다. 선생은 질문 없이 이야기를 끝까지 듣곤 말했다.

"사검서에게 광흥창을 맡긴다! 나도 거기까진 예측하지 못했네. 이제 안심이 되는군."

나는 예측 가능한 미래를 펼쳐 보였다.

"야뇌 형님께 다시 한 번 확인해 봐야 하겠지만, 세곡은 1000석에도 미치지 못할 겁니다. 하지만 박 부사나 최 감관은 2000석을 확보했다고 우리에게 거짓말을 하겠지요. 1000석뿐인 세곡을 2000석으로 만들어 어떻게 조운선에 실을 것인가도 궁금하네요. 둘 중 하나겠지요. 문서를 조작하든가 아니면 돌이나 모래를 세곡으로 속여 싣든가. 어쨌든 그렇게 세곡을 배에 옮긴 뒤엔 남해와 서해를 거쳐 한강으로 들어가서 광흥창에 닿게 됩니다. 그러면 초정 형님을 비롯한 사검서가 운반된 세곡선의 양과 질을 확인하게 되겠지요. 공문에는 2000석이라고 적혔지만 세곡이 1000석뿐이란 사실이 밝혀지면, 도차사원 박차홍 이하 모든 관원들이 중벌을 면하기 어려울 겁니다."

선생이 고개를 끄덕였다.

"잘 정리했군. 일목요연해. 한데 이건 박 부사 입장에선 필패의 싸움이 아닌가?"

김진이 받았다.

"당황하겠지요. 박 부사가 광흥창 주부 남택만과 봉사 이준광에겐 수시로 서찰과 함께 선물을 올려 보냈더군요. 그중 일부는 광흥창의 최고 벼슬인 수 백제룡에게까지 상납되었겠지요. 그렇게 셋이 광흥창에 앉아 있다면, 1000석을 2000석이 아니라 1만 석으로 바꿀 수도 있을 겁니다. 그걸 아니까 봉상감관 이하 관원과 아전들도 느긋하게 굴었던 것이고요. 하지만 광흥창에서 그들을 따듯하게 맞아 주던 벼슬아치들이 바뀌었다는 비보가 곧 그들에게 전해지겠지요. 박 부사가 어떤 표정을 지을까 궁금합니다."

나는 몇 수 더 내다보았다.

"대책을 세우려 들겠지요. 어쩌면 고패, 즉 일부러 조운선을 바다에 빠뜨리려 들지도 모릅니다. 그 방법 외엔 이 어려움을 벗어날 길이 없으니까요. 하지만 우리가 각각 조운선에 나눠 탄다면 그딴 짓은 못할 겁니다."

김진이 고개를 저었다. 이번에도 나보다 한 수 더 내다본 것이다.

"그리하면 소운이 왜 죽었는지는 영원히 밝히지 못한다

네. 잔잔한 내해에서 침몰한 소선일세. 맹인 악공 하나만 구조되고 나머진 모두 실종된 까닭을 밝힐 수 없다 이 말이지."

"그야 해무가 짙었고……."

"해무 탓에 배들이 눈에 잘 띄지 않은 측면도 분명 있었겠지만, 소선의 격군들은 왜 한 사람도 빠져나오지 못했을까? 그들은 전라우도 뱃길에 훤해. 1000보, 2000보 정도는 능히 헤엄칠 실력도 지녔고 말일세."

답이 마땅히 떠오르지 않았다. 해도 그만 안 해도 그만인 맞장구를 쳤다.

"보질 않았으니…… 알기 어렵군."

김진이 뜻밖에도 말꼬리를 잡아챘다.

"그러니까 보고 확인하자는 거라네."

"가능한가, 그게? 시간을 되돌릴 수도 없고."

"되돌릴 수만 있다면 되돌리고 싶지. 소운도 차돌이도 또 그 배에 탔던 이들도 외로운 혼이 되어 차디찬 바다를 떠돌지 않는 그때로! 하지만 안타깝게도 그건 불가능하니, 그들의 최후를 과거가 아닌 미래에 보도록 하세나."

"미래에 최후를 보다니? 대체 그게 무슨 소린가?"

김진이 담헌 선생에게 시선을 돌렸다.

"괜찮으시겠습니까? 계획대로 된다면 큰 문젠 없겠으나

바다는 육지보다 돌발 상황이 훨씬 자주 벌어집니다."

"내 걱정은 말게. 조운선과 소선이 어떻게 침몰했는지 꼭 알고 싶으이."

끼어들지 않을 수 없었다.

"계획이라니요? 두 분만 아시지 말고 속 시원히 알려 주세요. 뭘 어떻게 하겠다는 것인지요?"

선생이 놀리듯 내게 반문했다.

"아직도 짐작이 되질 않나?"

"짐작을 말하긴 싫습니다. 확정을 짓고도 비밀에 부치시는 겁니까? 섭섭합니다."

"자네가 섭섭하면 안 되지. 화광, 자세히 설명을 해 주게. 무엇보다도 우리 셋의 호흡이 가장 중요하니까."

"알겠습니다."

김진이 이야기를 하려는 순간, 방문을 뚫고 화살이 날아들었다. 서안 뒤 신선도 팔폭 병풍 중 세 번째 신선의 눈에 박혔다. 김진은 급히 등잔불을 끈 뒤 선생과 함께 엎드렸고, 나는 장검을 쥐곤 방문을 열고 뛰어나갔다. 사내 하나가 은행나무 가지에 앉아 있다가 뒷담을 넘었다. 나는 뒷문까지 열고 거리로 나섰다. 골목을 따라 달렸다. 갈림길이 나오고 또 갈림길이 나왔다. 느낌을 믿고 두 길 중 하나를, 또 두 길 중 하나를 택했다. 그러나 활을 쓴 괴한을 잡진 못했다. 내가 포기한 길 중 하나로 유유히 사라졌으리라. 밀양은 아직 내게 낯선 동네였고, 활을 쏜 사내는 부처님 손바닥처럼 지름길과 숨기 좋은 집을 훤히 아는 듯했다.

달려갈 때보다 객사로 돌아오는 시간이 두 배는 들었다. 골목에서 꺾어질 때마다 어둠 속에서 화살이 날아올 것만 같았다. 객사에 이르는 담에 등을 대고 아예 옆걸음질을 쳤다. 이제 객사도 안전하지 못한 것이다. 감히 독운어사 일행이 머무는 방으로 화살을 쏘다니, 무모한 놈이다. 대담한 놈이다. 멀리 객사가 보였다. 방엔 아직 호롱불을 밝히지 않았다. 캄캄한 방문을 열고 들어서며 말했다.

"이제 불을 켜도 되네."

김진이 불을 밝히곤 병풍에 꽂힌 화살을 쥐고 뽑았다. 화살대에 종이쪽지가 묶여 있었다. 선생이 받아서 폈다.

축시(밤 1시), 영은사(靈隱寺). 너희가 선한 바람의 아름다움을 아는가.

선한 바람은 곧 선풍(善風)이다.『정감록』무리가 만나기를 청한 것이다.

"어찌하려는가?"

선생의 물음에 나도 보탰다.

"함정일지도 몰라."

"가겠습니다."

"목숨이 위험할 수도 있어."

"죽일 작정이었다면 이렇게 쪽지를 묶어 화살을 쏘진 않았겠지. 다녀오겠습니다. 선풍의 시신에 대해 저들도 할 말이 있나 봅니다. 내일이나 모레쯤 연락이 올 줄 알았는데 급했군요."

담헌 선생이 내게 시선을 돌렸다. 혼자 가게 할 거냐는 무언의 질책이었다. 한양까지 김진을 호위하고 다녀온 터라 밀양성 밖 영은사는 소풍 정도에 지나지 않았다.

"같이 가세. 하지만 함정이다 싶은 기미가 조금이라도 있으면 내 말을 무조건 따라야 해. 약속하게."

"알겠네. 이 도사, 자네가 같이 간다면야 이보다 든든할 순 없지."

말을 달려 남문을 나섰다. 종남산에 걸린 달을 보며 남쪽으로 달렸다. 말을 타고 건너갈 얕은 천(川)을 찾느라 시간이 지체되었다. 덕대산(德大山) 근처까지 올라가서야 겨우 폭이 좁고 수심이 얕은 곳을 발견했다. 다시 종남산을 향해 질주하여 영은사에 이르니 축시를 지나 인시(밤 3시)가 가까웠다. 말을 나무에 묶어 두고 영은사를 한 바퀴 돌았다. 대웅전에서만 은은한 불빛이 새어 나왔다.

"가 버린 걸까?"

대웅전을 한 바퀴 더 돌았다. 화살이 날아와서 기둥에 박혔다. 고개를 돌리니 산신각이 눈에 들어왔다. 나는 등에 묶은 장검을 뽑아 들려 했지만 김진이 손목을 쥐고 말렸다.

"늦은 건 우리야."

"놈은 명궁일세."

"알아. 그래도 자네 심장을 과녁으로 삼진 않았군."

김진이 먼저 산신각으로 향하는 돌계단에 올라섰다. 부엉이가 울었다. 나는 주변을 경계하며 천천히 따랐다. 개들이 소리 없이 기둥 아래에 앉아 우리를 쳐다보기만 했다. 응달이 깊어 개들의 빛깔과 종류를 알아보긴 어려웠다. 김진이 문고리를 잡고 당기기도 전에 호롱불이 커졌다. 사내의 그림자가 문에 비쳐 어른거렸다. 김진이 문고리를 쥐곤 고개 돌려 눈을 맞췄다. 나는 언제라도 몸을 날릴 수 있도록 발뒤꿈치를 살짝 든 후 고개를 끄덕였다.

"어서 오십시오."

촛불을 등지고 선 사내의 목소리가 귀에 익었다.

"자네는 호방 김선이 아닌가?"

착하고 맡은 바 임무를 빈틈없이 완수하는 김선이 분명했다.

"늦은 밤 이곳까지 오시라 하여 송구스럽습니다. 제가

객사로 찾아갈 형편이 아니라서 부득이 청했습니다."

김선과 선풍의 이름에 모두 착할 선(善) 자가 들었음을
그제야 깨달았다. 그러나 착할 선(善) 자를 이름으로 삼는
사내가 어디 한두 명인가. 아전들을 의심한다 해도 김선을
맨 뒷줄에 세웠을 것이다. 믿는 도끼에 발등을 제대로 찍
힌 셈이다. 우리는 삼각형의 세 꼭짓점처럼 둘러앉았다.

"자네가 그토록 활을 잘 쏘는 줄은 몰랐네.『정감록』무
리는 모두 활과 검을 익히는가?"

"아닙니다. 어렸을 때부터 취미 삼아 활을 잡았을 뿐입니
다. 밀양의 아전 중에 저보다 잘 쏘는 명궁이 여럿입니다."

"뜻밖이군, 자네가 선풍의 무리였다니. 언제부터 몰래
저 무리와 내통하였는가?"

당장이라도 김선을 포박하고 싶었다. 김선이 담담하게
답했다.

"몰래 내통한 적 없습니다."

귀를 의심했다.

"무슨 소린가 그게? 몰래 하지 않았다면, 드러내 놓고
다녔단 게야?"

"말 그대롭니다. 저는 제가『정감록』을 읽고 공부하는
사람임을 밀양부사나 제포 만호에게 숨긴 적이 없습니다.
그건 선풍 할아범 또한 마찬가지고요."

"박 부사와 노 만호가 알고도 묵인했단 말인가? 어찌 그것이 가능한가?"

"어찌 그것이 가능하지 않은지 묻고 싶습니다. 양반들이 사서삼경을 읽듯이 우리는 『정감록』을 통해 삶의 지혜와 내일의 희망을 찾았을 뿐입니다. 밀양부사와 제포 만호가 몇 차례 바뀌었지만 전혀 문제가 없었습니다. 창고에 세곡이 무사히 도착하여 저장될 때까지 제가 봉상감관을 도와 열심히 일했고, 또 선풍 할아범과 그 아들 광우 역시 세곡을 싣고 서강 광흥창으로 떠날 조운선을 튼튼하게 만드는 데 평생을 바쳤습니다."

김진이 질문을 시작했다.

"튼튼하게 만든 것뿐만 아니라 배의 크기를 함부로 바꾸기도 했지 않은가?"

"함부로 키운 건 절대로 아닙니다. 도차사원인 밀양부사의 허락 없이 도목수가 어찌 배의 크기와 높이를 맘대로 바꾼단 말입니까?"

"밀양부사 박차홍이 다 시킨 거다?"

"맞습니다."

김진이 질문을 이었다.

"배를 키웠으니 여유 공간이 늘어났겠군. 거긴 무얼 채웠는가?"

"그 역시 박 부사의 명령을 받들어, 나무 상자들을 따로 실었습니다. 상자에 무엇이 들었는지는 모릅니다. 박 부사에게 물어보십시오."

김진은 결국 이 질문을 던졌다. 그가 묻지 않으면 나라도 따졌을 것이다.

"동율림의 진향도 자네와 함께 『정감록』을 읽었는가?"

"함께 읽고 공부하진 않았습니다. 하지만 모여 읽고 의논할 조용한 별실을 마련해 주셨지요. 고마운 분입니다. 저희가 동율림에서 회합을 갖는다는 것 역시 박 부사는 알고 있었습니다. 제가 미리 말씀을 드렸으니까요. 저희는 해마다 나름대로 성의 표시를 해 왔습니다. 선물도 드리고……."

"뇌물인 게지."

김선이 잠시 나와 눈을 맞춘 후 이야기를 계속했다.

"뭐라고 하든, 전혀 문제가 없었습니다. 밀양에서 적어도 20년 동안은."

"그런데 선풍이 실종된 게로군."

"맞습니다."

"그게 언제인가?"

"4월 5일에 배들이 다섯 곳에서 침몰하였지요. 그리고 이런저런 조사가 진행되었고요. 여기 계신 이 도사님이 민심을 살피러 밀양에 도착하기 전날, 선풍 할아범이 사라졌습니다. 일이 없을 땐 등산을 즐기는 분인지라, 혹시 산을 오르다가 실족이라도 하지 않았는가 싶어 백방으로 찾아 다녔지요. 박 부사에게도 도움을 청했고요. 하지만 찾을 수 없었습니다. 조운선 침몰 때문에 시끄러우니 당분간은 선풍이 집에서 허리를 다쳐 쉬고 있는 걸로 해 달라고, 노 만호가 저와 광우에게 부탁했습니다."

"그런데 선풍의 시신이 발견된 것이로군."

"너무도 놀랐습니다. 백골로 발견되었다는 말은 실종 당시에 목숨을 잃었다는 것 아닙니까? 게다가 밀양 인근 많은 야산 중에서 추화산은 선풍 할아범이 절대로 오르지 않는 산입니다. 읍성 북쪽에 자리를 잡았기에 죽음의 기운이 가득하다고 늘 말했거든요. 시신이 추화산에서 발견되었다는 이야기를 듣는 순간, 이건 우리를 절벽 아래로 한꺼번에 밀어 버리려는 수작이란 걸 알아차렸지요."

"광우는 어디에 숨어 있나?"

"모릅니다. 연락이 닿지 않습니다. 위험이 닥치면 각자 알아서 피신하니까요."

나는 단도직입적으로 따져 들어갔다.

"요약하면 이거군. 자네들은 절대로 선풍을 죽이지 않았다!"

"바로 그 부분을 명확히 하고자 두 분을 청한 겁니다. 저희도 계속 선풍 할아범을 찾고 있었습니다. 시신이 발견되기 전까진 행방을 몰랐고요. 시신을 추화산, 그것도 눈에 띄기 좋은 곳으로 옮겨 둔 자들의 속셈은 뻔합니다. 우릴 선풍 할아범의 살해범으로 몰아 제거하기 위함입니다. 진향까지 억지로 엮은 것도 우리 죄를 무겁게 만들려는 것이지요. 밀양부사에게 『정감록』 무리임을 밝힌 저를 비롯한 신도들은 피신할 수밖에 없습니다. 밀양을 떠나기 전 두 분을 뵙고 저희의 억울함을 설명드리고 싶었습니다. 다시 말씀드리지만, 조운선 침몰이나 소선 침몰에 저희는 관여한 적이 전혀 없습니다. 선풍 할아범을 죽인 적도 없고요."

"그딴 소설을 나보고 믿으라는 거야? 물증을 내놔 봐. 너희들이 해마다 상납한 뇌물을 적어둔 문서는 가지고 있을 것 아닌가?"

김선은 점점 빠르고 커지는 내 목소리에도 전혀 주눅 들지 않았다. 오히려 조급한 마음을 송곳으로 찌르듯 되물었다.

"그 문서에 밀양의 일만 적혔으리라고 보십니까? 두툼한 문서를 펼치는 순간 이 나라가 무너질지도 모릅니다. 정말 필요하다 싶을 때 신중히 판단하여 세상에 선보이겠습니다. 지금은 때가 아닙니다."

손을 뻗어 김선의 목을 틀어잡았다.

"이 새끼가 정말! 너 지금 감히 의금부 도사인 나를 협박하는 거야? 이 나라가 다 너희 수중에 들어갔단 말이냐?"

"그만둬."

김진이 목소리를 높였다. 나는 분통을 터뜨렸다.

"자네도 들었지 않은가? 조선 팔도의 고을 수령에게 모두 뇌물을 먹였노라 자랑하고 협박하는 말. 이런 놈들은 모조리 옥에 처넣어야 해. 세상 무서운 줄 모르는 버러지들!"

김진이 김선의 입장에 서서 추측했다.

"뇌물을 기록한 문서가 있다면, 그 명단엔 외직인 고을 수령뿐만이 아니겠지. 상납에 상납을 거쳐 당상관들에게까지 닿았을 걸세. 그 정도 뒷배는 있어야, 이처럼 조운선을 가지고 장난을 치기도 하고 또 뻔히 눈에 보이는 잘못을 덮는 것이 가능하지 않겠는가? 이 나라가 이 도사 자네가 상상하는 것보다 훨씬 썩은 모양일세."

나는 손을 풀었다. 김선이 고개를 숙인 채 한참을 캑캑거렸다. 김진이 김선의 등을 두드려 주었다.

"자네들 입장은 잘 알겠네. 치우침 없이 낱낱이 조사하여 결론을 내리도록 하지. 자네 덕분에 막혔던 몇몇 부분이 뚫렸다네."

"그렇게 말씀해 주시니 감사합니다."

나는 여전히 화를 누르지 못한 채 경고했다.

"대역죄를 저지르고 달아나는 무리의 최후는 처참할 뿐이야."

김선이 다시 안정을 찾은 듯 답했다. 여전히 단정하고 깍듯했으나 물러설 줄을 몰랐다. 외유내강이란 말에 딱 맞는 사내였다.

"저희는 단 한 번도 도망 다닌 적이 없습니다. 저희가 이곳을 떠나더라도 또 다른 저희가 이곳에 머무니까요. 두 분의 활약을 늘 챙겨 듣겠습니다. 그럼 먼저 일어나시지요."

"알겠네."

김진이 먼저 일어섰다. 나는 이대로 김선과 헤어지는 것이 화가 났다. 다신 잡지 못할 수도 있다. 독 안에 든 쥐를 보고도 돌아서야 한단 말인가.

문고리를 쥐었던 김진이 고개를 젖히자, 나는 그가 마음을 바꿨는가 싶어 가슴은 물론 두 다리까지 모두 돌려세웠다. 배웅을 위해 서 있던 김선도 놀란 표정이었다. 나는 눈으로 김진에게 재촉했다.

저놈을 때려눕히라고 말만 하게. 내 다 알아서 함세.

그러나 김진은 내가 원하는 말을 끝까지 뱉지 않았다.

"잊은 게 있어서, 하나만 더 묻겠네. 선소 나루의 조운선 천 말일세. 자네들이 불을 질렀는가?"

김선이 선선히 인정했다.

"그 배가 남아 있으면, 『정감록』 무리가 서해로 나아가서 장졸을 싣고 한양을 치기 위해 불법으로 조운선을 증축했단 터무니없는 비난의 물증이 될 겁니다. 그래서 없앴습니다."

"덕분에 고을 수령들과 자네들의 더러운 거래도 재가 되었군."

"선풍 할아범이 워낙 아낀 배라서 없애기가 쉽지 않았습니다. 광우도 그 배는 자신의 동생과 같다며 매일 쓸고 닦았습니다. 하지만 눈 밝은 서쾌 나리가 그 배를 증축한 사실을 알아차렸으니 더 이상 지체할 순 없었지요. 사라질 건 사라져야 하는 법입니다."

"조운선 증축을 알아차린 이가 한 사람 더 있지 않은가?"

김선이 즉답하지 않았다. 알고 하는 이야기인지 모르고 넘겨짚는 질문인지 가늠하는 것이다. 김진이 고쳐 물었다.

"소운 조택수 말일세. 경상도에서 올라오는 조운선들이 이상하다고 내게 여러 번 말했었네. 후조창까지 왔으니 조운선에 관심을 두었으리라 보네만."

"봄날 어느 저녁에 선풍 할아범에게 탁주를 샀다 듣긴 했습니다. 광우까지 내보내고 단둘이서 대취하였다더군요. 증축 문제를 논의했는지는 모르겠습니다."

"그렇군. 혹시나 싶어 물었던 걸세. 그나저나 선풍의 시신까지 나왔으니, 자네들을 더욱 궁지로 몰 걸세. 잡아들이고 고문하고 죽이려 들겠지."

"각오하고 있습니다. 저희들 문젠 저희들이 챙기겠습니다. 두 분은 부디 조운선을 침몰시킨 자들을 밝혀 주십시오. 저희는 어쩔 수 없이 밀양부사를 비롯한 관원들을 도왔을 뿐입니다."

김진이 선을 그었다.

"자네들이 이용만 당했다는 주장은 받아들이기 어렵군. 배를 증축하고 그 배에 세곡을 싣는 일에 도목수 선풍과 호방 김선만큼 전문 지식과 풍부한 경험을 가진 이는 없어. 다시 말해, 자네들도 이 짓을 하며 많은 이득을 얻었고, 또 조운을 잘 알지 못하면서 자네들과 손을 잡은 관원들을 이용했다고 생각하네. 피해자인 척 굴지 말게."

조운선을 통해 부패를 일삼은 공범이란 것이다. 김선은 논쟁을 피하면서도 자신들의 뜻을 강조했다.

"책임질 부분이 있으면 책임을 지겠습니다. 하지만 지난 봄 다섯 군데에서 스무 척의 배를 침몰시키고 2만 석의 세곡을 바다에 빠뜨렸을 뿐만 아니라 소선까지 수장시킨 사건은 저희가 한 짓이 결코 아닙니다. 잘 부탁드립니다. 저희를 위해 애쓰시는 두 분을 늘 살피고 지켜드리고자 노력하겠습니다."

내가 따지듯 물었다.

"자네들도 도망 다니기 바쁠 텐데 우릴 어찌 살피고 지킨단 말인가? 손오공의 분신술이라도 쓴다는 건가?"

김선이 사람 좋은 미소와 함께 맞받았다.

"필요하다면 분신술뿐이겠습니까? 훗날 닥치고 나면, 아 그때 김선이 말한 게 이거였구나 생각나실 겁니다. 안녕히 가십시오."

산신각 문을 닫고 돌계단을 내려서며 김진에게 물었다.

"지금이라도 돌아가서 붙잡을까?"

김진의 목소리가 다급했다.

"돌아서지 마! 그냥 걸어."

"왜 그러나?"

"살기(殺氣)라네. 산신각 뒤 죽림에서 우릴 겨누는 활이 서넛은 넘겠어."

"놈들이 더 있단 말인가?"

"의금부 도사를 만나는 자리에 혼자 왔을 리 없지. 자네가 걸음을 멈추고 돌아서는 순간 독을 바른 화살들이 급소를 한꺼번에 뚫을 걸세. 아까 자네가 김선의 목을 틀어쥐었을 때 얼마나 놀랐는 줄 아는가. 화살이 당장이라도 방문을 뚫고 쏟아져 들어오진 않을까 걱정했으이. 개죽음당하고 싶지 않으면 속히 내려가세."

그제야 등에서 식은땀이 흘렀다. 김선의 온화한 얼굴은 정녕 가면이었단 말인가.

"소운이 언제 경상도의 조운선들이 이상하다고 자네에게 말했나?"

"그런 적 없네. 광흥창 부봉사로 들어간 후론 업무에 관해 한마디도 하지 않았지. 입이 무거운 친구였어."

"역시 넘겨짚은 겐가?"

"완전히 그런 건 아닐세. 조운선들이 침몰한 후에 선풍이 사라졌다고 하지 않았는가. 조운선을 불법으로 증축한 사실을 박차홍이나 『정감록』 무리 외에 또 다른 이가 알아차렸기 때문은 아닐까 하는 생각이 들었다네. 지난봄에 조운선이 떠나기 직전에 후조창을 방문한 손님 중 조운선에 관심을 둘 만한 이는 소운뿐이었어."

"소운은 실종되지 않았나? 그런데도 왜 선풍이 사라진 걸까?"

"거기까진 아직 확실히 설명하긴 어렵군. 하지만 소운이 악공 고후와 조운선 증축에 관한 이야길 나눴을 수도 있네. 괜히 저들이 고후의 혀를 잘랐을 까닭이 없겠지. 소선이 침몰할 때 상황을 감추려는 의도에 조운선 증축 사실을 숨기려는 뜻까지 더한다면, 끔찍하게도 혀를 자른 이유가 어느 정돈 드러난다고 보네만."

"저들이 늘 해 오던 과정에 소운과 고후는 없었던 게로군."

"광흥창 부봉사를 지낸, 영의정의 서자가 밀양까지 오리라고 누가 짐작이나 했겠는가? 게다가 등산진 앞바다에 불쑥 나타날 줄은 몰랐을 거야. 어쨌든 내일부턴 볼만하겠어. 독운어사와 우리의 시선을 선풍과 『정감록』 무리 쪽으로 자꾸 돌리려는 자들이 있으면 유심히 살펴야 하겠지. 조사의 중심을 흩어 놓으려 선풍의 시신을 가져왔겠지만, 오히려 누가 부패한 무리고 누가 우리 편인지를 쉽게 가르는 기준이 된 셈이군. 기다려 보자고. 자, 서둘러 내려가세. 밤바람이 꽤 매섭군. 이건 완전 초가을 날씨야."

김진이 양손을 비빈 후 어깨를 떨며 먼저 재게 걸음을 놀렸다. 을씨년스러운 기운이 산을 내려가는 내내 우리들 뒤통수를 파고들었다.

18장

낙관은 금물이다.

새벽에 객사에 도착하여 이불을 덮고 잠시 눈을 붙이자마자 급보가 날아들었다. 동창(東倉)을 지키는 군졸이 한달음에 관아로 달려온 것이다. 정수담의 시신이 동창 뒷마당 느티나무 가지에 거꾸로 매달린 채 발견되었다는 것이다. 급히 옷을 입다 말고 김진이 혼잣말처럼 뇌까렸다.

"토끼몰이가 시작되었군."

정수담을 죽인 범인으로 김선이 지목되리란 예상이었다.

"호방 김선이 토끼라면 벌써 굴을 빠져나갔지 않은가?"

"호방이 토끼일 수도 있고 호방을 토끼처럼 보이도록 꾸몄을 수도 있겠지. 의금부 도사를 죽인 최초의 토끼인 셈인데, 쉽게 단정 짓긴 어려워."

점점 수수께끼로 바뀌는 듯했다. 비보를 접한 아침부터 김진의 놀음에 말려들고 싶지 않았다.

"어젯밤에 호방을 붙잡았더라면, 토끼인지 토끼처럼 보이도록 꾸민 건지 쉽게 밝혔을 건데……."

김진이 뒤늦은 아쉬움을 싹둑 잘랐다.

"사냥엔 두 가지가 있네. 토끼를 꼭 잡아야 하는 경우와 연기만 피우는 것으로 만족하는 경우! 서두르세."

말을 달려 동창에 도착했다. 봉상감관 최고직이 성난 얼굴로 씩씩거리며 우리를 맞았다.

"호방이 『정감록』 무리일 줄은 정말 몰랐습니다."

호방을 비난하는 첫 번째 인물이다.

"그게 무슨 소립니까? 호방 김선이 왜요?"

김진이 짐짓 모른 체하며 물었다. 최고직이 답했다.

"그놈들 짓이니까요. 정 참상 나리가 끈질기게 조사를 하니까, 죽여 매단 겁니다."

"누가 죽였는지는 나중에 따지기로 하고, 호방이 『정감록』 무리라는 걸 어찌 알았습니까?"

"달아났습니다. 호방 김선을 비롯하여 선소 나루의 선직 세 명과 창고에서 세곡 운반을 돕던 격군 다섯 명이 한꺼번에 지난밤 잠적했어요. 그리고 정 참상 나리의 시신이 발견된 겁니다. 그놈들이 왜 한꺼번에 사라졌을까요? 포위망을 좁혀 오던 정 참상을 처리한 뒤 달아난 겁니다. 천벌을 받을 살인자들!"

"그렇군요. 하나만 더 확인해도 되겠습니까?"

최고직이 멍한 눈으로 고개를 끄덕였다.

"봉상감관이니 창고에서 세곡을 옮기던 격군 다섯 사람을 알겠군요. 호방과는 합심하여 후조창의 조운 업무를 보았으니 당연히 친했을 테고. 그들이 『정감록』 무리란 걸 정말 전혀 몰랐습니까? 달아나려는 기미를 눈치채지 못했나요?"

최고직이 두 눈을 동그랗게 뜨곤 부인했다.

"지금 날 의심하는 겁니까? 몰랐습니다. 알았으면 내가 가만히 있었겠습니까? 흉측한 놈들과 함께 일을 했다는 것만으로도 치가 떨립니다."

"호방이나 격군들이 최 감관을 괴롭힌 적이 있습니까?"

대답하는 목소리가 잦아들었다.

"……그런 적은 없습니다."

"업무에 불성실한 적은?"

"없습니다. 김 호방은 조운에 관해선 모르는 것이 없었지요."

"몰려다니며 나쁜 짓 하는 걸 듣거나 본 적은?"

"없습니다."

"그럼, 뭐가 흉측하단 게요?"

"소, 소문도 못 들으셨습니까? 서해에서 장졸을 몰고 와 나라를 쑥대밭으로 만들어 버리려고 작당을 했다고 하잖습니까?"

"그러니까 흉측하단 소문을 들었단 게로군요."

"그렇지요."

김진이 말을 끊고 나와 눈을 맞췄다. 결정적인 한 방은 양보하겠다는 뜻이다. 최고직을 쏘아보며 몰아붙였다.

"최 감관은 평소에 소문을 철석같이 믿는 편이오?"

"믿기도 하고, 아니 믿기도 하고⋯⋯."

대답이 궁색했다.

"함께 후조창에서 지낼 때는 흉측함을 전혀 못 느낀 사람들입니다. 흉측하단 소문만 듣고 흉측했던 자들로 바뀌 버리니 하는 소리라오. 다음부터는 소문 따윌 근거로 내세우진 마시오. 명심하시오."

"알겠습니다."

그쯤에서 말머리를 돌렸다.

"시신은?"

"부사께서 두 분 오실 때까지 그냥 두라 말씀하셨습니다. 각오를 단단히 하셔야 합니다."

"어서 앞장서기나 하오."

시신이라면 의금부 도사를 맡은 후로 숱하게 봤다. 김진과 나란히 동창을 돌아 뒷마당으로 가며 물었다.

"최 감관을 왜 그리 몰아세우는가? 곁에 있는 내가 무안할 정도였네."

"한심해서 그랬다네."

"뭐가 말인가?"

"시신이 발견되면 면밀히 검안하고 마지막 행적을 살펴보는 것이 순서야. 한데 최 감관은 밀양을 떠난 이들부터 줄줄이 외며 범인으로 몰아세우고 있지 않은가. 어제 영은사에서 우리에게 화살을 겨눴던 바로 그자들일 테지. 밀양 부사 박차홍은 정 참상의 시신이 발견되자마자, 관아와 창고와 선소에서 사라진 사람들부터 확인한 게 틀림없어. 호방 김선의 주장에 따르자면, 박차홍은 그들이 이미 『정감록』 무리란 걸 알고 있었지. 그들의 피신을 확인하곤, 시신 검안이나 행적 조사를 하기도 전에 까발린 거라네. 호방 김선이 『정감록』 무리임을! 오랜 비밀이 깨어진 순간이기도 해."

"박 부사가 정 도사를 죽인 뒤 그 죄를 김 호방 등에게 뒤집어씌웠다는 이야기로 들리네만……."

"또 하나 가능성도 있지. 김 호방이 정 참상을 죽인 뒤 우릴 만나러 온 걸세. 머리가 아주 좋은 아전임을 자네도 알지?"

"복잡하군. 그게 옳다면 김 호방이 살인을 저질렀고 박 부사가 누명을 쓰는 셈이군. 도대체 어느 쪽이라고 보는가?"

"둘 다 믿기 힘들어. 사사로운 이익을 위해 거짓말을 밥 먹듯이 해 왔지 않은가. 둘이 힘을 합쳐 더러운 배를 불려 오다가, 서로 찢어지니 상대를 죽이기 위해 온갖 짓을 서슴지 않는 꼴이야. 박 부사가 김 호방을 너무 쉽게 여긴 건 확실해. 선풍에게 조운선 침몰의 모든 죄를 덮어씌우는 식으로 사건을 마무리하려 든 게지. 그게 오히려 우리에겐 기회인 셈이야. 두 집단이 똘똘 뭉쳐 입을 맞춘다면, 이 사건은 영영 해결하기 어려울지도 몰라. 아, 저런……."

김진이 설명을 그치고 멈춰 섰다. 나 역시 따라 멈추곤 턱을 들었다. 수많은 시신을 보아 왔지만 정수담의 시신은 그중에서도 첫손에 꼽을 만큼 참혹했다. 느티나무는 열 길이 훨씬 넘었고, 벌거벗은 시신은 세 길 쯤에서 뻗어 나온 가지에 거꾸로 묶였다. 밧줄로 발목을 단단히 감아 쥔 것이다. 옅은 바람에도 조금씩 흔들리며 돌았다. 천으로 입에 재갈을 물려 소리를 막았다. 손을 쓰지 못하도록 팔목도 밧줄로 죄었다. 온몸에는 붉은 핏자국이 가득했다. 예리한 단검으로 난자한 것이다.

범인은 단숨에 정 참상의 숨통을 끊지 않았다. 더욱 끔찍한 최후를 안기기 위해서였다. 온몸에서 피가 흘러내리도록 묶어 두고 기다린 것이다. 처음엔 고통을 참지 못해 몸부림을 쳤으리라. 범인은 나무 아래에 서서 사방으로 튀는 피를 구경하며 비웃었겠지. 몸을 흔들면 피가 더 빨리 흘러내린다고 충고 아닌 충고를 했을지도 모른다. 시간이 흐르고 피가 점점 더 많이 빠져나가자, 정 참상의 몸부림도 차츰 잦아들었으리라. 눈꺼풀이 무거워지고 눈앞의 풍광이 흐려지다가 짙은 어둠으로 깜빡깜빡 넘어갔겠지. 범인은 정 참상이 편히 잠들어 죽지 못하도록, 장봉으로 정수리나 어깨를 쿡쿡 찍어 밀거나 돌멩이로 가슴이나 엉덩이를 맞혔을지도 모른다. 꿈틀 몸을 뒤채며 정신을 차리기도 했겠지만, 그마저 어느 순간 멈췄다. 장봉이나 돌멩이론 정 참상이 문지방 너머 죽음의 세계로 가는 것을 막을 수 없었다. 그리하여 허공에 매단 나무토막처럼, 그 몸이 다만 바람결에 흔들리기만 할 때, 범인은 비로소 자리를 뜬 것이다.

김진과 내가 도착한 그때까지도 축 늘어진 손끝에서 핏방울이 떨어졌다. 매달린 시신 아래엔 끈적이는 피가 여기저기 작은 흙덩이로 뭉쳐 있었다. 핏자국이 사방으로 열 걸음 이상 흩어진 것은, 끔찍한 고통을 견디지 못한 몸부림의 결과이자 마지막까지 정신을 차리고 살아 보려는 의지였을 것이다. 정수담은 그렇게 혼자 허공에 거꾸로 매달린 채 온몸으로 피 흘리며 죽어 갔다. 이것은 명백한 경고였다. 사건을 함부로 파헤치려 덤비다간 정수담과 같은 꼴이 되리라는 협박이었다.

"왔소이까?"

박차홍이 우리를 보고 걸어왔다. 나는 분을 참지 못하고, 언제나 침착해야 하는 의금부 도사답지 않게 소리쳤다.

"시신부터 내리시오. 당장!"

박차홍이 매우 느릿느릿 고개를 돌려 시신을 쳐다보며 물었다.

"어제 선풍의 시신에 대한 두 분의 조사가 무척 인상 깊었소이다. 그래서 오늘도 도움을 받을까 하여 그냥 두고 기다린 게요."

우리를 비꼬는 것이다. 화가 치밀었지만 김진이 먼저 대꾸했다.

"배려해 주시니 고맙습니다. 그럼 어디 살펴볼까요?"

성큼성큼 큰 걸음으로 느티나무를 향해 걸어갔다. 단숨에 그 청을 받아 버리니 박차홍으로도 머쓱한 표정이었다. 김진은 바닥의 핏자국을 따라 원을 크게 그리며 돌았다. 걷다가 멈춰 서선 허리를 숙여 핏자국을 살피고 또 걷기를 반복했다. 나도 김진을 따라 걷다가 중간에 그만두고 느티나무 아래로 돌아왔다. 담헌 선생이 때마침 도착했다. 시신을 올려다보며 내게 물었다.

"정 참상은 줄곧 참언이나 요언을 일삼는 무리만 전담하여 추격해 왔다지?"

"맞습니다."

"친했는가?"

"그렇게 가깝지는 않았습니다. 칭찬에 인색하고, 의논하기보단 혼자 깊이 파 들어가길 즐겼지요. 그래도 범인을 잡아들이는 실적은 언제나 최상이었습니다. 이렇게 빨리 갈 줄 알았다면, 좀 더 많은 얘길 나눌 걸 그랬습니다."

김진이 뒷마당 전체를 돌아본 후 우리에게 왔다. 박차홍이 약간 굳은 얼굴로 물었다.

"뭔가 발견한 거라도 있소?"

"없습니다. 핏자국만 여기저기 흩어져 있군요. 정 참상은 저기 매달린 채 느릿느릿 죽어 갔습니다. 목이 잘리는 것보다도 더 끔찍한 일입니다. 이제 그만 시신을 내리시지요."

박차홍이 고개를 끄덕였다.

"나 역시 살펴봤지만 별게 없었다오. 알겠소."

명령을 받은 포졸들이 정 참상의 시신을 내려 무명천으로 덮었다. 박차홍이 이야기를 이었다.

"정 참상의 죽음은 무척 안타까운 일이오만, 헛된 죽음은 아니오. 덕분에 밀양에 몰래 숨어든『정감록』무리가 드러나게 되었다오. 호방 김선을 비롯한 격군과 선직들이 사라졌소. 그들을 반드시 추격하여 잡아들이도록 하리다."

김진이 끼어들었다.

"곧 내직으로 옮기신다고 들었습니다. 2000석 세곡만 무사히 광흥창에 닿고 나면, 호조 참의로 가신다구요?"

호조판서를 겸하는 이가 바로 판의금부사 조광준이었다. 박차홍이 호조 참의로 승차한다는 것은 조광준의 신임이 대단하다는 증거였다. 밀양부사가 어떻게 호조판서의 신임을 받았을까. 짐작하건대 후조창을 책임진 6년 동안의 행적이 조광준을 흡족하게 만들었으리라.

"재조사만 없었다면 진작 갔어야 할 자리라오. 밀양부사 6년 포함하여 외직만 10여 년을 했으니, 이제 내직을 맡아 조운을 더 안전하고 신속하게 하는 데 힘을 보태고 싶소. 나는 비록 밀양을 떠나지만 후임 부사에게 이 사건을 인계하여 반드시 김선의 무리를 잡아들이도록 할 것이오."

"밀양 후조창에서 6년 동안 도차사원을 하셨으니 충분히 자격이 있다고 생각됩니다."

그리고 담헌 선생을 향해 말했다.

"풍금은 완성되셨는지요?"

"오늘 밤만 새우면 거의 될 듯하네."

"그럼, 모레쯤 떠날까요?"

나는 김진에게 눈짓을 보냈다. 갑자기 밀양을 떠난다는 이야긴 왜 하는가. 정 참상의 시신이 오늘 발견되었는데, 살인 사건 조사도 하지 않고 떠난다는 게 말이나 되는 소리인가.

박차홍도 놀라기는 마찬가지였다.

"너무 빠른 것 아니오? 며칠 추격하면 김선의 무리를 잡아들일 수도 있소. 나도 최선을 다하겠지만 이 도사가 도와주면 훨씬 쉽게 놈들의 흔적을 찾을 것이오. 조운선과 소선 침몰 사건을 조사하기 위해 온 것은 알지만, 정 참상의 죽음이 그 일과 무관하지 않소이다. 아니 『정감록』무리가 흑심을 품고 조운선과 소선을 침몰시켰을 수도 있소."

"흑심이라고요? 그게 뭔가요?"

"서해에 해적들이 출몰한다는 풍문이 부쩍 늘고 있소이다. 조선 수군이 바닷길을 얼마나 잘 방비하고 있는지 살피기 위함일 수도 있고, 조운선의 연이은 침몰을 빌미로 민심을 흔들 수도 있고."

김진이 딱 잘라 거절했다.

"정 참상을 죽인 사건을 조사하는 건 독운어사의 책무가 아닙니다. 범인을 꼭 잡아들이겠다는 부사의 결심을 믿겠습니다."

　직접 조사를 하진 않겠다는 것이다. 박차홍이 내게 시선을 돌렸다. 의금부에서 함께 근무하던 도사가 죽었는데, 그냥 두고 떠나려 하느냐는 질문이 눈빛에 담겼다. 내 마음 같아선 정 참상을 살해한 자들을 모조리 잡아들일 때까지 밀양에 머물고 싶었다. 그러나 담헌 선생은 곧 떠나겠다는 김진의 주장에 이견이 없는 듯 침묵했다. 박차홍도 더 이상 남아서 정 참상의 살해범을 잡아 달라는 고집을 부리지 않고, 재조사 결과를 어찌 정리했는지 슬쩍 떠봤다.

　"결론을 내린 게요?"

　김진이 선생과 내 눈을 차례차례 들여다본 후 답했다.

　"다른 네 곳도 아울러 조사해야 하겠지만,『정감록』무리가 관아와 의논도 하지 않고 불법으로 배를 몰래 증축한 것이 사고의 가장 큰 원인인 듯합니다. 선풍이 손을 댄 조운선들만 가라앉았으니까요. 격군이나 선직에도 저들 무리가 끼어 있었다고 하니, 배를 수선하면서 침몰하기 쉽게 만든 뒤 거의 비슷한 날에 배를 침몰시킨 것이 아닌가 합니다. 고패의 주범이 바로『정감록』무리였던 게지요. 한꺼번에 조운선들이 침몰하면 민심이 동요할 것이고, 그 틈을 노려 서해에서 장졸들이 몰려오는 흉내를 내며 난을 획책할 계획을 세운 것이 아닐까 합니다. 이와 같은 큰 틀에서 앞으론 『정감록』 무리를 추격하여 잡아들여야 한다고 보는데, 부사의 생각은 어떠하신가요?"

박차홍이 크게 고개를 끄덕였다.

"나도 그와 같은 결론을 얻었소. 역시 담헌의 칭찬을 한 몸에 받을 만하오."

"감사합니다."

"침몰한 조운선 현과 황에서 구조한 조군들 중에도 흉측한 무리에 속한 이가 있겠지요? 제 생각엔 격군을 선미 갑판 아래로 내려가라 명한, 현의 사공 윤대해와 홍의 사공 박호윤이 의심스럽습니다만."

"엄히 문초하리다. 이실직고를 받아 내겠소. 하면 소선 침몰에 대해선 어찌 생각하오?"

"멀쩡한 배가 풍랑도 없는데 저절로 침몰하였을 리는 없겠지요. 해무가 짙은 탓에, 100보 떨어진 조운선에서도 소선이 잘 보이지 않았고, 어부 정상치는 사망했으며 유일한 생존자 고후는 글을 전혀 깨치지 못한 데다가 눈이 멀고 혀까지 잘려 나갔으니, 침몰 원인을 정확히 밝히는 데는 한계가 있습니다. 다만 추정하건대……."

"추정하건대……?"

박차홍이 말꼬리를 물고 들어왔다. 김진이 마른침을 삼킨 뒤 이야기를 이었다.

"조운선 침몰을 도와주려 만약을 대비하여 대기하던, 『정감록』 무리에서 준비한 배와 충돌한 것이 아닐까 합니다. 조운선을 침몰시키려는 순간 소선이 등장했으니까요. 어떻게든 접근을 막으려 했겠지요."

박차홍이 이번에도 고개를 끄덕였다.

"맞소. 그러고도 남을 놈들이오. 감히 이씨의 나라를 폐하고 정씨의 나라를 세우겠다고 주장한다질 않소."

"어디까지나 추정일 뿐입니다. 혹시 등산진 부근에서 해적을 포함하여 수상한 배들에 관한 소식이 있으면 알려 주십시오. 한데 이번에 광흥창의 관원들이 바뀌었다 들었습니다. 혹시 소식 들으셨는지요?"

"알고 있소. 사검서들이 올해 말까지 광흥창을 맡아 조사를 한다던데, 맞소?"

"그렇습니다."

"사검서는 담헌이나 두 분과도 친밀한 사이가 아니오, 백탑 아래에서 함께 노닐던?"

"맞습니다."

"『정감록』 무리가 광흥창에도 있을지 모르니 꼼꼼히 살피라 전해 주오."

"그렇게 하겠습니다."

"모레 떠난다니, 내일 저녁에 환송연을 베풀까 하오만."

김진이 내게 눈짓을 보냈다. 거절하라는 뜻이다. 나는 정중히 목소리를 깔았다.

"말씀만으로도 감사합니다. 하지만 정 참상이 비명에 간 마당에 마시고 즐길 기분이 전혀 안 나는군요. 49재를 마칠 때까지는 절주하며 지내고 싶습니다."

"이해하오. 의금부에 같이 근무했으니 슬픔이 더욱 크겠소. 환송연은 취소하고, 한양에서 따로 만나도록 하십시다. 내가 한턱 내리다."

"불러 주신다면 만사를 젖혀 두고 참석하겠습니다."

박차홍과 헤어져 동창을 나섰다. 김진이 말을 매어 둔 곳까지 뛰며 말했다.

"빨리 오르게."

서두르는 이유도 모른 채 담헌 선생에게 꾸벅 절한 뒤 급히 따랐다. 김진은 나를 기다리지도 않고 서쪽을 향해 말을 몰았다. 추화산 자락을 왼편에 두고 질주했다. 그처럼 급히 말을 달리는 것을 본 적이 없었다. 밀양에서 한양까지 다녀올 때도 저 정도는 아니었다. 나도 엉덩이를 들고 허벅지에 힘을 잔뜩 준 채 달리고 또 달렸다. 그러나 쉽게 김진의 곁으로 다가갈 수 없었다. 향교 근처에 이르러서야 겨우 꼬리 가까이 접근했다. 김진이 멈춰 서더니 말에서 내리지도 않고 품에서 지도를 펴 살폈다.

"왜 이리 서두르는가?"

"사람 목숨이 경각에 달렸네. 벌써 죽었는지도 모르고."

"누구 말인가?"

"내가 어제 정 참상과 헤어지기 직전에 마지막으로 한 말 기억나나?"

"밤쇠에게 새벽에 나무를 해 오라고 명령한 이를 확인해 보라 그랬지."

"맞네. 그렇다면 정 참상은 어디로 갔겠는가?"

"당연히 향교겠지."

김진이 지도에 검지를 얹더니 서쪽에서 동쪽으로 단숨에 그었다.

"읍성의 서북쪽 향교로 갔던 정수담의 시신이 동북쪽 동창에서 발견되었다네. 무얼 뜻할까? 정수담이 향교에 갔음을 감추기 위해서라네. 정수담을 사로잡아 동창으로 옮겨 죽인 자들은 누굴 또 노리겠는가?"

멀리 향교를 쳐다보며 답했다.

"밤쇠겠군. 밤쇠가 살아 있는 한 나무를 해 오라는 명령을 내린 이는 불안할 거야."

"그렇네. 정수담을 죽인 범인은 밤쇠까지 노렸을 거야."

"그럼 어서 향교로 가서 밤쇠를 찾아보세."

김진이 향교 근처를 눈으로 훑은 뒤 답했다.

"아니야. 밤쇠는 향교에 없네."

"향교에 없다는 걸 자네가 어찌 알아? 도대체 그가 어디에 있다는 말인가?"

김진이 대답 대신 충효암(忠孝菴)을 손가락으로 짚었다. 향교에서 가장 가까운 절이다. 왜 하필 충효암인지 묻기도 전에 김진은 다시 말을 달렸다. 따라잡기 위해 최선을 다했지만 이번에도 실패했다. 그는 산 아래 도착한 뒤 말에서 내려 좁은 산길을 오르기 시작했다. 가파른 산비탈이 이어졌다. 숨이 턱까지 차올랐다. 잠시만 쉬며 숨을 돌리고 싶었으나 김진은 걸음을 늦추지 않았다. 무성하게 자란 풀이 산길을 덮었기 때문에 그를 놓치면 길을 잃을 수도 있었다. 악착같이 등만 바라보며 기다시피 올랐다.

암자의 지붕에 얹은 기와가 보이자 김진은 걸음을 늦추었다. 나는 가쁜 숨을 몰아쉬며 곁에 웅크리고 앉았다.

"휴우! 밤쇠가 여기 있다고 어떻게 자신하는가?"

김진이 대답 대신 소매에서 붉은 꽃잎을 꺼내 내 손바닥에 올려놓았다. 자줏빛을 띠는 데다 피까지 잔뜩 묻어 더욱 붉었다.

"상사화(相思花)라네. 뿌리를 찧어 단청이나 탱화에 바르면 좀이 슬지 않는다네. 그래서인지 이맘때쯤 유난히 사찰 근처에 많이 피지."

"그런데?"

"정 참상은 동창에 거꾸로 매달릴 때까진 정신이 맑았네. 그의 시신을 봤을 때 문득 이런 생각이 들었다네. 정신을 잃기 전까진 자신을 납치하고 죽이려 든 자들의 정체를 우리에게 알리려고 애쓰지 않았을까. 그래서 뒷마당을 돌아다녔던 걸세. 군데군데 떨어진 핏자국 중 하나에서 검붉게 짓뭉개진 상사화 꽃잎을 찾았다네. 이건 뭘 뜻할까? 손에 움켜쥐고 있었단 걸세. 거꾸로 매달렸을 때, 제 몸에서 흘러내린 피가 어깨와 팔꿈치를 타고 손목을 지나 손바닥까지 이르렀을 때, 그 피를 꽃잎에 묻혔던 게지. 바람에 흩날려 버리지 않도록 단단히 뭉친 뒤에 떨어뜨린 거라네. 그 꽃잎은 어디서 왔을까? 시신이 발견된 동창에도, 밤쇠가 사는 향교에도 상사화는 없었네. 자, 둘러보게. 여긴 온통 상사화 꽃밭이로군."

과연 그랬다. 상사화들이 충효사를 호위하듯 둘러싼 꼴이었다.

"한데 정 참상이 여기까지 왜 왔을까?"

"밤쇠는 자신에게 나무를 해 오라 명령을 내린 이를 끝까지 감추려 했을 걸세. 정 참상은 잠시 머물다 가는 사람이고 그에게 명령을 내린 이는 줄곧 밤쇠의 일상을 지배했고 앞으로도 지배할 테니까. 정 참상은 향교로 가서 그 새벽 밤쇠를 불러 깨운 이를 찾으려 했겠지. 밤쇠의 어린 아들이나 아내를 심문했을지도 모르겠네. 가족 땜에 밤쇠의 마음이 흔들렸을까? 결국 털어놓겠다고 말할 수밖에 없었겠지. 의금부 도사들은 따로 범인의 자백을 받아 내는 법도 배워 익힌다고 들었네. 향교 마당이나 쓸고 나무나 져 나르는 밤쇠가 정 참상의 교묘한 설득을 피하기 어려웠을 걸세. 자백을 거의 받아 낼 무렵, 정 참상은 향교를 감싸 도는 살기를 느낀 듯하네. 밤쇠만 두고 혼자만 피할 순 없었지. 그래서 함께 향교를 떠났을 걸세. 이 근방에서 정 참상이 생포된 듯싶네."

"밤쇠는?"

"무사히 달아났기를 바랄 뿐이지. 자, 여기선 둘로 나눠 살펴보기로 하세. 밤쇠를 찾으면 코끼리 소리를 내게."

"코끼리?"

"담헌 선생에게 배웠지 않은가? 낮고 길게 소리를 뽑으란 말일세."

연경에서 구경한 동물 중에서 가장 흥미로운 것이 무엇이냐고 물었을 때 선생은 코끼리라고 답했다. 그 모습을 종이에 그리고 직접 울음을 흉내 내며 따라 해 보라 권하기도 했었다. 귀가 밝은 선생은 동물의 울음도 한 번 들으면 잊지 않았고, 거문고를 이용하거나 목소리만으로도 비

숫하게 재현했다.

"알았네."

암자를 기준으로 나는 동쪽, 김진은 서쪽을 맡았다. 풀은 무성하고 꽃은 만발했다. 몸을 낮추고 풀들을 젖히며 나아갔다. 고개를 돌리니 김진이 보이지 않았다. 그도 내 모습을 금방 찾긴 어려울 것이다. 무예로 단련된 의금부 참상도사를 납치하여 죽인 놈들이다. 정 참상이 당했다면 밤쇠도 다쳤거나 목숨을 잃었을 가능성이 컸다. 눈대중으론 100여 걸음이면 충분하리라 여겼는데, 200보를 딛고도 꽃들이 여전히 무릎과 가슴으로 밀려들었다. 풀숲에서 엽전 찾기군. 혼자 생각하곤 혼자 말없이 웃었다. 추화산 풀숲에서 열심히 엽전을 찾던 밤쇠와 그 밤쇠도 놓친 엽전을 주운 김진의 모습이 떠올랐던 것이다.

웃음을 거뒀다. 발자국이었다. 여러 명의 발자국이 상사화를 짓밟고 지나갔다. 발자국을 따라 조심조심 걸음을 옮겼다. 꽃잎에 피가 묻은 것으로 볼 때 이곳에서도 격투를 벌인 듯했다. 발자국이 충효암 쪽으로 향했다. 암자 앞마당까지 흐르고서야 발자국이 사라졌다. 부지런한 동자가 비로 마당을 쓴 탓이다. 나는 다시 되돌아가서 짓밟힌 상사화 주위를 살폈다. 밤쇠가 저 발자국들에게 붙잡히지 않았다면, 분명히 다른 흔적을 남겼을 것이다.

핏자국을 찾았다. 충효암과는 반대 방향으로 나 있었다. 상사화를 밟지도 않았고 조심조심 풀들을 헤치며 무릎걸음으로 기었다. 오른팔이나 어깨를 다쳤는지 꺾인 풀들의 오른쪽에만 검붉게 굳은 핏방울이 떨어져 있었다. 낮이라면 금방 핏자국을 찾았겠지만 정 참상과 밤쇠를 습격한 시각이 밤이었다면, 이렇듯 살금살금 달아나는 밤쇠를 추격하긴 어려웠으리라.

핏자국은 토굴 앞에서 멈췄다. 곰 한 마리가 겨울을 나기에 충분한, 바위와 아름드리 소나무로 입구를 가린 굴이었다. 장검을 뽑아 들었다. 깜깜한 굴에서 무엇이 튀어나올지 알 수 없었다. 한 걸음, 두 걸음, 세 걸음 들어간 뒤 멈췄다. 어둠을 쏘아보며 귀를 기울였지만 인기척은 없었다. 토굴을 나와 다른 곳으로 피한 것인가. 다시 한 걸음 내디디려는데 날숨소리가 들렸다. 장검의 끝을 소리가 들린 쪽으로 돌려 세웠다.

"나오너라."

"……."

"나오지 않으면 베겠다. 난 의금부 도사 이명방이니라."

"……살려 ……주세요!"

꺼지기 직전의 촛불처럼, 겨우 내뱉은 말들이 희미하게 들려왔다. 천천히 다가섰다. 바닥이 먼저 질척거렸다. 흙을 집어 냄새를 맡았다. 피비린내였다. 다친 것이다. 밤쇠는 토굴 가장 깊숙한 곳에 반듯하게 누워 있었다.

"많이 다쳤느냐?"

"칼에…… 어깨를…… 춥습니다."

상처가 깊고 피를 너무 많이 흘려 한기가 든 것이다. 이 대로 두면 곧 숨이 끊길지도 몰랐다. 빨리 지혈을 하고 더운 곳으로 옮겨야 했다. 충효암이 가장 가까웠다. 두루마기 소매를 찢어 밤쇠의 어깨를 단단히 묶었다.

"정신 잃지 마. 견뎌야 해. 충효암으로 옮겨 치료할 거다."

"……아파 주겠습니다요."

"닥쳐! 말하지 마. 내가 살릴 거야."

밤쇠의 두 팔을 들어 어깨 뒤로 쥐곤 들쳐 업었다.

"그놈들이…… 도사 나리를…… 잘못했습니다……. 엽 전은……."

밤쇠가 내 귀에 대고 겨우 속삭이듯 말했다. 정신이 혼미한 듯 단어와 단어가 이어지지 않았다. 두 팔을 돌려 밤쇠의 엉덩이를 힘껏 추켜올렸다.

"닥치래도! 조금이라도 힘을 아껴야 해. 충효암에 가서 치료를 한 후에 듣지. 잠시만 참아."

토굴을 나서자 바위와 소나무 사이를 통과한 바람이 불어왔다. 갑자기 밤쇠가 내 목을 힘껏 감싸 쥐곤 졸랐다. 숨이 막혔다. 중상을 입은 사람답지 않게 힘이 넘쳤다. 저승 사자의 환영이라도 나타난 걸까. 밤쇠의 목소리가 쩌렁쩌 렁 울렸다.

"안 가! 안 간다고!"

비틀대며 걷다가 돌아서선 밤쇠를 소나무로 밀어붙였 다. 밤쇠의 등이 소나무 줄기에 쿵 소리를 내며 부딪쳤다. 밤쇠가 저만치 나가떨어졌다. 나는 목을 감싼 채 허리를 숙이고 캑캑거렸다. 겨우 숨을 고른 뒤 밤쇠에게 가선 팔 을 꽉 붙들었다. .

"덤벼……. 난 안 죽어……. 새끼들……."

밤쇠가 주먹을 쥐려고 안간힘을 쓰며 뇌까렸다. 이번에 는 누군가와 싸우는 중이었다. 분노가 펄펄 끓었다. 다시 밤쇠를 끌어 업었다. 이번에는 목을 죄지 못하도록 왼팔만 등 뒤로 돌려 엉덩이를 받히고 오른팔로는 손목을 꺾어 쥐 었다. 어색한 자세였지만, 이대로 100보만 달리면 충효암 이었다. 바위 옆으로 나가려는데, 밤쇠가 내 귓바퀴에 입술 을 대곤 헐떡였다.

"명령을 내린 박……."

말을 잇지 못하더니 몸이 축 처졌다. 나는 재빨리 옆으 로 구른 다음 기어서 소나무 뒤로 되돌아갔다. 그리고 바 위 근처를 살폈다. 밤쇠의 등에 화살이 박혀 있었다. 정확히 등을 찢고 심장을 뚫은 것이다. 즉사였다.

밤쇠가 이승에서 남긴 마지막 말은 '명령을 내린 박'에서 멈췄다. 박차홍일까. 밀양에서 박씨 성을 가진 관원이 어디 박차홍뿐인가. 향교를 책임진 전교(典校)나 육방을 비롯한 아전들 중에도 박씨 성을 가진 이는 다섯 명이 넘었다. 그런데 그 마지막 '박'이 꼭 사람의 성씨를 가리키는 건 아니다. '박달나무'일 수도 있고, 그냥 '밖' 어딘가일 수도 있었다. 답답했다.

화살 한 발을 심장에 정확히 맞힌 솜씨로 볼 때 궁술에 능한 김선의 무리일 수도 있었다. 어느 쪽인지는 그 밤에 가리기 어려웠다. 어느 쪽이든 나는 밤쇠를 살리지 못했다. 정 참상 살해범을 목격한 결정적인 증인을 잃은 것이다. 나 자신이 한심하고 부끄러웠다. 눈물이 흐를 만큼. 밀양에 와선 되는 일이 하나도 없었다.

19장

출항 전날, 담헌 선생은 손수 팔을 걷어붙이고 목수들과 함께 지음당 안팎을 청소했다. 깔끔한 마무리는 선생의 철칙이었다. 남은 나무와 쇠를 옮길 뿐만 아니라 바닥을 쓸고 깨끗한 천으로 벽까지 닦았다. 그리고 선생은 목수들을 한 사람씩 불러 덕담과 함께 수고비를 쥐여 주었다. 밀양 부사를 통해 이미 나라에서 그동안의 품삯을 지불했지만, 선생은 따로 마음을 쓴 것이다. 그 외에도 글씨가 필요한 이에겐 글씨를, 그림을 청하는 이에겐 그림을, 손때 묻은 나무망치나 자나 끌을 원하는 이에겐 그 공구들도 선선히 건넸다. 그리고 그들을 위해 지음당 앞마당에 자리를 펴고 거문고를 잡았다. 뒷기미 나루에서 오우정 주변까지, 윗마을 사람들이 모두 모였다. 호기심 어린 눈으로 선생의 무릏 위에 놓인 거문고를 쳐다보았다. 나는 권했다.

"목수들에겐 충분히 보상을 해 주셨습니다. 연주까지 하실 필욘 없어요."

선생이 고개를 저었다.

"아닐세. 목수들의 도움이 없었다면 어찌 이렇듯 빨리 풍금을 완성할 수 있었겠는가. 그보다 더한 것이라도 해 주고 싶으이. 또한 윗마을 이웃들도 망치질에 대패질 소리에 잠을 설쳤을 텐데도 불평 한마디 없이 참아 주었다네. 그들의 고마움은 낙동강보다 깊고, 내 서툰 손이 만드는 소린 술잔보다 얕다네."

그러곤 천천히 일어나서 목수들과 마을 사람들에게 말했다.

"흥이 나면 춤을 춰도 좋소. 그동안 고마웠소이다."

선생이 허리를 숙이자, 놀란 목수들부터 따라서 허리를 숙였다. 마을 사람들도 허리 숙여 인사했다. 아이들 중엔 넙죽 땅바닥에 엎드리기도 했다.

"참 아름답지?"

김진이 옆에 서선 흐뭇하게 웃었다.

"지나치네. 아무리 고마워도, 독운어사가 목수와 어부들에게 허리를 굽히는 일은 없네. 예(禮)에 합당하지 않아."

"정말 고맙다면 군왕이 천민에게 큰절을 한다 해도 그

게 어찌 예에서 벗어난 일이겠는가?"

"그래도……."

"공맹이 정한 예라면 지나친 것이 맞네. 하지만 다른 사람에게 정성을 다하는 진심이 예라면, 선생은 바로 그 예를 행하고 계신 거라네. 선생이 특히 목수들을 귀히 여기는 까닭을 정녕 모르겠는가?"

"무엇인가, 그 이유가?"

"양반들과는 달리 분명한 법도가 있기 때문이라네."

"법도? 어떤 법도를 말함인가?"

김진이 되물었다.

"공맹에선 사람을 평하는 기준이 무엇인가?"

"인(仁)이겠지."

"그 사람이 인(仁)한가 인하지 않은가를 어찌 알지?"

"그거야…… 그 언행을 살피면……."

"언행을 살핀다 해도 명확히 가르긴 어렵다네. 또한 아비의 인과 스승의 인과 군왕의 인은 제각각 다르지."

"목수들에겐 명확히 가르는 법도가 있단 말인가?"

"있지."

"무엇인가?"

"목수들은 실력이 뛰어나든 아니든 다섯 가지 법도에 근거한다네. 우선 굽은 자(矩)로 네모꼴을 만든다네. 그림

쇠〔規〕로 동그라미를 그리고, 먹줄로 곧게 만들고, 추를 달아 수직을 재고, 수평자로 수평을 맞춘다네. 법도가 명확하기 때문에 목수들은 서로 다투지 않고 각자 인정하는 삶을 꾸릴 수 있지. 양반들처럼 인〔仁〕한가 인하지 않은가를 따지지 않는다네."

"법도가 분명한 것이 꼭 좋지만은 않아. 아무리 좋은 법도라고 해도 빠져나가려 드는 인간이 있으니까."

"그래도 없는 것보단 낫지. 혹은 뿌옇게 대충 정해 놓고 자기 편한 대로 법도라며 우기는 놈들보단 목수들이 훨씬 정직하다고."

거문고 연주가 시작되었으므로 우리의 다툼은 언성을 높이는 데까진 이르지 않았다. 선생은 세 곡이나 연이어 연주했다. 처음에는 호기심 가득한 눈을 동그랗게 떴던 목수들과 윗마을 사람들도 단아하면서도 힘차고 가벼우면서도 짙은 소리에 점점 젖어들었다. 지금까지 그들이 접한 소리라곤 나무를 자르거나 베거나 깎을 때 듣는 잡음이 전부였다. 힘들고 지칠 땐 선창과 후창을 나눠 가끔 노래를 부르기도 했다. 제법 흥에 겨운 기억도 있으나 선생이 지금 펼쳐 보이는 소리와는 격이 달랐다. 손놀림은 현란했지만 온화한 얼굴엔 전혀 변화가 없었다. 마지막 곡에선 아이들 서넛이 손뼉을 치며 나아왔고, 뒷기미 나루의 늙은

뱃사공도 꼽추처럼 허리를 뒤틀며 뛰어들었다. 곡조가 빨라지자 목수들도 저마다 손에 익은 공구를 하나씩 들고 섞였다. 아낙들도 환하게 웃으며 어깨춤을 시작했다. 김진이 큰 걸음으로 나서더니 아이들과 함께 껑충껑충 뛰었다. 거문고를 듣고도 춤을 추지 않는 이는 의금부 도사인 나 이명방뿐이었다.

목수들은 작별을 아쉬워하며 거듭 돌아서선 허리를 숙였다. 모두 떠난 텅 빈 지음당에서 김진은 세부 계획 전체를 담헌 선생과 내게 들려줬다. 정수담이 죽고 사흘 만에 밀양을 떠나는 것도 당황스러웠지만 김진의 계획은 더욱 놀라웠다. 선생도 이 밤에는 평소와는 달리 의견을 많이 냈다. 그만큼 중요하고 위험한 계획이었다. 먼저 김진이 나무판에 분리하여 얹은 대형 풍금을 쳐다보며 물었다.

"미리 쳐 보셨습니까?"

한양까지 고생하여 옮겼는데, 전하 앞에서 소리가 제대로 나지 않는다면 끔찍한 일이다.

"소리가 나는지는 확인했으이."

"연주는?"

"아직 곡을 완성하지 않았네."

선생은 전하의 명을 받들어 풍금을 위해 곡을 쓰고 있었다. 내가 끼어들었다.

"어떤 곡인지요?"

"진향이 예전부터 들려준 이야기에 곡을 얹고 있다네. 완성되면 자네들에게 가장 먼저 품평을 청하겠네."

곡에 대한 설명을 아꼈다. 완성 전까진 글이든 그림이든 곡이든 숨겨 두고 홀로 정진하는 인간이 아름다운 법이다. 김진에게 불만을 털어놓았다.

"이제 어찌하려는가? 정 참상에 밤쇠까지 살해당했어. 우리 임무가 아무리 조운선 침몰과 소선 침몰을 조사하는 것이라지만, 두 사람이나 연이어 죽어 나갔는데, 그냥 두고 떠나자니 마음이 편치 않네."

"그냥 두고 떠나는 게 아닐세. 정 참상과 밤쇠를 죽인 자들까지 찾아내기 위해서 떠나는 거라네."

김진의 머릿속을 들여다보긴 어려우니, 하나하나 질문의 돌다리를 놓을 수밖에 없었다.

"밀양에서 벌어진 살인 사건을 밀양을 떠나 해결한단 말인가? 범인이 어디 숨었는지를 알아야 추격을 하지."

"추격 같은 건 하지 않네. 범인이 제 발로 찾아오게 만들 테니까."

점점 대답이 황당했다.

"범인이 찾아온다? 화광의 주장이 이해가 되십니까?"

선생은 별로 어려운 문제가 아니라는 듯 웃었다.

"함정을 파겠단 소리로 들리네만."

"정확히 지적하셨습니다. 역사상 가장 거대하고 멋진 함정을 만들어 볼까 합니다."

나는 짐짓 고집을 부렸다.

"나 혼자라도 며칠 더 머물며 정 참상과 밤쇠 살인 사건을 조사할까?"

미련이 남은 내게 김진이 답했다.

"우리가 밀양에 있으면 아무것도 해결할 수 없네. 범인은 의금부 도사 앞에선 몸과 마음을 움츠리는 법일세."

"그 말은 밀양에 범인이 있단 소리 아닌가? 그럼 왜 지금이라도 그들을 붙잡지 않는가?"

범인을 두고 떠나가잔 제안을 납득하기 어려웠다. 김진이 전혀 예상 못한 먼 곳에서부터 질문을 던졌다.

"강강술래를 본 적 있는가?"

질문의 맥락을 정확히 몰라 되물었다.

"강강술래라니?"

"대보름날 여인들이 손에 손을 잡고 바닷가에서 빙글빙글 도는 모습이 장관이지. 침몰 사건에 대한 조사가 난관에 봉착한 까닭은 관련자들이 모두 강강술래를 돌고 있기 때문이라네. 한 사람에게 죄를 추궁하면 손을 쥔 다른 이에게 그 죄를 넘기네. 다른 이에게 다시 죄를 추궁하면 또

그 옆에 손을 쥔 이에게 죄를 넘기는 식이지. 한 바퀴 돌고
나면 제자리로 온다네. 이와 같이 굴면, 아무리 조사를 철
저하게 해도 단서를 찾아내기 힘든 법이야. 더군다나 이
강강술래는 바닷가에서만 돌고 있는 게 아닐세. 조정과 서
강 광흥창과 영암과 전라우수영과 그 소속 진(鎭)의 장수
들과 그 바닷가에서 물고기를 잡는 어부와 또 밀양의 고을
수령부터 감관과 아전과 도목수와 선직과 사공과 격군에
이르기까지, 모두 손을 잡은 셈이지. 그중 누구를 잡아들여
사건을 파고들어도 곧 강강술래에 갇힌다네. 지독하지? 참
으로 끔찍하고 거대한 놀음일세."

"『정감록』무리를 떼어 내지 않았나? 그럼 강강술래도
무너지지 않겠어?"

"소운이 노린 바가 바로 그 지점이라네. 물론 봄에 소운
은 『정감록』무리를 잘라 내려고 일을 벌인 건 아닐세. 강
강술래를 자른다기보다는, 이렇게 다 모인 자들이 과연 왜
모였으며 무엇을 하는가를 확인하려 했다네. 따져 물으면
감추고 숨어 버리니까 결정적인 순간에 급습하듯 덮치는
쪽을 택했지. 등산진 앞바다에서 벌어진 추악함을 확인한
소운은 실종되었고, 함께 배에 탔던 악공 고후는 혀가 잘
려 아무 말도 못한다네. 어둠에 잠긴 바다 밑도 이보다 컴
컴하진 않을 걸세. 자네도 눈치를 챘겠지만, 그래서 함정을

파기로 한 걸세. 저들이 상상도 못하는 거대한 함정이지."

선생이 보충 설명을 했다.

"서강 광흥창은 사검서가 버티고 있고, 후조창에 최종적으로 모인 세곡은 800석이 조금 미치지 못한다네. 1200석이나 비는 셈이지. 밀양부사 박차홍은 이번 조운만 무사히 마치면 내직 당상관인 호조 참의로 승차하기 때문에, 무슨 수를 써서라도 이 일을 마무리 지으려고 할 게야."

"어떻게 마무리 짓는단 말씀인지요? 1200석이나 없는데……."

"채울 수 없다면 깨끗이 비워 없애려 들겠지."

"그 말씀은, 고패를 저지른단 겁니까?"

김진이 대신 답했다.

"늘 그래 왔던지도 몰라. 한 해도 조운선이 침몰하지 않은 적이 없었으니까."

"풍랑을 만나기도 하고 암초에 걸리기도 하고 배가 낡기도 해서 벌어진 사고들이지. 고패를 비롯한 불법은 면밀히 조사하여 중벌로 다스려 왔지 않은가?"

"드러나는 불법은 백에 한둘이 될까 말까라네. 도차사원과 차사원 그리고 사공과 격군들이 담합하면 배가 바다에 어쩔 수 없이 침몰한 이유를 100가지는 만든다네."

선생이 이어 말했다.

"화광이 설명했듯이, 조운과 관련된 비리가 드러나지 않으려면, 세곡을 모으는 과정에서부터 조운선으로 운반하여 광흥창에 세곡을 내려놓는 데까지 담합해야 한다네. 이 과정 전체에 참여하는 이들의 입을 막으려면, 그만큼 권세가 막강해야 하고 또 이익도 커야 하겠지. 입장을 바꿔 생각해 보게. 자네가 만약 고패를 통해 이익을 취한다면 어찌하겠는가? 조정에서 고패인지 알아차리지 못하도록 조운선을 침몰시킬 바다와 배의 숫자와 세곡의 양을 조절하지 않겠는가?"

"그래야 하겠지요."

"올봄엔 전하께서 재조사를 명하실 만큼 눈에 띄게 조운선들이 가라앉았네. 다섯 곳에서 한꺼번에 조운선이 침몰한 적은 없었어. 또 그 배들에서 증열미를 전혀 거두지 못했다는 것도 주목해야 하네. 이 모두가 고패라면, 두 가지 질문을 던질 수 있겠지. 첫째, 연이은 조운선 침몰로 무엇을 노렸을까? 둘째, 당연히 조사가 진행될 테고, 강강술래 작전으로 버티긴 하겠지만, 이마저 위태로울 때를 대비하여 어떤 최후의 수습책을 가지고 있을까?"

"조운의 과정 전체에 맘대로 개입하여 사사로운 이익을 챙기는 게 과연 가능합니까?"

"나라 전체가 썩었고, 그 부패를 통해 어마어마한 돈과

권력을 지닌 집단이 있다면 불가능한 일도 아니지. 이 나라에서 그와 같은 집단이 누구라고 보나?"

질문을 받자마자 떠오르는 집단이 있었다. 그러나 내 입에선 다른 답이 나왔다.

"박 부사는 『정감록』 무리가 침몰 사건을 주도한 걸로 몰아가고 있습니다. 화광 자네도 비슷한 의견을 박 부사 앞에서 냈었지?"

김진이 웃으며 답했다.

"자꾸 그쪽으로 우겨 보겠다고 하니, 그럼 그러시라고 살짝 민 것뿐이라네. 『정감록』 무리가 아무리 대단해도, 한 나라의 조운 체계를 쥐락펴락하긴 어렵다네. 조력자 구실을 하며 이익을 나눠 챙긴다면 모를까."

나는 논의가 나라를 뒤흔드는 집단에 대한 성토로 확장되는 것을 원치 않았다. 우리가 감당하기엔 너무 큰 문제다. 그리고 아직은 물증도 없는 짐작일 뿐이다.

"앞으로 어찌할 계획인가?"

김진이 설명을 이었다.

"지금까진 저들 뜻대로 고패를 할 조운선과 날짜와 장소를 정했네. 조금이라도 낌새가 이상하면 고패를 미루거나 차선의 선택을 고민할 여지가 있었어. 하지만 이번엔 달라. 저들은 반드시 고패를 해야 해. 그리고 그 짓을 전라우도에서 감행할 수밖에 없어."

"1200석이나 부족하니 고패로 조운선을 가라앉힐 거라는 덴 동의하네. 하지만 왜 꼭 전라우도인가? 광흥창까지 가는 동안 거쳐야 할 바다는 많아."

"전하께서 그리 정하셨으니까. 지난봄 조운선이 침몰한 등산진 앞바다에서 멀지 않은 바다로 말일세."

"무슨 소리야 그게? 전하께서 고패할 곳을 정하시다니?"

선생이 끼어들어 화광이 비약한 부분을 찬찬히 메워 나갔다.

"흥분을 가라앉히게. 설명해 주지. 전라좌수사 이종원 (李宗元)은 종친이며, 전하께서 가장 신임하는 장수일세. 전하께서 즉위하신 뒤로 전라좌수영 관할 바다에선 조운선이 침몰한 적이 없네. 저들이 아직까지 이 장군에게까진 마수를 뻗지 못했단 뜻이겠지. 그리고 전하께선 서해의 진을 책임진 만호들을 한 달 전에 열 명이나 바꾸셨다네. 충청수영과 경기도 관할 만호들을 경상좌도와 우도 만호들과 맞바꾼 거라네. 경상좌도는 조운선이 다닌 적이 없고, 경상우도도 차사원인 제포 만호를 제외하곤 조운에 직접 관여하진 않아. 그리고 조운선이 떠나자마자 경상좌도에서 배가 침몰한다면, 후조창에서 출항할 때 세곡을 어떻게 얼마나 실었는가 하는 문제와 그 배가 바닷길을 오가는 데

문제는 없었는가를 따지게 되겠지. 그 잘못은 고스란히 밀양부사 박차홍에게 미칠 게고. 따라서 그들이 경상우도를 택할 가능성도 없어. 이렇게 몰고 나니 남는 곳은 전라우도뿐이라네."

"퇴로도 없이 범위를 확실히 좁혔군. 하지만 아무리 그래도 조운선들이 또 침몰하면 도차사원인 밀양부사를 징계하지 않겠어?"

김진이 답했다.

"그 때문에 박차홍이 묘수를 고민했겠지."

"묘수라니?"

"짐작은 하네만 아직 말할 단계는 아니라네. 여기서 꼭 짚어야 하는 건, 소운이 탔던 소선의 침몰 과정과 범인도 밝혀내야 한다는 점일세. 박 부사 앞에서도 강조했지만 소선은 고패의 대상이 아니니까."

"답답하군. 그래서 해결책이 무엇이냐고?"

선생이 대신 답했다.

"그래서 우리도 내일 배를 한 척 더 띄우려는 걸세."

"배를……."

나는 선생의 답을 따라 하다가 말끝을 흐렸다. 서둘러 밀양을 떠나야 하는 이유를, 거대한 함정이 무엇인가를 비로소 깨달은 것이다.

양산의 조운선 한 척이 담헌 선생 일행과 풍금을 싣기 위해 차출되었다. 세곡 1000석을 거뜬히 싣는 조운선 천과 현과 황에 비해선 작은 배였다. 500석 이상 싣지 못하도록 도차사원이 정했다고 한다. 풍금이 다른 악기에 비해선 코끼리나 기린처럼 무겁고 컸지만 세곡 500석을 채울 정도는 아니었다. 배가 작은 만큼 가볍고 날렵하겠단 인상을 받았다.

봉상감관 최고직이 조군 열여섯 명과 함께 배에 올랐다. 제포 만호 노치국이 이 배를 책임지겠다고 자원했지만, 이레 후 떠날 조운선 세 척을 맡아야 하기 때문에 최고직으로 의견이 모아졌다. 최고직 또한 봉상감관을 맡기 전엔 영선감관(領船監官)으로 밀양 후조창에서 서강 광흥창을 두 차례 오르내렸다.

해체한 풍금을 소달구지에 실어 아랫마을 후조창 나루로 옮겼다. 최고직이 능숙하게 사공과 격군을 움직여 배를 댔다. 안마을 창고에서 대기하던 짐꾼들이 내려와선 세곡을 채워 넣던 갑판 아래로 풍금을 나눠 실었다. 저 조각들이 어찌 하나로 결합되어 연주될지 감이 오지 않았다. 배웅을 나온 박차홍 역시 그것들을 지켜보며 입맛을 다셨다.

"연경 천주당에 울려 퍼지던 소리를 영남루에서 듣는가 했더니 아쉽소이다. 그 곡을 듣고 봉황이 날아들어 춤이라도 출까 기대했지요."

영남루 아래 무봉사를 염두에 둔 농담이다. 나란히 선 선생이 미소로 받았다.

"내직으로 한양에 오면 꼭 한 번 시간을 내어 들려드리리다."

"상경하자마자 전하 앞에서 연주할 예정이라고 했지요? 어디 점찍어 둔 곳이라도 있소?"

"두세 군데 있긴 하지만 아직 정하진 못하였소. 좋은 재료와 숙련된 목수들을 지원해 줘 그나마 꼴을 갖추게 되었소이다. 감사하오."

"무슨 말씀을! 담헌이 하는 일이야, 어명이 없었다고 해도 응당 내가 도와야지요. 한데 짓는다는 곡은 마쳤소이까?"

"거의 마무리되어 갑니다만, 아무래도 선상에서 좀 더 다듬어야 하지 않을까 싶소이다."

"무엇에 관한 곡이오?"

"이별, 그중에서도 안타까운 사별(死別)입니다."

"하필이면 왜 그런 곡을? 더군다나 전하 앞에서 연주할 곡이지 않습니까?"

"지금은 이 곡만 짓고 싶소이다. 다른 곡은 전혀 떠오르질 않아요. 이 봄에 세상을 버린 몇몇 지인들도 떠오르고……. 아까운 주검들을 위해 이거라도 해야겠기에 매달리고 있습니다."

박차홍이 잠시 담헌 선생의 얼굴을 돌아보았다가 아무렇지도 않은 듯 답했다.

"그렇군요."

"소운, 그 아이도 참 재주가 많았다오. 연암이나 특히 참신한 문장을 즐기던 혜환(惠寰, 이용휴(1708~82))께서도 칭찬했소이다. 담담한 듯하면서도 기이한 문장을 종종 지었지요. 천문에도 참 조예가 깊었소. 내가 천문을 더 잘 관찰하도록 영천에 와서 원경 설치를 돕겠다고 하였는데, 그만 불귀의 객이 되고 말았다오."

"늙은 우리보다 똑똑한 젊은이들이 먼저 세상을 버리는 건 늘 안타깝지요."

선생이 받았다.

"그래도 내겐 화광과 이 도사, 저 두 젊은이가 있어 든든하다오. 소운의 황망한 최후도 저들이 꼭 밝혀 주리라 믿소."

"내직으로 가더라도 돕겠소이다."

"고맙소. 그나저나 '허허실시회' 회원들이 많이 섭섭해하겠소이다. 박 부사 덕분에 편히 동율림에서 모임을 열 수 있었소만."

"나도 아쉬움이 무척 크다오. 담헌과 가까이에서 교유할 기회를 얻어 무척 즐거운 나날이었는데 안타깝소. 이렇듯 빨리 헤어질 줄 알았더라면 더 많이 만나고 묻고 이야기를 나눌 걸 그랬소."

"한양엔 나보다 열 배는 더 뛰어난 이들이 많소이다. 그들을 만나고 싶다면 다리를 놓아 드리리다."

"규장각 사검서에 대한 소문은 익히 들었소."

"그들도 물론 뛰어나지만 지금 연행 중인 내 친구 연암 박지원을 꼭 한 번 만나도록 하오."

"연암 박지원! 그이가 그리 뛰어나오?"

"참새 무리의 봉황과도 같소이다."

"봉황이라! 담헌이 그토록 칭찬하니 꼭 만나고 싶구려."

최고직이 와서 선적을 마쳤다고 보고했으므로 덕담은 거기서 끝났다. 한양에 닿을 때까지 먹을 쌀과 밑반찬과 술 몇 통과 물 몇 통이 함께 선수에 실렸다. 군데군데 포구에 머물렀다 떠나기를 반복하겠지만, 기본적으로 먹고 마실 것들을 박차홍이 제공한 것이다.

쌀 한 섬을 어깨에 지고 배에 올랐다가 내려가는 백동수와 눈이 마주쳤다. 불편한 구석이라도 없는지 그의 걸음걸이와 표정을 살폈다. 다행히 걸음은 힘찼고 두 눈은 뜨겁고 날카로웠다. 눈으로 인사를 나눴다.

형님! 먼저 가서 기다리겠습니다.

백동수는 멈춰 서지 않고 느리게 발을 떼면서 눈을 찡긋해 보였다. 김진의 예측대로 조운선들이 일부러 침몰된다면, 백동수는 그 과정을 가장 가까이에서 지켜본 증인이 될 것이다.

선생이 먼저 배에 오르고 김진과 내가 뒤따라 승선했다. 사공과 격군은 이미 출항 준비를 마쳤다. 최고직이 박차홍에게 읍하여 인사한 뒤 마지막으로 배에 올랐다. 호줄을 걷어 내고 닻을 올렸다. 쿵! 북소리와 함께 격군들이 노를 젓기 시작했다. 역풍이 거세어 돛을 펴진 않았다. 배가 단숨에 창고 앞 나루에서 낙동강 가운데로 나아갔다. 풍금만 실은 탓인지 강을 저어 가는 격군들의 노가 한결 경쾌했다.

김진은 나루를 바라보곤 꼼짝도 않고 서 있었다. 박차홍과 아전들 뒤로 세곡을 져 나르는 짐꾼들이 보였다. 격군으로 위장한 백동수도 끼어 있었다. 선발된 사내들의 덩치가 우람했지만 백동수는 그들보다도 머리 하나는 더 컸다. 김진이 백동수와 눈인사를 나누며 혼잣말을 했다.

"형님은 조운선이 아니라 천리마가 어울리는 사람인데……."

나는 곁에 나란히 서선 놀렸다.

"그럼 자네가 이참에 백두산 자락을 누비는 명마를 한 마리 선물하던가."

"그렇지 않아도 좋은 놈을 빼 놓았다고 의주에서 점마(點馬)를 하는 관원에게 연락이 왔었네. 이 일만 마치면 형님 모시고 휭하니 다녀올까 하네. 이왕이면 장창까지 하나 곁들여 눈부신 마상 무예를 보여 달라 형님께 청하고 싶군."

땅에서도 몸놀림이 재빠르고 정확하지만, 마상에선 조선 팔도 그 누구도 백동수를 따를 자가 없었다. 활을 쏘고 장검을 휘두르는 솜씨는 물론이고, 질주하다가 적군의 가슴을 향해 장창을 던지면 열에 아홉은 심장을 꿰뚫고 등 뒤로 뻗어 나올 지경이었다. 육중한 몸을 마상에선 사당패처럼 자유자재로 움직였다. 안장에 똑바로 서거나 물구나무는 기본이고 왼쪽으로 매미처럼 붙어 오른편에선 보이지 않을 정도로 몸을 숨겼다가 순식간에 오른편으로 붙어 왼편의 적들을 속이는 동작을 아무렇지도 않게 선보였다. 말들이 백동수의 현란한 움직임에 당황하여 앞발을 치켜 드는 경우가 가끔 있었다. 보통 사람이라면 위험천만한 상황이지만 백동수는 적절한 낙법을 구사하여 말에서 떨어지고도 부상을 입지 않았다.

"뱃멀미나 하지 않을까 걱정이야. 작년에도 소선을 타고 마포에서 강화도로 나가려다가 형님이 어지럽고 속이 뒤

틀린다며 돌아온 적이 있지 않은가?"

"이겨 내시겠지. 멀미까지 내가 해결할 방법은 없다네."

최고직이 곁으로 와선 반갑게 말했다.

"무슨 말씀을 그리 재미나게 하십니까? 밀양에서 한양까지 무척 긴 여행이 될 겁니다. 조운선이 한양에 도착할 때를 빼곤 밀양을 떠나는 오늘이 그래도 가장 마음 설레는 날입지요. 그 후론 계속 고생에 고생을 더하는 꼴입니다. 불편한 점 있으시면 언제든 말씀해 주십시오. 독운어사와 두 분을 편히 모시라는 밀양부사의 특명을 받았습니다."

내가 답했다.

"고맙네. 담헌 선생은 어디 계신가?"

"갑판 아래로 내려가셨습니다. 나무망치를 비롯한 공구들을 가지고 가신 걸 보니 운반을 위해 나눠 실은 부분을 끼워 맞추시려나 봅니다. 한데 과연 저렇듯 크고 기괴한 쇠통들이 악기가 맞긴 맞는 겁니까. 대체 어디서 어떻게 소리를 만든다는 건지 모르겠습니다. 제 눈에는 괴물로만 보입니다."

김진이 웃으며 받았다.

"괴물은 아닐세. 연경 남천주당에서 저와 비슷한 풍금 소리를 내 귀로 똑똑히 들었으니까. 하늘 소리가 따로 없었다네. 어쩌면 자넨 행운을 누릴지도 모르겠군. 선생이 작

214

곡을 마치고 연습 삼아 배에서 연주라도 하면 기막힌 소리를 들을 수 있을 테니까 말이야. 부디 안전하게 항해하도록 만전을 기해 주게나."

"알겠습니다. 염려 마십시오. 혹시 연습 날짜가 정해지면 미리 귀띔해 주십시오. 귀라도 미리 씻어 두게요."

"그리함세."

선생은 배의 이름을 '지음(知音)'이라고 지었다. 애제자인 소운을 향한 그리움과 함께, 봄날에 덧없이 바닷속으로 사라진 이들의 최후를 반드시 밝히겠다는 다짐이 담겼다.

20장

최고직에게 행운은 돌아가지 않았다.

밀양을 출발하고 열흘 만에 지음은 전라좌수영을 거쳐 발포(鉢浦)에 닿았다. 그 전에도 크고 작은 포구에서 잠깐 씩 머물렀다. 김진과 나 그리고 조군들은 배에서 내려 잠 시라도 쉬었지만, 담헌 선생은 대부분의 시간을 갑판 아래 에 머물렀다. 열심히 곡을 쓰기도 하고 재조립한 풍금이 흡족하지 않은지 다시 떼어 냈다 붙이기를 반복하는 듯했 다. 몰입하면 먹는 것도 자는 것도 잊는 습성은 백탑파의 강점이자 약점이었다. 꽃에 미쳐 하루 종일 땡볕 아래 누 운 김진을 보아 온 나로선 선생이 작곡과 악기에 빠져 남 해의 멋진 섬들과 시원한 바람을 무시하는 것도 당연하게 받아들였다. 비 내리는 날엔 가급적 출항을 미뤘다. 갑판을 선수와 선미 그리고 중앙부에 부분 부분 덮었지만, 비가 오면 빗물이 배 밑바닥까지 떨어졌다. 세곡을 넣어 왔던 중앙 부분도 비가 줄줄 샜다. 선생은 빗물과 악기는 천적이라며 하늘에 먹구름이 몰려들기만 해도 최고직을 찾아가서 출항을 늦춰 달라고 했다.

발포 가까이 다가갈 때는 하늘이 구름 한 점 없이 높고 푸르렀다. 선생도 모처럼 갑판에 나와 포구를 바라보며 섰다. 시원한 초가을 바람이 불어왔다. 얼굴엔 싱글벙글 웃음이 가득했다. 최고직이 다가와서 말을 붙였다.

"기분이 좋아 보이십니다."

"곡을 마쳤다네. 풍금도 제법 쓸 만해졌고."

최고직의 입귀가 찢어질 듯 벌어졌다.

"우와! 그럼 신곡을 풍금으로 들을 수 있는 겁니까? 술상이라도 미리 준비하라 발포 만호에게 전할까요?"

선생이 바다를 내려다보며 답했다.

"흥겨운 곡이 아닐세. 저 바다처럼 무척 슬프고 어둡다네."

"어떤 곡이기에 바다에 비기십니까? 그리고 바다가 왜 슬픕니까?"

최고직의 얼굴을 잠시 쳐다본 후 답했다.

"떠남이 아름다운 사람에 대한 곡일세. 아니지. 떠남을 아름답게 기억하려는 사람을 위한 곡이라는 게 정확하겠군. 떠나는 이야기들은 꼭 물과 연관된다네. 내 님이 강이나 바다를 건너 떠난다는 노랠 최 감관도 들어 봤겠지? 그 님의 뒷모습을 보며 내 눈에서 흐르는 것 역시 눈물일 터! 그러니 내겐 바다가 슬퍼 보이는군."

최고직이 잠시 멍한 표정을 짓다가 그래도 웃어 보였다. 행운이 코앞에 있다고 여기는 것이다.

"곡이 비장하든지 날렵하든지 상관없습니다. 저는 저 괴물에서 어떤 소리가 날까 궁금하거든요. 연경에 다녀오지 않은 사람 중엔 제가 처음으로 소리를 들어 보는 것 아닙니까?"

"자네가 듣는다면, 나라님보다도 먼저일세."

"그게 또 그렇게 됩니까? 정말 영광입니다. 하하하."

최고직은 기쁨을 참지 못하고 웃음을 터뜨렸다.

포구에 나온 사람들의 분위기가 심상치 않았다. 지금까진 진(鎭)에 들어가더라도 만호가 수군 예닐곱 명을 거느리고 손을 흔드는 것이 고작이었다. 그런데 발포엔 포구에 선 이들만 100여 명을 넘었다. 어부나 아낙은 없고 장검과 장창 그리고 강궁으로 무장한 장졸들이었다. 깃대에서 높이 펄럭이는 깃발을 확인한 최고직이 담헌 선생에게 놀란 얼굴로 말했다.

"전라좌수영의 깃발입니다. 이상하군요. 좌수영은 벌써 지나쳐 왔는데, 왜 저 깃발이 발포에서 펄럭이는 걸까요? 응? 저 장수는 전라좌수사입니다."

전라좌수사 이종원이 횡으로 도열한 장졸보다 두 걸음 앞에 섰다. 갑옷을 입고 투구를 쓴 채 우리를 기다린 것이다.

"배를 더욱 조심조심 대어라!"

최고직의 명령에 따라 격군들이 호줄을 던졌다. 나무판 까지 포구에 걸친 뒤, 담헌 선생과 김진과 나 그리고 최고 직이 차례차례 내렸다.

"전라좌수사 이종원이오이다. 독운어사시지요? 명을 받 고 기다렸습니다. 어제쯤 오시나 했는데 아니 오셔서 걱정 도 했고요."

"반갑습니다. 어제는 비가 내려 출항을 미루고 쉬었답니 다. 이쪽은 저를 도와 이번 사건을 조사해 온 의금부 도사 이명방과 규장각 서리 김진입니다."

이명방과 김진이 읍을 하여 인사했다.

"수고가 많소."

최고직은 선생의 설명을 기다리지 않고 스스로 자신을 소개했다.

"밀양 감관 최고직입니다."

이종원이 최고직에게 답인사를 하지 않고 다짜고짜 명

령부터 내렸다.

"조군들을 모두 하선시켜!"

최고직이 돌아섰다. 선미에서 치목을 잡은 사공에게 명령을 전했다.

"다들 내려오라고 하게. 당장!"

열여섯 명이 하선하여 최고직 옆에 두 줄로 나란히 섰다. 이종원이 최고직에게 물었다.

"이게 다인가? 배에 남은 이는 없어?"

"없습니다. 조군 열여섯 명이 밀양에서 여기까지 저 배를 타고 왔습니다."

이종원이 짧게 명령했다.

"이놈들을 묶어랏!"

군졸들이 우르르 몰려나가 최고직과 열여섯 명의 조군을 순식간에 포박했다. 최고직이 상체를 결박당한 채 고함을 질러댔다.

"장군! 무슨 일입니까? 어이하여 저희를 포박하는 겁니까? 도차사원의 명에 따라 충실히 독운어사 일행을 모셨습니다. 저희가 잘못한 게 무엇입니까?"

나도 깜짝 놀라며 이종원과 담헌 선생을 번갈아 처다보았다. 선생의 얼굴은 지극히 담담했다. 김진 역시 최고직과 조군들이 묶여 끌려가는 것을 지켜만 보았다. 이종원이 오른손을 들자, 대기 중인 수군이 재빨리 배에 올랐다.

"이제부턴 발포의 수군들이 책임질 것이오이다."

"고맙습니다."

"따르시지요. 군영에 부족하나마 점심을 마련해 뒀소이다."

이종원이 돌아서자 장졸이 좌우로 길을 내며 갈라섰다. 선생이 이종원을 따라 그 사이를 지나갔다. 나는 김진과 나란히 걸으며 귓속말로 물었다.

"왜 미리 알려 주지 않았는가?"

"나도 발포에서 이럴 줄은 몰랐어. 필요한 조처를 하시겠단 어명을 자네도 나도 받았을 뿐일세. 물론 이와 같은 일이 벌어지리라고 짐작은 했지. 함정을 놓는 데 전하께서도 동의하셨기에 사검서로 하여금 규장각 대신 광흥창을 지키게 하신 것이니까. 그 함정에 밀양의 감관과 조군을 데리고 들어갈 순 없어. 전라좌수사가 관할하는 포구에서 아마도 움직임이 있으리라 짐작은 했네만, 발포에서 좌수사가 직접 기다리고 있을 줄이야. 자네도 밀양의 감관과 조군을 정리하리란 건 추측했겠지?"

김진은 확증이 아닌 짐작을 밝히기 싫어했다. 김진의 명쾌한 설명을 듣고 나면, 그 정도 짐작을 하지 않는 것이 이상할 정도였다. 이번에도 마찬가지였다. 나는 김진의 짐작에 몇 가지 추측을 빠르게 얹어 보았다.

"전라좌수군의 힘을 빌릴 생각인 게로군."

"당연하지. 후조창을 떠났을 밀양 소속 조운선 세 척이 전라우도로 접어들면 어란진 만호와 이진진 만호가 판옥선을 이끌고 호위를 하러 나올 거야. 백보숭과 강부철은 조운선과 소선이 침몰할 때 조군들만 구조했고 소선의 실종자들은 구하지 않았네. 짙은 안개 핑계를 대며 수수방관했다 이 말이야. 이번에도 그런 식으로 일관한다면 우리가 개입해야겠지. 적어도 백보숭과 강부철의 판옥선을 무력화시킬 힘이 우리에게 있어야 해. 전라좌수군밖에 없어."

"하지만 좌수군이 우수영 관할의 바다로 넘어가는 건 불법이야. 좌수군 군선이 우수군 군선과 맞닥뜨리기라도 하면, 양 수군이 크게 싸울 수도 있음이야."

"최악의 상황을 미리 상정하진 말게. 좌수군이 은밀히 움직이면 돼. 우수군 전체가 아니라, 조운선 침몰과 관련된 어란진 만호와 이진진 만호의 배 두 척만 제압하는 일일 테고. 수사(水使)가 책임진 바다를 넘어 장졸들을 이끌고 간다면 나랏법으로 엄히 다스릴 일이지만, 전하의 밀명이 이미 전라좌수사에게 내렸으니 이 경우는 예외야. 어서 가서 독운어사를 도와드리도록 하세. 의논할 게 많아. 좌수군에서 우수영 관할로 들어갈 군선의 숫자부터 정해야 하니까."

발포 만호 장우룡(張羽龍)이 마련한 점심은 해물이 그득하여 상을 치우고서도 짠 내가 났다. 포구에서 겨우 끼니를 잇거나 선상에서 건어물로 허기를 채워 왔기에 담헌 선생도 김진도 또 나도 몹시 배가 고팠다. 그러나 선생은 밥을 반 공기나 남겼고, 나 역시 앞으로 벌어질 일들에 대한 걱정으로 생선구이에 젓가락이 닿지 않았다. 김진만이 밥공기를 두 번이나 비우며 포식했다. 게다가 장우룡이 건넨 탁주를 혼자만 사발 가득 채워 들이켰다.

"한 잔 더 하시겠소이까?"

김진이 빈 사발을 들려는데 관아 정문을 지키던 군졸이 들어와 마당에 엎드려 아뢰었다.

"담헌 선생을 꼭 뵙고 싶다는 이가 찾아왔습니다."

이종원이 고개 돌려 선생을 보며 물었다.

"발포에 머무를 것이라고 귀띔한 적 있소이까?"

"없습니다."

이종원이 발포 만호 장우룡에게 엄히 명령했다.

"당장 가서 포박하여 끌고 오게."

"예, 장군!"

장우룡이 군졸과 함께 대문으로 향했다. 선생이 김진과 내게 눈짓으로 물었다.

혹시 짐작 가는 이라도 있는가?

고개를 저었다. 김진은 턱을 천천히 든 채 눈을 지그시 감았다. 불길한 기운이 밀려들 때 저와 같은 자세로 시간을 흘려보내곤 했다. 나 역시 마음이 불편했다. 누가 우리를 찾아왔단 말인가.

잠시 후 장우룡이 포박한 사내 둘을 끌고 돌아왔다. 마당에 엎드린 도포 차림의 사내들은 호리호리하고 어깨가 좁았다.

"네놈들은 누구냐? 왜 홍 어사를 찾는 게야?"

그들이 동시에 고개를 들었다. 얼굴을 확인한 나는 깜짝 놀라며 자리에서 일어섰다. 말까지 더듬었다.

"그, 그대들은 주혜 낭자와 옥화 낭자가 아니오?"

둘 다 부쩍 마르긴 했지만, 큰 눈을 끔뻑이는 쪽은 주혜였고 덧니를 내보이며 내게 웃는 이는 옥화였다. 낭자란 말에 이종원과 장우룡도 놀라 그들의 얼굴을 뚫어지게 노렸다. 선생도 긴 숨을 내쉬며 마음을 다스렸다. 김진만이 여전히 눈을 감은 채 마당의 그미들을 외면했다. 이종원이 내게 물었다.

"아는 자들이오?"

선생이 대신 답했다.

"제 문하생들입니다."

이종원이 그미들을 노리며 따졌다.

"남자로 위장한 까닭이 대체 무엇인가?"

주혜가 고개를 들고 시선을 받아치며 답했다. 어떤 상황에서도 당황하거나 굴하지 않는 모습은 여전했다.

"저희는 밀양 동율림에서 오랫동안 살았습니다. 담헌 선생님이 영천군수로 오신 뒤 밀양에도 종종 방문하셔서 감히 그 문하로 들어가 가르침을 받았지요. 올해 제 홀어미가 병사하여, 벗인 옥화와 둘이 시름도 잊을 겸 산천 유람을 떠났었습니다. 해안선을 따라 밀양에서 목포까지 다녀오는 먼 길이었지요. 발포를 지나는 길에 독운어사를 실은 배가 도착하였다는 소식을 접하고 달려온 겁니다."

이종원이 몰아세웠다.

"그 말을 믿으란 게냐? 밀양에서 무슨 일이 있었는지는 왈가왈부하지 않겠다. 하지만 발포에 홍 어사가 머무는 건 여기 있는 우리 외엔 모르느니라. 소문이 날 리 없어."

옥화가 실눈을 뜨며 그 확신을 무너뜨렸다.

"담헌 선생님을 실은 배가 포구로 들어오지 않았습니까?"

"그렇다."

"포구란 곳은 매일 밀려오는 파도 소리를 가지고도 수십 가지 소문이 떠돕니다. 낯선 배가 들어왔고, 또 포구에 전라좌수사 이종원 장군과 휘하 장졸들이 도열해서 기다렸는데 어찌 소문이 안 나겠는지요?"

이종원의 얼굴이 붉으락푸르락 바뀌었다. 담헌 선생이
그미들을 위해 나섰다.

"저 아이들이 잘못을 저지른다면 제가 책임을 지겠습니
다. 포승줄부터 풀어 주시지요. 보는 것만으로도 숨이 막힐
지경입니다."

"알겠소. 홍 어사의 부탁이니 따르리다. 장 만호!"

"알겠습니다."

군졸 둘이 나아가서 팔과 손목을 옥죈 포승줄을 풀었다.
이종원이 담헌 선생에게 확인을 받았다.

"저 여인들은 이번 일이 끝날 때까진 잡인과 만날 수도
없고 다른 곳으로 갈 수도 없소이다."

"차라리 옥에 가두시지요."

놀랍게도 주혜와 옥화를 하옥하라 청한 이는 김진이었
다. 감았던 눈을 뜨고 그미들을 똑바로 쳐다보며 말한 것
이다. 재회의 반가움을 담은 주혜의 들뜬 표정이 사라진
뒤 파르르 입술이 떨렸다. 옥화도 눈귀를 더욱 올리며 째
렸다. 이종원이 물었다.

"진심인가? 자네들도 홍 어사의 문하고 저 여인들도 그러
하다면 동학 아닌가? 동학을 옥에 가두라고 청한 것인가?"

김진이 말하기 전에 선생이 답을 가로챘다.

"뱃길에 익숙하지 않은지라 말이 헛 나왔을 겁니다. 좌수사의 말씀이 옳습니다. 잡인과 만나지 않고 다른 곳으로 가지 못하도록, 제 곁에 두겠습니다. 마침 저들이 춤에도 능하니, 새로 만든 곡에 맞춰 춤을 추도록 하는 것도 좋겠소이다."

"풍금이란 귀한 악기를 옮기는 중이라 들었습니다만?"

"그렇습니다. 풍금에 맞는 곡도 하나 쓰고 있고요. 이번 일을 무사히 마치면 상경하여 전하께 연주하며 들려드릴 곡입니다. 이왕이면 곡에 맞는 춤까지 곁들이면 좋겠군요. 간우에 넣는 것보다는 이쪽이 훨씬 유용할 듯합니다."

"그리하시지요. 대신 조건이 하나 있소이다."

"말씀하십시오."

"일을 다 마치고 작별하기 전에 풍금으로 그 곡을 연주해 주었으면 하오. 두 여인의 춤까지 곁들여서 말이오. 30년 넘게 변방을 지켰소이다. 압록강과 두만강 인근에서 북풍 맞으며 지낼 때 국경 너머에서 들여온 악기들을 구경한 적이 있소. 조선의 악기에 비해 무척 크단 이야긴 들었지만, 기껏해야 가야금보다 줄이 몇 가닥 많거나 대금의 두어 배쯤 길고 구멍이 큰 정도였다오. 허풍이었던 게요. 배로 운반 중인 풍금처럼 거대한 악기는 본 적이 없소."

선생이 선선히 응낙했다.

"그러겠습니다. 좌수사께 큰 신세를 지게 되었으니, 부족하지만 솜씨 발휘를 하지요."

객사로 자리를 옮겼다. 창에 드리운 향나무 가지가 넉넉한 세월을 드리웠다. 선생은 일찍 잠자리에 들었다. 밀양을 떠나 무사히 전라좌수사와 만나는 일이 또 한 고비였다. 김진과 나, 주혜와 옥화에게 각각 방 하나씩이 주어졌다. 서안과 옷장이 전부인 정갈한 방이었다. 솔직히 나도 많이 졸렸다. 등을 방바닥에 대기만 하면 내일 아침까진 곯아떨어질 것만 같았다. 김진의 얼굴에도 피곤함이 가득했다. 그미들은 자신들 방보다 우리 방으로 먼저 들어와 앉았다. 나와 마주 앉은 이는 주근깨 처녀 옥화였다. 김진은 몸을 비스듬히 틀어 주혜의 눈길을 흘려보냈다. 어색한 침묵이 흘렀다. 내가 먼저 말문을 열었다.

"고생이 심하였겠소."

옥화가 기다렸다는 듯이 웃으며 받았다.

"사씨가 남정(南征)할 때 이런 어려움을 겪었겠구나 했지요."

『사씨남정기』에 빗댄 맛이 나쁘지 않았다. 집에서 쫓겨난 사씨가 남쪽 지방을 떠돌며 갖은 고생을 다 하는 장면들이 눈앞을 스쳤다. 나도 언젠간 먼 길을 헤매는 여인을 주인공으로 소설을 쓰고 싶다. 사씨는 결국 집으로 돌아와서 행복을 되찾지만, 내 소설의 여주인공은 길을 걷다가 그 길 위에서 만난 이들과 어우러져 세월을 보낸 뒤 길 위에서 쓰러져 죽음을 맞게 하리라. 길 위에 쓰러져 숨을 거둔 이의 고향이 어딘지, 첫 이름이 무엇인지조차 모르는 낯선 길 위에서! 김진의 연이은 물음이 송곳처럼 날카로웠다.

"왜 돌아온 게요? 내가 갈 때까지 기다리라 하지 않았소? 약속하였지 않소?"

주혜는 간단히 되물었다.

"돌아올 수밖에 없었어요. 알잖아요?"

다시 짧은 침묵이 흘렀다.

"오지 말았어야 했소."

주혜의 둥근 눈이 젖어들었다. 감정을 억누르기 힘든지, 입술과 눈썹이 동시에 떨렸다. 그미는 위기가 닥치면 물러나거나 제자리에서 기다리기보단 한 걸음 나아가는 쪽이다.

"평생 기다리기만 했어요. 어릴 땐 기억에도 없는 아버지를 기다리고, 또 낯선 집에 나를 맡겨 두고 사라진 어머니를 기다리고, 동율림에 와선 옥화와 함께 밤마다 몰래 배우는 춤을 여러 사람들 앞에 선보일 날을 기다리고……. 그러다가 어머니가 돌아가셨죠. 당신은 기다리라고 하지만, 더 기다렸다간 당신까지 잃을지 몰라요. 이제 더 이상

기다리지 않을래요. 기다리기만 하다가 인생을 끝낼 순 없다고요."

"설명했지 않소? 약속했지 않소? 독운어사를 도와 무사히 일을 마치고 당신을 만나러 가겠다고. 그리고 76년마다 지구로 찾아오는 당신의 별, 기묘년(1759년)에 왔으니 을묘년(1835)에 혜성이 다시 올 때까지 최소한 55년을 당신 곁에 머무르겠다는 약속 말이오. 난 태어나서 단 한 번도 약속을 어긴 적이 없다오."

"당신의 탁월함을 담헌 선생께서도 늘 칭찬하셨지만 이번엔 달라요. 예전에 숱한 사건을 해결했노라고 자랑하지 마세요. 이번 사건은 파고들수록 당신이 위험해져요. 당신은 끝까지 파들어 가지 않고는 못 배기는 사람이잖아요? 어머니는 마지막 날 유언을 하기 전까지, 우리 춤을 세상에 내보라고 허락하지 않으셨어요. 우린 기다리고 또 기다렸지요. 내일은 되겠지. 다음 달엔 되겠지. 적어도 1년 뒤엔! 이렇게 스스로를 달래며 기다리다가 결국 어머니는 돌아가셨어요. 양주(楊州)에 가서 춤을 춰도 좋다는 뒤늦은 허락만 남기고 말이에요. 내일을 위한답시고 오늘을 기다리며 흘려보내고 싶지 않아요. 오늘 지금 당장 당신 곁에 있겠어요. 당신도 그걸 원하잖아요?"

"당신 말대로, 매우 위험할 수도 있소."

주혜가 김진의 시선을 되받으며 말했다.

"당신이 지켜 줄 거잖아요? 철두철미하게 대비하지 않고는, 최선에 차선에 차차선까지 마련한 다음에 움직이는 사람이잖아요? 안 그래요?"

옥화가 내게 눈짓을 보냈다. 사랑 놀음에 끼지 말고 나가자는 뜻이다. 나는 고개를 끄덕이곤 지음을 살펴보고 오겠다는 핑계를 대고 방을 나왔다. 옥화도 슬그머니 따라나섰다.

우리는 객사에서 포구까지 같이 걸었다. 바닷바람을 막기 위해 줄줄이 심은 소나무 사이로 파도 소리가 한 번은 크게 한 번은 작게 들려왔다. 옥화는 팔꿈치가 스칠 만큼 곁에 바짝 붙어 걸었다. 방풍림 쪽으로 반걸음 다가서면 바늘에 이끌리는 실처럼 반걸음 딸려 왔다. 이렇게 점점 더 길을 벗어나 방풍림으로 사라진다면?

그때 등 뒤에서 물건이 땅에 떨어지는 소리가 들렸다. 뒤돌아서서 오던 길을 살폈다. 30보쯤 거리를 두고 군졸 둘이 따라오고 있었다. 둘 중 키가 작은 쪽이 떨어뜨린 육모방망이를 다시 집어 어깨에 걸쳤다. 그들은 숨을 생각도 하지 않았다. 이종원이 붙인 감시병이었다. 옥화가 그들을 흘끔 보곤 목소리를 낮춰 김진을 흉보기 시작했다.

"저렇게까지 화를 낼 줄 몰랐어요. 사랑하는 이를 만나기 위해 깨지 못할 약속이 있나요? 그리고 우릴 감옥에 가두어 달란 건 또 무슨 소리예요? 우리가 죄라도 지었나요?"

따라오는 군졸을 먼저 가서 처리하고 싶었다. 그러나 김진에 대한 비난이 지나쳤기에 답부터 했다.

"철두철미한 성품 탓이니 이해하시오. 하나부터 열까지 모두 정확한 자리에 놓았는데 갑자기 예상 못한 돌발 상황이 생긴 거라오. 김진이 늘 강조했소. 하나가 바뀌면 전부를 바꿔야 한다고. 머릿속이 복잡할 게요. 감옥에 넣어 달란 말은 내가 생각해도 지나쳤소. 그만큼 주혜 낭자와 옥화 낭자를 안전하게 지키고 싶단 뜻이라오. 널리 헤아려 주오."

옥화가 살짝 걸음을 늦추며 내 눈을 가까이 올려다보며 물었다.

"내 말이 맞았죠?"

"뭐가 말이오."

"두 사람이 첫눈에 반했다는 것."

"처녀 총각이 호감을 갖는 게 이상한 일은 아니라오."

"아무나, 그것도 보자마자 사랑에 빠지진 않죠. 밤길을 나란히 걸어도 우리처럼 전혀 느낌이 없는 경우도 있으니까요. 한데 왜 꼭 저렇게 따라오는 걸까요?"

이상하게도 그 순간 내 얼굴이 벌겋게 달아올랐다. 낮

이었다면 창피하여 고개를 숙인 채 저만치 앞서 걸었을 것이다. 옥화는 여전히 밝고 거침이 없었다. 쉽게 사랑에 물드는 나는 움직이지 않았고, 사랑에 거의 빠지지 않는 김진이 단숨에 움직였다는 것이 신기하였다. 그런데 방금 옥화는 밤길을 나란히 걸어도 내게 느낌이 없다고 선을 그은 것이다. 사실일까. 아니면 내게 낚싯대를 드리운 걸까.

"호위하는 것이오. 우린 손님이고, 낯선 포구의 밤길이지 않소?"

"감시당하는 기분이 들어 싫어요. 편히 이 도사님과 이야기 나누는 걸 방해하기도 하고."

내 눈을 들여다보며 미소를 지어 보였다. 김진과 주혜에게 방을 양보하고 나온 밤 산책이라지만, 그미의 말투와 표정에선 친근함이 묻어났다. 여자는 변신의 귀재라더니, 말 따로 행동 따로 뒤섞인 언행이 내겐 혼란스러웠다. 바로 그 순간 옥화가 슬그머니 손을 잡았다. 따뜻했다. 나는 깜짝 놀라 걸음을 멈추고 고개를 돌렸다. 옥화가 미소를 지우지 않고 오히려 눈을 동그랗게 뜨고 물었다.

"이러면 저이들이 좀 뒤로 물러나지 않을까요?"

그러곤 손을 놓더니 뒤돌아서서 군졸들을 향해 똑바로 걸어갔다. 군졸들은 피하지도 못하고 물러서지도 못한 채 시선을 내리고 서 있었다. 옥화가 그들에게 말했다.

"이제 곧 포구에 닿아요. 앞은 바다고 좌우엔 창고만 덩
그러니 놓였으니 저만치 물러나 있어요. 부탁이에요."

대답을 듣지도 않고 다시 내 곁으로 종종종종 왔다. 우
리가 스무 걸음쯤 더 내딛는 동안 호위병들은 제자리에 머
물렀다. 포구에는 우리를 싣고 온 지음과 전라좌수사의 판
옥선 그리고 발포 만호의 판옥선이 나란히 묶여 있었다.
어선들은 이 세 척의 큰 배들과 50보 정도 거리를 두곤 바
닷가에 함께 뭉쳐 삐걱거렸다. 지음을 바라보며 섰다.

"나도 화광의 말에 동의하오. 돌아오지 않는 편이 나았
소."

"저도 모처럼 청나라 구경 좀 하는가 싶었지요. 하지만
주혜를 막긴 어려웠답니다. 두 가지 이유를 대며 한사코
돌아가겠다고 우겼으니까요."

"두 가지라 하였소? 하나는 김진을 흠모하는 마음이겠
고, 또 하난 무엇이오?"

옥화가 양팔을 들어 머리 위에서 맞잡곤 빙글 한 바퀴
돌았다.

"무슨 뜻이오?"

"주혜는 경기도 양주에 가서 춤을 추겠대요."

객사에서 옥화가 했던 말이 떠올랐다. 진향이 죽기 직전
주혜에게 양주에 가서 춤을 춰도 좋다고 했다는 유언! 확

인하듯 물었다.

"어떤 춤 말이오?"

"진향 스승님께서 주혜와 내게 가르친 이인무(二人舞)지
요. 스승님이 돌아가시기 직전, 그러니까 담헌 선생과 화광
서쾌가 동율림에 왔을 때, 주혜가 선보인 춤이 바로 그중
일부랍니다. 스승님은 10년 넘도록 이 춤을 만들며 또 저희
둘에게만 가르치셨지요. 외부인들은 스승님이 천하제일 춤
꾼인 줄도 몰랐어요. 그저 시나 몇 수 즐기고 가야금 몇 곡
조 뜯는 퇴기이겠거니 여겼어요. 우린 거의 밤마다 춤을 배
우고 익혔습니다. 하지만 참 이상한 시간이기도 했어요."

"이상하다니?"

"춤만 있고 곡이 없었거든요. 가끔은 스승님이 이 곡 저
곡에서 따와 동작에 맞추기도 하셨지만, 춤에 딱 맞는 곡
은 없었지요. 그래서 저희는 대부분의 시간을 곡 없이 춤
췄답니다. 상상이 가시나요?"

지음당 벽을 따라 걷다가 서고 또 걷다가 서던 담헌 선
생이 떠올랐다. 손을 들거나 어깨를 들썩이진 않았지만, 그
역시 선생만이 출 수 있는 춤이었다. 그때도 춤에 맞는 곡
이 우리 귀엔 들리지 않았다. 옥화가 답을 기다리지 않고
말을 이었다.

"담헌 선생이 밀양에 오셨을 때 스승님은 누구보다 기

뻐하셨습니다. 그리고 이 춤에 어울리는 곡을 선생께 만들어 달라 부탁하셨더군요."

발포에 닿기 직전 완성한 곡이 바로 그 곡이란 생각이 들었다. 그런데 왜 하필 양주에서 춤을 추라고 했을까? 아! 거대한 별 하나가 내게 달려드는 느낌이 들었다.

"잠깐! 아까 주혜 낭자가 경기도 양주에서 춤을 추겠다는 말을 했다 하였소?"

"맞아요."

숨이 막혀 왔다. 한심하게도 진향의 유언에 담긴 뜻을 이제야 깨달은 것이다. 의금부 도사란 벼슬이 부끄러울 지경이었다. 경기도 양주엔 사도세자의 능인 영우원(永祐園)이 있다.

"왜 하필 경기도 양주인지, 아는 게 있소?"

"돌아가신 아버지의 무덤이 있다 하였지요. 진향 스승님이 10년이나 춤에 공을 들이신 걸 보면, 두 분의 사랑도 무척 아름답고 진했던가 봅니다."

"그 아버지가 누구란 얘기도 하였소?"

"발포에 닿기 전날, 노을을 바라보며 나란히 앉아서 들었어요. 어쩌면 목숨이 달아날지도 모를 위험한 일이지만, 네가 꼭 같이 가서 춤을 췄으면 좋겠다고 하더군요. 담헌 선생님이 곡을 지어 연주까지 맡아 주시겠단 약조를 하였다는 말도 했고요. 양주로 동행하겠다고 답했어요. 주혜와 평생 함께 지낼 마음도 물론 굳건하지만, 무엇보다도 곡도 없이 연습한 이 춤을 내 몸을 놀려 완성시키고 싶답니다."

"아직 퇴기 진향이 동궁에서 보검을 훔쳐 달아난 오유 란인지 확인된 건 없소. 진향의 거짓말이거나 망상일지 모 르오."

"사실인지 거짓인지를 확인하는 건 이 도사님 일이지요. 다만 저는 스승의 딸이자 제 가장 친한 친구인 주혜의 부 탁을 들어주고 싶고, 또 10년 넘게 몰래 연습한 춤의 완성 을 누리고 싶을 뿐입니다. 망상이든 뭐든 상관없어요. 그건 그렇고 우릴 뒤쫓는다는 또 다른 의금부 도사는 아직도 밀 양에 있나요?"

벌거숭이로 나무에 거꾸로 매달린 정수담의 처참한 최 후가 떠올랐다.

"그이는 죽었소. 살인자는 내가 꼭 잡을 것이오."

매운바람이 조운선과 판옥선 사이를 파고들다가 회오리 를 돌며 옥화의 얼굴을 때렸다. 그미가 비틀거렸다. 겨우 부축하여 앉혔다.

"미안해요. 바닷가 밤바람이 호랑이보다 사납단 소리가 왜 나왔는지 알겠어요. 선풍 할아범은 만나셨어요?"

"그 사람도 시신으로 발견되었소."

옥화의 작은 눈에 두려움이 차올랐다.

"혹시 그럼 광우도?"

"그건 내가 묻고 싶은 말이라오. 혹시 도피 중에 광우를 만났거나 연락 온 적 없소?"

"전혀! 그럼 선풍 할아범과 함께 죽진 않았단 이야기군요."

"맞소. 아직 수배 중이라오."

"광우는 살아 있을 거예요. 영리한 사람이니까."

"혹시 선풍 할아범과 광우가 『정감록』 무리란 건 알고 있었소? 퇴기 진향도 흉측한 그들과 어울렸다고 하던데……. 혹시 그대도 그 무리의 일원이오?"

객사를 나설 때부터 던지고 싶은 질문을 꺼냈다. 옥화가 내 얼굴을 불쌍한 듯 쳐다보았다.

"정 도사가 죽고 나니 그 임무까지 떠맡은 건가요? 흉측한 무리라고 하지 마세요. 이 나라가 썩었다는 건 『정감록』을 읽지 않아도 알 사람은 다 아니까. 선풍 할아범이 그 무리냐? 모르겠어요. 광우가 그 무리냐? 모르겠어요. 진향 스승님이 그 무리냐? 모르겠어요. 내가 아는 건 이 도사님이 지목한 그이들이 내가 이 세상에서 가장 아끼는 사람들이란 겁니다. 그중 두 분은 돌아가셨고, 친동생같이 굴던 광우는 행방이 묘연한 셈이로군요."

"어떻게 우리가 발포에 머무는 걸 알았소?"

"범행을 추측하여 범인을 잡는 건 이 도사님이 전문가지만, 의심을 하시니 우리가 발포로 온 과정을 설명드리겠어요. 어려운 일도 아니랍니다. 주혜와 저는 밀양 지음당에서 계속 담헌 선생 곁에 머물며 풍금이 만들어지는 과정을 지켜봤습니다. 선생께서 직접 그린 부분도와 전체 완성도도 구경했고요. 완성까지 해결해야 할 난관과 집중해야 하는 기간도 선생께 직접 들었지요. 운반 방법은 배밖에 없다고 하시더군요. 소달구지나 가마에 싣고 옮기기엔 너무 크고 복잡하다 하셨습니다. 안전한 수송을 고려하면 조운선 정도가 적당하겠단 말씀도 덧붙이셨고요. 조운선의 속도와 조운선이 오가는 바닷길의 형편, 그러니까 이맘땐 바람의 방향과 세기가 어떤지, 비는 얼마나 자주 내리는지 등등을 고려하여, 풍금을 실은 조운선이 어디쯤 가고 있는지를 파악한 겁니다. 목포에서부터 전라도 해안을 훑으며 동진하다가 발포에 닿은 겁니다. 자세한 계산은 주혜가 했으니 나중에 따로 물어보세요. 담헌 선생의 『주해수용(籌解需用)』을 읽어 둔 것이 큰 도움이 되었다고 하더라고요."

긴 설명엔 허점이 없었다. 나도 『주해수용』을 뒤적여 보긴 했다. 가감승제 계산법은 물론이고 각종 면적과 체적을 구하는 방법들로 빼곡했다. 그 어려운 서책을 주혜가 읽었을 줄은 몰랐다.

"자, 밤바람이 차오. 이러다가 감기라도 걸리면 큰일이라오. 객사로 돌아갑시다."

"안 가요."

나는 뒤돌아서려다 말고 멈칫 섰다. 옥화가 귀엽게 눈을 흘겼다.

"분위기 깰 일 있어요? 지금 돌아가면 평생 주혜에게 원망 들어요."

김진과 주혜, 두 사람만의 첫 밤을 선물하자는 뜻이다. 그들이 방 하나를 쓰면 옆방이 남지 않는가. 눈치 빠른 옥화가 내 마음을 넘겨짚은 듯 이어 말했다.

"옆방에서 꼼지락거리는 소리라도 내면 두 사람이 얼마나 불편하겠어요. 우린 만리장성 쌓을 일도 없지만!"

김진과 주혜를 배려하자는 말과 함께 우리도 방해받지 않는 곳으로 가자는 뜻으로도 들렸다.

"밤바람 맞으며 여기서 이러고 밤을 샐 순 없소."

"왜 여기 있어요? 우리도 바닷바람을 피할 곳으로 가죠. 방풍림은 지나쳤으니 저기 어때요?"

옥화가 손을 들어 지음을 가리켰다. 세곡을 넣어 두던 자리는 풍금이 차지했지만, 선미의 조군들이 머무는 방은 제법 아늑했다. 발포까지 배를 몬 조군들은 하옥되었고, 새롭게 배를 맡을 발포 수군들은 아직 승선하지 않고 관아에 머물렀다. 그 방이 비어 있단 뜻이다. 갑판으로 이어진 사다리 하나가 조운선 선수에 걸쳐져 있었다.

"괜찮겠소?"

"가요, 어서!"

사다리를 잡고 옥화를 먼저 올려 보냈다. 나도 사다리를 딛고 올라갔다. 갑판에 내려서자 옥화가 갑자기 사다리를 멀리 밀어 떨어뜨린 뒤 저만치 서성이는 군졸들을 향해 손을 흔들었다.

"사다리는 왜 그런 게요?"

"저들도 좀 쉬어야지요. 사다리를 가져다 대지 않는 이상 우린 이 배에서 내리기 힘들겠죠?"

"그렇소."

"그럼, 사다리만 저들이 가져가면 지음은 우리들만의 감옥이겠네요."

옥화가 다시 손을 흔들곤 사다리를 가리켰다. 그미의 마음을 알아차리기라도 한 듯 군졸들이 사다리를 앞뒤에서 들고 어둠 속으로 사라졌다. 바람이 불어 볼을 때렸다.

"아, 추워라!"

평지보다 높은 만큼 바닷바람이 매서웠다. 밀양읍성으로 불던 강바람도 만만치 않았으나 발포의 바닷바람에 비할 바가 아니었다. 강의 깊고 넓음을 노래하는 시들이 몇 편 떠올랐다. 바다에 대한 시는 외우는 것이 없었다. 바다는 그 자체로 광대하기에 구태여 시를 빌릴 이유가 없었을지도 모른다.

오들오들 떠는 그미를 데리고 선미 갑판으로 옮겨 갔다. 천천히 갑판 아래로 먼저 내려가선 등잔불을 켜고 그미에게 손을 내밀었다. 실내용 사다리를 딛고 내려서다가 내 손을 잡곤 안기듯 몸을 던졌다.

쿵. 소리와 함께 내 등이 바닥에 닿았고, 옥화의 가슴이 내 가슴을 눌렀다. 불빛이 더욱 흔들렸다. 내 눈 위에 그미의 눈이 있었다. 내 입술 위에서 붉게 빛나는 입술이 점점 가까이 내려왔다. 나도 머리를 살짝 들고 그미의 도톰한 입술에 내 입술을 갖다 댔다. 윗입술과 윗입술이, 아랫입술과 아랫입술이 살짝 닿았다. 그미는 피하지 않고 내 입술에 자신을 입술을 내려 비볐다. 이 밤에 우리의 입맞춤을 방해할 것은 없는 듯했다. 입맞춤은 사랑의 시작이었고, 나는 그미와 더 깊이 들어갈 것이다.

규우웅!

그 순간 옆 칸에서 굉음이 들렸다. 겨울잠을 깬 곰이 동굴에서 울부짖는 소리가 저러할까. 이 배에 우리 말고 다른 사람이 있는 것이다. 나는 재빨리 격실을 나눈 세로 판에 귀를 댔다. 나를 찾는 목소리가 들려왔다.

"이 도사인가? 마침 잘 왔네. 도와주게. 저음을 만들 쇠통들이 아무래도 이상해."

담헌 선생이었다. 일찍 잠자리에 든 줄 알았던 선생이 어느새 홀로 배에 와서 풍금을 점검하고 있었던 것이다.

"네! 건너가겠습니다."

나는 쓴웃음을 감추며 옥화와 함께 풍금이 있는 중앙 갑판 아래로 내려갔다. 해가 뜨고 군졸들이 사다리를 다시 가져와서 선수에 댈 때까지 계속 선생을 도와 풍금을 고쳤다. 저만치 떨어져 앉아서 부품을 수건으로 닦는 옥화의 손놀림이 경쾌했다. 내 인생을 통틀어 담헌 선생이 야속하기는 그 밤이 처음이자 마지막이었다.

21장

나흘을 발포에 더 머물렀다가 안창도를 향해 출발했다.

　전라좌수사 이종원과 발포 만호 장우룡의 판옥선이 앞뒤에서 지음을 호위했다. 그 외에도 사도, 녹도, 방답 등 전라좌수군 판옥선 세 척이 더 전라우수군이 관할하는 바다로 접어들었다. 이종원은 우수영의 척후선에게 발각되지 않기 위해, 조운선이 평소 다니는 진도 울돌목 대신 진도를 바깥으로 멀리 도는 쪽을 택했다.

　금갑(金甲) 해변 방풍림 가까이 배를 대고 하룻밤을 보냈다. 진도 어부들의 눈에 띄지 않기 위해 상륙은 금지되었다. 배 위에서 모처럼 편히 석양을 맞았다. 섬과 섬 사이로 금빛 갑옷처럼 발갛게 바다를 물들이던 빛이 차츰 스러졌다. 빛나게 흐르다가 어둠 앞에 막막한 자들을 위한 마지막 위로 같았다.

이른 저녁을 먹은 후 깊은 잠에 빠져들었다. 진도만 벗어나면 급박한 상황이 전개될 것이기 때문에 잠도 충분히 보충하고 피로도 풀고 싶었다.

눈을 떴다. 곁에 함께 누웠던 김진이 보이지 않았다. 갑판으로 올라갔다. 보름달은 아니었지만 제법 차오른 달이 섬을 그윽하게 비췄다. 선수와 선미에 번을 서는 수군을 제외하곤 아무도 없었다.

"뭐해요, 여기서?"

뒤돌아섰다. 어느새 옥화가 다가와선 내 얼굴을 쳐다보았다. 시선을 피하며 답했다.

"화광이 없어서 찾고 있었소."

"나랑 같네요."

"뭐가 말이오?"

"나도 주혜가 보이지 않아서 나왔거든요. 그런데 기남자(奇男子)에 눈먼 도둑고양이를 찾았어요."

옥화의 주변을 살폈지만 주혜는 그림자도 보이지 않았다.

"주혜 낭자가 어디 있다는 게요?"

옥화가 대답 대신 등 뒤로 감췄던 원경을 내밀었다. 내가 그것을 받아 들자 옥화가 손을 들어 모래 해변에 우뚝한 바위 옆을 가리켰다. 지음이 해변에 가장 가까이 붙었기에, 다른 판옥선들은 지음에 가려 그 바위 아래가 보이지 않았다. 나는 원경을 오른쪽 눈에 대고 바위 근처를 살폈다. 달빛 아래인지라 정확하진 않지만 두 사람이 나란히 앉은 듯했다. 옥화가 소개했다.

"우리가 찾던 선남과 선녀랍니다."

"배에서 내리지 말라는 엄명을……."

옥화가 말을 잘랐다. 그리고 자신이 그 해변에 내려가기라도 한 듯이 긴 설명을 이었다.

"지금 그딴 얘긴 해서 뭐해요. 둘은 벌써 내렸는걸요. 내릴 이유는 얼마든지 있죠. 파도에 적응을 못한 주혜가 어지럼증이 심해졌을 수도 있고……. 우리끼린 구차한 변명을 떠올리진 말아요. 사랑에 빠진 선남선녀의 마음을 헤아리자고요. 밀어를 속삭이기엔 듣는 귀가 너무 많았나 보죠. 서로의 체온을 느끼기 위해 이 도사님이나 저 같은 훼방꾼을 피하고 싶었나 봐요. 달빛도 곱고 금갑의 모래는 더 고우니, 저라도 마음 맞는 사내와 몰래 배에서 내려가고 싶었을 거예요. 원경으로 살피니, 주혜는 다만 서쾌의 손을 꼭 쥐고 그 어깨에 머리를 얹은 채 파도 찰랑이는 바다를 하염없이 바라보고만 있더라고요. 물론 선남은 세상에서 가장 근사한 이야기를 시작할 테고, 선녀는 가끔 미소 지으며 쥔 손을 흔들겠죠. 선남의 이야기 솜씨가 형편없더라도, 오늘 밤 금갑 해변에서 들려주는 이야긴 선녀가 평생 잊지 못할 걸작일 테지요. 선남의 이야기가 끝나면, 선녀는 나지막이 노래를 부를 거예요. 배에 있는 사람들은 듣지 못하는, 오직 이 해변에서 선남의 귀만 간질이는 노래죠. 그 노래 때문에 선남의 가슴이 쿵쿵 뛰고, 그 뛰는 가슴을 느낀 선녀의 가슴 역시 콩콩 뛴답니다. 어차피 잠으로 보낼 밤에 선남과 선녀의 가슴은 얼마나 아름다운가요. 그렇죠?"

나는 즉답을 못하고 옥화의 손을 내려다보며 잠시 망설였다. 지금이라도 저 손을 쥐고 금갑 해변으로 내려가야 할까. 그러나 용기를 낸다 해도, 김진과 주혜의 아류일 수밖에 없다. 오늘 밤 저 금갑의 모래 해변을 차지한 이는 김진과 주혜다. 안타깝지만 옥화와 나는 다만 그들이 얼마나 멋진 밤을 보냈는가를 인정하는 증인일 뿐이다.

다시 원경을 눈에 대고 모래 해변의 두 사람을 살폈다. 김진이 몸을 돌려 주혜의 어깨에 양손을 얹었다. 주혜는 턱을 살짝 들었다. 김진의 얼굴이 점점 주혜에게 다가갔다. 그미의 입술에 제 입술을 얹었다.

"이리 줘 봐요."

눈치 빠른 옥화가 원경을 달라며 손을 내밀었다. 나는 그미의 볼에 가득한 주근깨를 외면한 채 원경을 수직으로 들어 올렸다.

"밤이 왜 이리 밝지? 달이 커지기라도 했나?"

엉뚱하게도 원경은 달을 향했다. 그리고 한참 동안 달을 살핀다는 핑계로 옥화에게 원경을 돌려주지 않았다. 옥화가 울상을 지었지만 친구를 돕기 위한 작은 심술이었다. 예민하고 꼼꼼하며 따지길 즐기고 타인은 물론 자신의 언행까지 관찰하여 거리를 두어 온 친애하는 나의 벗 김진, 그의 첫사랑이 격정적으로 활활 타오르기를 진심으로 빌었다.

하루를 더 높은 파도와 싸운 후에야 겨우 안창도에 닿았다. 구름이 기병(騎兵)처럼 몰려들어 푸른 하늘을 지웠다. 척후의 보고를 받았다. 7월 말일 밀양 후조창을 출발한 세 척의 조운선은 순항을 거듭하고 있으며, 내일 아침 등산진 앞바다로 들어올 예정이었다. 이종원은 저녁을 먹은 후 담헌 선생과 김진 그리고 나를 지휘선으로 불렀다. 서풍이 불었다. 이 바람을 타고 저 검은 바다만 건너면 등산진에 닿을 것이다. 녹차 한 잔을 권한 뒤 이종원이 물었다.

"홍 어사의 배가 꼭 조운선 가까이 다가갈 필요는 없소이다. 놈들이 조운선을 일부러 침몰시키려는 순간 덮쳐서 잡으면 상황은 끝이라오. 참형을 면키 어려울 게요."

선생이 답했다.

"발포에서도 말씀드렸듯이, 우리는 조운선 침몰뿐만 아니라 소선 침몰 사건도 함께 조사하고 있습니다. 영상 대감의 서자이자 제 문하이기도 한 조택수의 배를 누가 어떻게 침몰시켰는지 밝혀내야 합니다. 그러기 위해선 지난 4월 5일과 똑같은 조건을 만들 필요가 있지요."

"매우 위험하오. 고패를 저지르려고 하는 놈들이 불청객을 그냥 둘 리 없소."

담헌 선생이 편안히 미소 지었다. 이종원은 설득이 먹힌 줄 알고 따라 웃었다. 선생이 여유롭게 웃을 때 더욱 강건해진다는 것을 이종원은 아직 몰랐다.

"그래서 장군과 이 밤에 마주 앉아 차를 마시는 게 아닌지요? 가까운 바다에 대기하다가 제가 탄 배가 정말 위험에 빠지면 달려와 구해 주실 것 아닙니까?"

"그야 당연하오만⋯⋯."

"저는 장군만 믿겠습니다. 발포에서 계획한 대로 하시지요. 그게 최선입니다."

선생의 고집을 꺾긴 늦은 것이다. 이종원이 김진과 나를 번갈아 보며 물었다.

"자네들은 어찌할 텐가?"

김진이 선수를 쳤다.

"제가 홍 어사를 모시고 지음에 타겠습니다. 이 도사는 주혜 낭자와 옥화 낭자와 함께 지휘선에 오르는 것이 좋겠습니다."

우리는 한 사람이 독운어사를 가까이에서 보좌하고 또한 사람이 지휘선에 승선하여 전체를 총괄한다는 것 정도만 합의했다. 지음을 타고 선생을 호위하는 일은 당연히 내 몫이라고 여겼다.

"제가 지음을 맡겠습니다. 이번 계획을 짠 이가 바로 김진입니다. 그가 지휘선에서 장군과 의논하는 편이 낫습니다. 호위는 의금부 도사가 늘 하는 일이기도 하고요. 맡겨 주십시오."

"그도 그렇겠군."

이종원은 선생에게 시선을 돌렸다. 최종 결정을 하라는 뜻이다. 선생은 찻잔을 들어 한 모금 마시며 김진과 내 얼굴을 차례차례 쳐다보았다. 김진도 나도 두 눈에 지음을 맡겠다는 의지를 담았다. 선생은 또 다른 의견을 냈다.

"지음엔 나만 타고 싶습니다."

우리는 한목소리로 반대했다.

"안 됩니다."

선생은 그것을 받는 소리로 여기고 앞소리를 이끌듯 이야기를 이었다.

"하지만! 꼭 태워야 한다면 이 도사가 낫겠습니다. 이

도사도 지적했듯이 김진에겐 지휘선이 어울립니다. 나도
이 도사도 그처럼 임기응변에 능하진 못합니다."

"알겠소. 그럼 홍 어사와 이 도사가 지음을 타고 먼저 등
산진 앞바다로 나가도록 하시오. 우린 안창도에 잠시 더
머물다가 뒤따르겠소. 우연인지 필연인지 오늘과 내일은
해무가 짙을 거라 하오. 그 봄에도 해무가 지독하였다 들
었소. 후조창 조운선들에게 들키지 않을 정도의 거리는 유
지하겠지만, 언제라도 위험을 알리는 깃발을 올리면 달려
가리다. 저들은 어란진과 이진진의 판옥선을 합쳐서 두 척
이고, 우리는 지음을 제외하고도 다섯 척이니 수전(水戰)이
벌어져도 우리가 이길 것이외다. 물론 좌수군과 우수군이
싸우는 일은 없어야만 하오."

"물론입니다. 다치거나 죽는 이 없이 조용히 끝났으면
합니다."

선생과 나는 먼저 지휘선을 내려왔다. 회의는 끝났지만
이종원은 내일 작전을 벌일 등산진 앞바다에 대하여 김진
과 더 의논하고 싶은 눈치였다. 좌수군이 전라우도로 들어
온 적이 없기 때문에 부족한 부분이 적지 않았다. 바닷길
은 지도를 통해 가늠한다고 쳐도, 시시각각 바뀌는 바람과
물살의 흐름까진 자세히 몰랐다. 김진이 두툼한 수첩 하
나를 소매에서 꺼냈고 나는 선생과 자리를 떴다. 수첩에

는 등산진을 중심으로 전라우수영 곳곳의 바닷길이 월별과 일별로 어찌 달라지는지 적혔을 것이다. 이종원은 감탄을 연발할 것이며, 김진은 고패가 일어날 지점과 시각까지 예견하리라. 자주 어울리는 나도 신기할 때가 적지 않은데, 이종원처럼 처음 김진의 박학을 접하면 놀라움과 두려움을 떨치기 힘들다. 선생과 나는 일찌감치 자리를 피하여 김진이 마음껏 재주를 뽐내게 했다.

임시 객사로 쓰는 바닷가 초가에 닿았다. 바람이 거세고 파도가 높은 섬 동쪽 대신, 육지를 향해 움푹 팬 서쪽 언덕 아래로 초가가 듬성듬성 놓였다. 어선에서 쌓인 고단함을 이른 잠으로 씻어 내려는가, 주혜와 옥화가 기다리는 초가 외에는 불빛이 없었다. 섬의 밤이 육지의 밤보다 한 뼘은 더 길고 깊다는 이야기가 농담만은 아니었다. 선생과 내가 방으로 들어서니 주혜가 눈으로 김진을 찾았다. 내가 설명했다.

"좌수사와 잠시만 더 이야기를 나누고 온다 하였소."

선생이 아랫목에 앉고, 나와 주혜와 옥화 순서로 선생을 향해 나란히 자리를 잡았다. 주혜가 옆에 앉은 내게 거두절미하고 짧게 물었다.

"내일인가요?"

즉답을 않고 눈길을 되받았다. 주혜가 고쳐 물었다.

"안창도는 곧 등산진 앞바다를 둘러싼 섬 중 하나가 아 닙니까? 담헌 선생님과 이 도사님은 지난 봄날의 조운선과 소선 침몰을 조사하러 오셨고요. 전라좌수군 판옥선들까 지 몰래 안창도로 이끌고 온 것은 봄날 그 바다에서 침몰 한 배들과 실종된 이들의 모습을 재현하기 위함이 아니겠 습니까? 아무리 생각해도 그 외엔 두 분이 여기 계신 이유 가 없는 듯해요."

선생이 말 돌리지 않고 인정했다.

"맞네. 내일 우리는 안창도를 떠나 등산진 앞바다로 갈 걸세."

"지음엔 누가 타는지요?"

역시 짧지만 노리는 바가 명확했다. 조택수가 지난봄에 탔던 소선의 역할을 지음이 맡으리란 것까지 내다본 것이 다. 철저히 따진 후 단숨에 비약하여 상대를 몰아붙이는 솜씨는 김진에게도 뒤지지 않았다. 이번엔 선생도 답을 쉽 게 주지 않았다. 주혜가 고쳐 설명했다.

"두 분은 조운선보다도 이레나 먼저 후조창을 떠났습니 다. 풍금만 한양으로 옮기는 거라면 벌써 충청도 자락으로 들어섰겠지요. 서두르는 데도 이유가 있지만 미적거리며 늦추는 데는 더 큰 이유가 있는 법이지요."

과연 김진의 사랑을 받을 만한 여자였다. 김진보다 논리

258

적이진 않지만 뜨겁고 직설적이다. 나도 변명하지 않고 인정했다.

"제가 독운어사를 모시기로 했습니다. 두 분은 화광과 함께 좌수사의 지휘선에 타면 됩니다."

주혜가 곧바로 치고 나왔다. 오늘은 한 걸음도 물러서지 않기로 작정한 듯했다.

"무슨 말씀입니까, 그게? 저희랑 논의도 않고 결정을 내리면 안 되지요."

선생이 서걱거리는 내 마음을 읽었다.

"내가 그리 정했어. 미리 자초지종을 알리지 않은 건 내일 일이 매우 중요하기 때문이고. 비밀 유지가 무엇보다도 필요했어. 하루, 아니 반나절이면 끝날 거야. 지휘선에 머물다가 상황이 끝나면 지음으로 건너오도록 해. 좌수사와 화광 그리고 나와 이 도사가 머리를 맞대고 의논한 끝에 내린 결론이니 따라 주길 바란다. 옥화는 어찌할 거냐?"

선생은 잠자코 듣기만 하던 옥화에게 물었다. 그미는 옆에 앉은 주혜를 흘끔 곁눈질하곤 눈을 번갈아 깜빡이며 말끝을 흐렸다.

"그게……."

주혜가 딱 부러지게 거절했다.

"옥화는 지휘선에 안 탑니다. 저도 안 탈 거고요."

그때 김진이 돌아왔다. 딱딱하고 무거운 분위기를 느낀 탓일까, 내일 확정된 출항 시간부터 알려 줬다.

"인시(3시)에 닻을 올린다 합니다."

지금 잠자리에 들어도 숙면을 취할 시간이 부족했다. 시간만 알리는 딱딱한 문장 같지만, 대화를 이쯤에서 접자는 제안이 깔린 것이다. 주혜는 어깨를 내밀며 김진과 눈을 맞추곤 따지듯 물었다.

"재현을 하려면 최대한 비슷하게는 만들어야겠지요? 소운 조택수가 빌린 소선에는 격군 외에 악공 고후와 기녀들이 동승했어요. 풍아을 울리고 춤을 춰 뱃놀이를 기장한 채 조운선을 따랐던 겁니다. 악공의 역할이야 담헌 선생님이 충분히 하실 겁니다. 문제는 기녀인데, 때마침 옥화와 제가 춤을 조금 배우고 익혔지요."

옥화도 주혜의 뜻을 확인한 후 거들었다.

"맞아요. 선생님의 연주에 맞춰 쌍무(雙舞)를 추고 싶어요."

김진이 잘랐다.

"놀러 나온 게 아니오. 소운의 배를 침몰시킨 자들, 어부 정상치를 죽이고 고후의 혀를 자른 자들, 선풍 할아범을 죽인 자들, 의금부 도사 정수담을 나무에 거꾸로 매달아 천천히 죽어 가게 만든 자들, 향교 하인 밤쇠의 심장에 화살을 꽂은 자들, 지난봄에 이어 다시 고패를 저지르려는 자들을 붙잡으려는 것이라오. 봄날 등산진 앞바다에서 소선을 침몰시켰다는 심증은 있으나, 과연 어느 배가 와서 어떻게 끔찍한 짓을 저질렀는지는 모르오. 위험을 예상하기 어렵단 뜻이라오. 내 마음 같아선 낭자들을 이곳 안창도에 그냥 두고 가고 싶소. 하지만 우리도 흔적을 남기지 않아야 하기에 좌수사의 지휘선에 태우기로 했소. 따라 주기 바라오."

주혜가 물러서지 않고 말했다.

"시작은 지난봄과 같지만 결말은 다르게 만들 거잖아요? 저들이 담헌 선생님과 이 도사가 탄 지음을 침몰시키려 덤비더라도, 당신이 좌수사가 통솔하는 군선들을 이끌고 와서 구할 거잖아요? 돌다리를 백번은 두드리는 사람이니까요. 담헌 선생님과 이 도사를 누구보다도 아낀다는 걸 알아요. 당신이 아끼는 두 사람 곁에 저와 옥화가 더 있다고 해서 무슨 차이가 있겠어요? 저는 당신을 믿어요."

김진이 내게 시선을 돌렸다. 도와달라는 뜻이다.

"이미 군중 회의에서 결정을 했습니다. 좌수사도 두 낭자가 화광과 함께 자신의 지휘선에 오르는 것으로 알고 있어요. 일사불란하게 움직여야 합니다. 화광이 철저하게 위험에 대비했지만 만에 하나 뜻밖의 상황이 터진다면……."

나는 말을 잇지 못했다. 주혜의 눈에 고인 눈물을 봤던 것이다. 다른 여인들처럼 매달리며 슬퍼하는 눈물이 아니었다. 의지가 눈물로 흐르기도 하는 법이다. 주혜는 내가 아니라 김진에게 다시 물었다.

"제가 왜 지음에 오르려는 줄 정녕 모르겠어요?"

짧은 침묵이 지나갔다. 김진과 주혜, 둘 사이에 많은 이야기들이 오가고 있었다. 서로에 대한 섭섭함, 배려, 아쉬움, 기대 등등이 만나고 멀어졌다. 김진이 대답을 미루고 선생에게 청했다.

"먼저 쉬십시오. 이 문제는 저희끼리 의논을 더 해서 결론을 맺겠습니다."

담헌 선생 앞에선 눈빛 하나도 조심스러운 것이다.

"알겠네. 그렇지 않아도 졸려 오던 참이라네. 내일 출항 전에 결과를 알려 주게나."

선생이 건넌방으로 자리를 피했다.

김진의 시선이 옥화에게 향했다. 주혜의 출생에 관한 이야기를 어디까지 아는지 가늠하는 것이다. 눈치 빠른 주혜가 먼저 답을 줬다.

"옥화와 저 사이엔 비밀이 없어요, 기묘년 혜성이 날아온 날부터 지금까지."

나는 주혜와 옥화가 한사코 지음에 오르려는 이유를 짚

어 보았다. 김진은 좌수사의 지휘선에 탈 예정이고 나는 기묘년의 일과는 무관하니, 남는 이는 담헌 선생뿐이다. 이번에는 내 예감이 맞았다.

"독운어사로서 직무를 무사히 끝마치시는 게 지금은 중요하겠지요. 그다음엔 선생님이 만든 새로운 곡에 맞춰 쌍무를 출 겁니다. 한데 춤출 장소를 변경할 거예요. 정확하게 말씀드리자면, 우리의 춤을 보여 주고픈 이가 달라졌답니다."

주혜는 진향의 유언을 지키기 위해, 경기도 양주에 있는 사도세자의 묘 앞에서 춤을 추려고 돌아왔다고 했다. 그런데 춤출 장소도 보여 주고픈 사람도 바뀌었다는 것이다.

"꼭 그래야만 하겠소?"

김진은 또 자기만의 방식으로 선문답하듯 물었다. 나는 생각의 단계를 천천히 밟아야 했기에 주혜가 답하기 전에 끼어들었다.

"그 사람이 누굽니까? 바뀐 곳은 또 어디고요?"

주혜가 김진을 먼저 보곤 내 쪽으로 시선을 돌렸다.

"두 분을 밀양으로 보낸 분이죠."

"우리를 밀양으로 보낸 사람이라면……? 저, 전하 앞에서 춤을 추겠단 말이오?"

놀라지 않을 수 없었다. 전하는 내게 은밀히 진향 모녀

의 삶을 캐서 보고하라고 명하셨다. 진향의 주장대로, 주혜
가 전하의 배다른 동생이라면 주혜의 목숨이 위태롭다. 주
혜는 사도세자가 앓은 마음의 병과 함께 거론될 수밖에 없
는 것이다. 전하는 영원히 세상에서 격리하여 구설수를 막
으려 드실 것이다. 이 사실을 주혜도 모를 리 없건만 전하
앞에서 춤을 추겠다고 주장하다니! 섶을 지고 불에 뛰어드
는 꼴이다.

"무덤 앞에서 추는 춤이 무슨 소용이 있겠습니까? 산 자
앞에서 이 춤을 선보인 뒤 감상을 듣고 싶습니다."

긴진이 반대했다.

"어머니의 유언은 평생 연습한 바로 그 춤을 양주에서
추라는 것이지 않소? 유언을 그르칠 셈이오?"

"산 사람 앞에 가서 춘 후에 양주에 가서도 추겠어요. 이
나라의 왕 앞에서 춤출 기회를 얻기란 무척 어렵다는 걸
두 분이 더 잘 아시지 않습니까? 담헌 선생님이 때마침 전
하의 명에 따라, 또 어머니의 청에 따라 우리가 오랫동안
연습해 온 춤에 딱 맞는 곡을 만드셨고, 또 그 곡을 전하
앞에서 풍금을 연주하며 들려드릴 기회를 얻으셨다 들었
습니다. 그때 저희의 쌍무까지 곁들이고 싶어요. 장소는 어
디라도 상관없습니다. 배에서도 좋고 경치 좋은 산꼭대기
정자라도 좋고 궁중이라도 감내하겠어요."

"목숨이 위태로운 짓이오."

내가 만류했다. 옥화가 손바닥으로 제 볼을 문지르며 주혜를 거들었다.

"이토록 큰 함정도 절묘하게 만든 두 분 아닙니까? 저희가 무사히 춤을 추고 떠나도록 계책을 짜면 되지 않겠어요?"

그미들은 결심을 한 것이다. 나는 질문을 이었다.

"그런데 왜 꼭 담헌 선생과 한 배를 타야 하겠다고 고집하오?"

주혜가 답했다.

"새로 만든 곡 때문이에요. 사실 우리가 연습해 온 춤은 2년 전에 이미 완성 단계였지요. 하지만 춤에 맞는 곡이 없어서 어머니도 또 저희도 늘 고민이었답니다. 그런데 담헌 선생님이 영천군수로 내려오신 것이에요. 어머니가 선생님을 뵙고 곡을 만들어 달라 청하였지요. 선생님이 춤부터 보여 달라고 하셔서, 곡도 없이 선생님 앞에서 추기도 했었답니다. 하지만 선뜻 승낙하지 않으셨어요. 자기가 만들기엔 너무 크고 아름다운 이야기라고 하셨지요. 불행 중 다행이라고나 할까요. 어머니가 돌아가신 뒤, 선생님이 늦게나마 곡을 완성하셨습니다. 그 곡이 사라지면 안 됩니다. 그 곡을 만드신 담헌 선생님이 우리가 춤을 출 때 연주를 해 주셔야 해요. 우린 담헌 선생님과 한 배를 타겠어요. 함께 배에 오르지 못했는데, 문제라도 생긴다면, 평생 후회할겁니다."

주혜의 설명은 김진과 나를 더욱 난감하게 했다. 안전하다면 그미들이 지음을 타지 않을 이유가 없는 것이고, 위험하다면 더더욱 담헌 선생 곁에 머물러야 한다는 주장을 펼 것이다. 이윽고 김진이 답했다.

"알겠소. 충분히 알아들었으니 그만 잠을 청하도록 하오. 나는 이 도사와 함께 잠시 산책을 하고 오리다."

"꼭 들어주셔야 해요. 다른 길은 아예 찾지 마세요. 저희는 오직 이 길만을 갈 거니까요."

바늘 하나도 들어갈 틈이 없었다. 주혜는 옥화의 손을 꼭 쥐곤 눈을 맞추기도 했다. 진향에게서 거듭 배운 춤사위들을 눈빛만으로 되짚고 있는지도 몰랐다. 예술이란 무엇일까. 무엇이기에 저렇듯 열망을 평생 쏟아 붓게 할까. 그 후로도 오랫동안 고민할 문제가 그 순간 싹트고 있었다.

김진이 앞서 걸었다. 나는 조용히 뒤따르기만 했다. 여러 생각이 그에게 몰아치고 있는 것이다. 달도 별도 없었다. 오후부터 밀려든 구름이 안창도의 하늘을 덮었다. 군선이 정박한 포구를 지나서도 울퉁불퉁한 돌길을 또 한참 걸어갔다. 파도 소리가 발걸음을 맞추듯 철썩거렸다. 바다가 내려다보이는 편편한 바위로 올라가선 나란히 앉았다. 고개를 들어 밤하늘을 우러렀다. 비라도 들이친다면 내일 조운선이 등산진 앞바다로 들어오지 않고 우수영에 정박할 수도 있었다. 군선에 군량미를 챙겨 오긴 했으나, 낯선 섬에서 시일을 끄는 것은 여러모로 불편하고 위험했다. 안창도 어부들의 눈을 피하는 것부터 일이었다. 내가 먼저 주혜와 옥화에 관한 간단한 해결책을 제시했다.

"그렇게 걱정되면 강제로 좌수사의 지휘선에 태우도록 하게."

김진이 고개를 저었다.

"국외로 빠져나가려다가 나를 다시 만나겠다고 되돌아온 사람일세. 지휘선에 억지로 태운다는 건 감옥에 가두는 것과 같은 짓이지. 평생 날 보지 않을지도 몰라."

"설마…… 사랑하는 사이 아닌가?"

"더 그런 거라네, 사랑하는 사이니까."

잠시 침묵이 흘렀다. 옥화의 얼굴이 스쳤다. 주혜를 위해 동승하겠다고 하니, 둘의 우정은 또 얼마나 깊은가.

"화광, 자네가 이토록 불안해하는 건 본 적이 없네. 주혜 낭자의 말대로 돌다리를 백번쯤 두드려 본 것 아닌가?"

"함정이 너무 크다네, 사람이 감당할 수 없을 만큼. 백번 아니라 천 번을 두드려도 구멍이 생기려고 하면 생길 수밖에 없어."

"내가 담헌 선생과 두 여인을 목숨 걸고 지키겠네. 또 근처에 판옥선이 다섯 척이나 있지 않은가."

"고맙네."

"대신 부탁이 하나 있네."

"무엇인가?"

"무사히 한양에 닿아서 담헌 선생의 곡에 맞춰 두 여인이 춤을 추는 자리엔 꼭 나도 참석시켜 주게."

김진이 고개를 끄덕였다.

"그렇지 않아도 자네와 함께 즐기려고 했으이."

"그랬는가? 정말 저 풍금이 어찌 울릴지 궁금하다네."

"조금만 참았다가 직접 듣도록 해. 백 마디 말로 설명해도 그 소리 한 토막을 집어내지 못하니까."

나는 소매에서 『종북소선』을 꺼내 내밀었다.

"잘 챙겨 보았네. 연암 선생이 그립군. 이제 연경에 도착하셨겠지?"

김진이 그 필사본을 품에 넣으며 답했다.

"아마도! 돌아오시면, 『연기』에 버금가는 여행기를 지으시라 꼭 권하도록 하세. 형암 형님이 골라 평과 함께 담은 『종북소선』의 글들도 탁월하지만 이 정도만 남기는 건 연암 선생을 위해서도 또 우리 같은 후학을 위해서도 안타까운 일이겠지."

"담헌과 연암, 두 분의 여행기를 모두 읽는 즐거움을 누릴 수만 있다면야⋯⋯. 나도 청하고 또 청하겠네."

김진이 바다를 쳐다보며 시를 읊듯 말했다.

"'바다는 모든 곳과 통한다. 또한 바다는 모든 곳으로부터 끊어진다.' 이 문장 어떤가?"

"의미심장하군. 누가 지은 것인가?"

김진이 즉답 대신 소매에서 수첩을 꺼냈다. 허리춤에 차고 다니는 휴대용 왕대나무 먹통과 작은 붓을 나란히 바위에 올려놓았다. 수첩 겉장에 적힌 두 글자를 겨우 알아보았다. '憶雲(억운)' 소운 조택수를 기억한다는 뜻이었다. 김진이 붓으로 먹물을 찍어 수첩에 빠르게 끼적이며 말했다.

"매일 적는다네. 하루에 딱 한 가지씩만. 소운의 외모, 말투, 습관, 나눴던 대화, 함께 읽었던 책. 생각을 집중해서, 최대한 꼼꼼하게 소운에 대하여 내가 알고 있는 것들, 또 소운과 나눴던 순간들을 문장으로 옮기는 걸세. 언제 생각이 지금처럼 떠오를지 모르니 이렇게 수첩과 먹통을 가지고 다닌다네.

한 달이면 서른 개가 되겠고, 석 달만 넘겨도 100개가 가깝겠군. 적어도 1년은 이렇게 소운에 대한 이야기를 적을 수 있지 않을까. 그럼 300여 개의 소운이 내 곁에 머무는 거라네. 담헌 선생께도 부탁드렸다네. 고후에게도 청하고 싶지만, 눈과 혀가 없으니 어렵겠지. 이번 일을 마치고 나면, 광흥창 쥐노인에게도 부탁하고, 또 소운이 어울렸던 목수, 대장장이, 광대, 거지패들도 만나 볼까 하네. 그렇게 3년쯤 모은다면, 적어도 1000개 정도는 모이겠지? 그럼 작은 서책으로 묶어 백탑파와 소운의 지인들에게 나눠 주고 싶으이.

그리고 단원 형님께 청하여 1000개의 이야기 중에서 쉰개 정도의 장면만 뽑아서 그림으로 그려 화첩으로 간직하고 싶으이. 그 서책과 화첩을 읽고 본 느낌을 후기로 따로 모아 남기는 것도 좋겠군. 이 도사, 자네도 꼭 후기를 적어 주길 바라네."

"내가? 나는 자네도 알다시피 소운과 그리 친하지 않았다네. 솔직히 말해 싫은 구석이 꽤 많았어."

"소운의 까칠한 성격은 나도 잘 안다네. 하지만 소운의 마지막 행적, 그러니까 광흥창 창고에서부터 밀양을 거쳐 등산진 앞바다에 이르는 길을 뒤쫓아서 조사하지 않았는가? 다른 사람들보다 훨씬 더 소운의 마지막 나날을 소상히 아는 이가 바로 자네라네. 나름대로 할 말이 있다고 믿네."

이렇게까지 부탁하니 거절하기 힘들었다. 김진이 그런 서책과 화첩을 완성시킨다면 시간을 따로 내어 구경하고 싶기도 했다.

"알겠네. 그리하지. 꽤 길고 힘든 작업이겠군. 한데 등산진 앞바다에서 실종된 이는 소운 외에도 열두 명이 더 있지 않은가? 소운은 자네가 앞장서서 흩어진 기억들을 수습하여 모은다 쳐도, 나머지 사람들에 대한 기억은 세월과 함께 사라지겠군."

"……안타까운 일이야."

"허나 그건 화광 자네 혼자 힘으로 하기엔 너무 벅차네."

김진이 잠시 눈을 감았다. 해야만 하는 일과 하고 싶은 일, 할 수 있는 일과 할 수 없는 일들이 그의 시시각각 변하는 복잡한 표정에 나타났다가 사라지고 풀렸다가 뒤엉켰다. 내가 바로 옆에 앉은 것조차 잊은 듯, 바위에 잠시 앉았다가 스러지는 바람처럼 혼잣말을 뇌까렸다.

"그래도…… 기억의 마을에 혼자만 살아선 안 되는데…… 그건 마을이 아닌데……."

22장

다음 날 새벽, 담헌 선생과 주혜 그리고 옥화와 함께 지음에 올랐다. 바다를 덮은 안개가 섬까지 스멀스멀 밀려 올라왔다. 바로 옆에 정박한 조운선도 그 모양이 흐릿했다. 아무리 종종걸음을 놀려도 움직임이 느려졌다. 마음을 놓고 있던 방향에서 누군가 등장하여 사람을 놀라게 했다. 해무가 짙은 날엔 더더욱 배에서 뛰거나 갑자기 멈추면 안 된다. 공간이 좁은 탓에 몸놀림을 조금만 크게 해도 어딘가에 부딪치기 마련이다. 익숙한 물품들도 파도를 만나면 조금씩 흔들리며 자리를 옮겼다. 그 이동을 모른 채, 예전 기억에만 의지하여, 주변을 살피지도 않고 안개 자욱한 배 안을 돌아다니다간 큰 부상을 입기 십상이다. 배에서 다치면 상처가 깊다. 그 상처를 치료할 의원도 치료약도 없다.

격군들은 이미 갑판 아래 각자의 노 옆에 자리를 잡고
섰다. 조군으로 치자면 사공 역할을 맡은 별장(別將) 강중
거(姜重巨)가 내게 와서 보고했다. 매부리코가 첫눈에 띄었
고 사각턱이 목을 대부분 가렸다. 작은 키에 가슴이 두꺼
워 잘 쌓아 놓은 메주 덩이 같았다.

"출항 준비를 마쳤습니다."

"해무는 어떠한가?"

강중거가 등산진 쪽 바다를 쳐다본 후 답했다.

"오시(낮 11시)는 되어야 걷힐 것 같습니다. 맑은 날엔 이
곳 안창도에서 등산진이 훤히 보인다고들 합니다만, 해무
가 꽤 짙네요."

"계획은 숙지했는가?"

"예."

"조운선 세 척이 지날 때까진 복병처럼 숨어 있어야 해.
그리고 배들이 지나자마자 추격병처럼 따라붙어야 하고."

"걱정 마십시오."

김진이 지음에 올라 인사를 건넸다. 담헌 선생을 뵙는다
고 갑판 아래로도 내려가고, 노의 상태를 확인한다며 선수
에서 선미로 갔다가 다시 선수로 왔다. 그의 손엔 부채 대
신 장검이 들려 있었다. 검을 든 모습이 무척 낯설었다.

"못 보던 건데?"

"잠시 맡아서 보관해 온 거라네."

"누가 자네에게 보검을 맡겼단 말인가?"

김진의 시선이 전립(戰笠)을 쓰고 전복(戰服)을 입고 전대(戰帶)를 두른 채 나온 주혜에게 향했다. 나는 김진이 든 검의 유래를 곧 알아차렸다.

"그럼, 이 검이 바로……."

김진이 고개를 끄덕였다. 오유란이 동궁을 나오며 훔쳤다던 바로 그 사도세자의 보검인 것이다. 그랬는가. 진향이 주혜에게, 주혜가 다시 김진에게 검을 부탁했는가. 발포에 올 때 아무것도 지니지 않았으니, 그미들이 밀양을 떠나기 전에 김진에게 맡긴 듯했다. 주혜의 시선이 검과 김진의 얼굴을 오갔다. 이 검을 왜 가져왔느냐고 눈으로 따져 묻는 것이다. 김진이 눈길을 피하지 않고 말했다.

"이 도사! 자네의 검과 이 검을 바꾸었으면 하네. 평생 동율림을 지킨 이 검으로 지음에 탄 이들을 지켜 주게."

나는 기꺼이 보검을 받고 내 검을 건넸다. 보검은 내 검보다 묵직하고 한 뼘 넘게 더 길었다. 손잡이에 정교하게 새긴, 용과 호랑이가 엉켜 상대를 집어삼킬 듯 노리는 문양이 멋있었다.

"걱정 말게. 털끝 하나 다치지 않도록 하겠네."

김진이 주혜에게 다가갔다. 옥화가 내 곁으로 와선 귓속

말을 했다.

"정말 아침 햇살처럼 따뜻한 사내군요."

친구 편을 들었다.

"이제 알았소?"

옥화가 질문의 방향을 틀었다.

"이 도사님은 어떤가요?"

"나?"

"차가운가요, 뜨거운가요? 아니면 뜨뜻미지근?"

답을 기다리지도 않고 손뼉을 치며 좋아했다. 귀여웠다.

작별 인사를 오래 나눌 여유는 없었다. 김진이 먼저 말
했다.

"잊지 마오. 주혜의 별 함께 보기로 한 것!"

주혜가 고개 끄덕이며 미소 지었다.

"그럼요. 당신이 만든 원경으로 함께 보기로 한 것!."

김진이 주혜의 손을 꼭 쥐었다. 그미가 손을 맡긴 채 턱
을 치켜들었다. 김진의 시선도 곧 그미를 따라 하늘로 향
했다. 나는 평생의 교감을 찰나에 나눴다는 이야기를 소설
에서 읽고도 믿지 않았다. 허풍이라 여겼다. 그러나 김진과
주혜가 주고받는 눈빛엔 가지 않은 길도 간 듯했고 겪지
않은 시간도 회고하듯 자연스러웠다. 김진은 고개를 이리
저리 돌리며 배 주위를 살폈다. 출항 준비를 서두르는 격

군들 발소리가 엇박자로 들려왔다. 김진이 손을 놓고 천천히 돌아섰다.

"부탁하네."

내 어깨를 가볍게 짚곤 배에서 내려갔다.

드디어 출항이었다. 4월 5일, 조운선 두 척과 소선이 침몰한 그 바다로 가는 것이다. 담헌 선생이 갑판으로 나와선 안창도의 새벽 풍광을 바라보았다. 포구에 묶인 판옥선들도 출항 준비로 바빴다. 김진은 지휘선 선미에서 우리를 바라보며 바위처럼 서 있었다.

"나를 제외하고 풍금을 연주해 본 또 한 명의 조선인이 바로 화광이란 건 알고 있겠지?"

금시초문이었다. 풍금에 관한 이야기가 나왔을 때도 김진은 그 악기를 연주했다고 밝히지 않았다.

"그렇습니까? 연경 남천주당에 다녀왔단 이야긴 들었습니다만……."

"궁금한 건 못 참는 고약한 성미이지 않나. 연경의 천주당들을 돌아보며 두 가지 궁리를 했다더군. 하나는 엄마와 아기를 그려 놓은 벽화의 생생함은 어디서부터 비롯되는가 하는 것이지. 조선의 그림도 겸재 정선을 지나 단원 김홍도에 이르러 경지에 올랐지만, 천주당의 모자(母子) 그림은 숭고하면서도 벽에서 곧 튀어나올 것처럼 생생했으니까. 단원에게도 유리창에서 사 온 그림을 선물하여 함께 보며 많은 얘기를 나누더군. 또 하나 궁리한 것이 풍금이었다네. 건곤일초정에서 벗들과 연주를 마친 뒤, 김진은 『을병연행록』에서 내가 풍금을 자세히 묘사한 대목을 펴들고 아주 좋아했다네. 괴물이 내는 소리가 아님을 증명했다는 게지. 공기를 어찌 쓰는가가 자세히 담겨서 더 좋았다고 했네. 그러면서 단 한 가지 자기 생각을 보태더군."

"그게 뭡니까?"

"풍금을 연주하려면, 가죽 부대에 공기를 모으기 위해 많은 사내들이 악기 뒤에 모여 발로 나무판을 밟으며 힘을 써야 해. 다시 말해 그들의 도움 없인 풍금을 연주하고 싶어도 불가능하지. 나도 그 점은 알고 있었네만 어쩔 수 없는 일이라 여겼다네. 한데 화광이 그림 한 장을, 도움이 되실까 하여 가져왔노라고 내밀더군. 열 명의 장정이 하는 일을 단 한 사람이 하도록 바람을 순식간에 모으는 기기였어. 화광 덕분에 밀양에서 만들어 한양으로 옮기고 있는 풍금은 남천주당이나 혹은 서양 어느 나라의 풍금과는 다른 편리함을 지니게 되었다네. 악기 하나를 연주하기 위해 장정 열 명을 수고롭게 만들어선 곤란하지. 단 두 사람만 있으면 연주가 가능하다네. 나무판을 밟아 주는 이와 건반을 치는 이."

"악기를 만드는 기간이 왜 그리 긴 걸까 궁금했습니다. 청나라의 풍금과 똑같은 악기가 아니라 그걸 더 발전시킨 악기를 만드느라 애쓰셨던 것이군요. 그런데 지음에서 연주할 곡들을 뽑긴 하셨습니까?"

"소운이 뱃놀이로 위장하기 위해 어떤 곡을 고후에게 부탁했을까 고민했다네. 느리고 고운 곡들은 아니었을 게야. 난 「편수대엽(編數大葉)」을 중심으로 연주를 해 볼까 하네."

대군이 몰려오며 북과 나발을 불듯 시끄러운 곡이다.

"좋군요."

조운선들의 고패를 방해할 풍악이라면 시끄러울수록 효과가 클 것이다. 스스로 위험을 자초하는 일이기도 했다. 예상 못한 방해꾼을 만났을 때 그들이 어떤 식으로 대처하는지를 알아내는 것이 우리의 목표였다.

"연주할 악기는 고르셨나요?"

마음 같아서는 풍금을 연주해 달라고 청하고 싶었다.

"거문고로 정했네."

조선 제일이란 칭찬을 듣는 솜씨였다. 옥화가 끼어들어 조금은 몽롱하게 답했다.

"선생님 연주에 맞춘다면 하루 종일 춤을 춰도 지치지 않을 거예요."

내가 걱정스러운 얼굴로 충고했다.

"너무 무리하진 마시오. 배 위는 땅 위와는 다르다오. 좌우는 물론 전후로도 흔들리고 상하로도 흔들리는 법이니, 중심 잡기가 열 배는 힘들 게요."

"엉덩방아라도 찧을까 봐 그래요?"

옥화가 살짝 밉지 않게 눈을 흘겼다.

배가 천천히 동진하여 안개 속으로 잠겨 들어갔다. 조류를 타면서부턴 노 젓는 일조차 조심했다. 나는 지도를 펼치고 조운선이 오가는 뱃길을 확인한 후 배를 멈추라고 지시했다. 닻을 내렸다. 밀양에서 출발한 조운선 세 척과 호위하는 군선 두 척을 기다리면 되는 것이다.

선생은 거문고의 기러기발을 조정하겠다며 갑판 아래로 내려갔다. 주혜가 돕겠다며 뒤따랐다. 선수 갑판에는 옥화와 나만 남았다. 왼 어깨가 무거웠다. 김진이 건넨 장검이 평소에 내가 들던 것보다 더 무거운 탓이다. 마음 같아서는 검을 뽑아 휘돌리며 몸에 익히고 싶었지만, 이곳은 배 위였고 곧 치밀하게 준비한 작전을 시작하기 직전이었다. 그런데 안개가 짙어도 너무 짙었다. 눈을 크게 뜨고 조운선들이 나타날 진도 쪽 바닷길을 가늠해 보았다. 그리고 천천히 남쪽에서 서쪽을 지나 북쪽까지 안개에 덮인 풍광을 훑었다. 옥화가 곁에 와서 속삭였다.

"뭘 그리 봐요?"

"목격자들!"

"목격자들이라뇨? 짙은 안개 속에 우리뿐이라서 기분이 무척 음산하다고요. 아! 저기 안창도 쪽에 대기 중인 전라 좌수군 판옥선 다섯 척 말인가요?"

"아니오."

"그럼 이 바다에 사람이 또 있단 말이에요?"

나는 대답 대신 오른팔을 들었다. 좌수군 판옥선들이 있는 곳을 먼저 가리킨 후 거기서 북쪽으로 주욱 횡으로 선을 그었다. 옥화가 내 손을 따라 안개 속을 살폈다.

"대체 뭐가 있다고 그러는 거예요?"

"보이지 않소? 저기에서 기다리는 어선들이? 그 어선에 앉아서 조운선이 지나가기만을 바라며 두 눈을 크게 뜨고 쳐다보는 어부들이? 여기 있지 않소? 저기 있지 않소?"

"그들이 목격자들인가요?"

"그렇소. 보긴 하되 말은 않는, 침묵하는 목격자들! 조운선이 침몰하더라도 결코 배로 다가가진 않소. 허락 없이 조운선에 가까이 다가가는 것은 불법이라오. 해적이나 하는 짓이니까. 목이 달아나더라도 할 말이 없지."

"내 눈엔 아무것도 안 보여요. 그냥 안개뿐이라고요. 도사님 눈에 정말 그 안개 속 어선들이 보이나요?"

"보이고 아니 보이고는 중요하지 않소. 해무가 있든 없든 그것도 고려할 점이 아니라오. 보이지 않더라도 어선들은 있소. 있지만 결코 있음을 드러내지 않는다오. 그런데 딱 한 번 침묵의 목격자, 구경꾼이 되지 않고 뱃길로 나온 이가 있었소. 그리고 바다에 빠진 사람을 구했소."

"그 사람이 누군가요?"

"누군가도 중요하지 않소. 문제는 그 용감한 이가 죽었다는 게요."

"죽었다고요? 왜요?"

"나랏법을 어겼으니까. 사람까지 구했으니 재판을 열어 벌할 형편이 아니었소. 그런데 어느 날 갑자기 시체로 발견되었다오. 죽인 자도 죽은 날도 밝혀진 게 없소."

"한데 그 얘길 왜 하는 건가요?"

"오늘도 목격자들은 저곳에 있지만, 그들 중 단 한 사람도 뱃길로 나서지 않을 듯하오. 주머니에서 송곳처럼 삐죽 나왔다간 어떤 최후를 맞는지, 어부들은 누구보다도 잘 알고 있으니까."

"무슨 나랏법이 그래요? 목숨보다 소중한 게 어디 있다고. 물에 빠져 허우적대는 사람부터 건져야죠. 판옥선이 호위하며 따른다 해도, 어선들이 달라붙으면 훨씬 많은 이들을 구할 수 있지 않겠어요? 그런데 아예 접근조차 못하게 한다는 건 세곡 지키려다가 사람 목숨 버리는 꼴이네요."

옥화가 너무나도 명쾌하게 말해서 무겁던 분위기가 오히려 밝아졌다. 세곡보다도 법보다도 더 중요한 것이 사람 목숨이다. 옥화도 덧니를 드러내며 따라 웃다가 말머리를 돌렸다.

"어젯밤 혹시나 찾아올까 하여 기다렸어요."

시선을 살짝 외면하곤 답했다.

"화광과의 산책이 길었다오."

"누가 보면 오해하겠어요."

"무슨 오해 말이오?"

"서쾌 김진과 도사 이명방이 대식(對食, 동성애)이라도 하는 줄 말이에요. 부부처럼 붙어 다니니까요."

"누가 할 소리! 내 보기엔 주혜 낭자와 당신이야말로 대식이라는 오해를 사겠소. 한데 화광과 주혜 낭자가 맺어지면 그런 억측은 자연스럽게 사라지겠군."

"그렇게 되나요?"

옥화가 가볍게 넘겼다. 나는 이쯤에서 말을 끊고 싶었다. 다정하게 이야기를 주고받을 상황이 아닌 것이다. 안개에 휩싸이니 세상에 단둘만 남은 기분이 들기도 했다. 옥화는 대화를 그칠 마음이 없었다.

"밀양으로 내려오기 전에 처녀들 손목을 몇이나 쥐었나요?"

"없었다면 믿겠소? 100명이라면 믿겠소?"

"놀리지 말아요."

"당신부터 답해 보오. 내게 이런 질문을 던지기 전에 마음에 둔 이가 있었소? 선소의 목수 광우와 사귀었던 게요?"

"아니에요. 그 앤 그냥 친동생 같은 아이라고요. 하기야 광우가 날 많이 좋아하긴 했어요. 한 번도 광우가 사내로 느껴지지 않아서 문제였지만. 고마운 아이이긴 해요. 내가 필요한 건 뭐든지 구해 줬거든요. 하지만 광우와 나 사이를 오해하진……."

옥화가 갑자기 말을 멈췄다. 조금 커졌던 눈이 날카로워지더니, 손을 들어 선미 쪽을 가리켰다. 나도 그 방향으로 고개를 돌렸다. 별장 강중거와 격군들이 중앙 갑판을 지나 선수로 다가오고 있었다. 그들의 발걸음은 딱딱하게 굳었고 손에는 장검이 들렸다. 전투를 대비하라는 명을 내린 적이 없었다. 격군들은 노를 잡고 대기하고 있어야 한다. 옥화가 그중 한 격군을 지목하며 물었다.

"네, 네가 왜 여길……?"

격군이 고개를 들었다. 입술과 턱 주위에 수염이 덥수룩했지만 장난기 많은 눈주름이 익숙했다. 나는 재빨리 장검을 뽑아 들었다. 그 사내는 방금 옥화가 이야깃감으로 삼

286

은, 수배령이 내렸으나 잡히지 않은 선소의 목수 광우였다.

"오랜만입니다요."

옥화를 등 뒤로 숨긴 뒤 검을 들고 한 걸음 나섰다. 강중거가 겁먹지 않고 히죽거렸다.

"혼자서 열여섯 명을 상대하시겠다? 아무리 의금부 도사라고 해도 자만이 지나치군. 겨루고 싶다면 응대해 주지. 하나 그 전에 먼저 홍 어사와 계집들부터 죽여야겠어."

격군 두 사람이 담헌 선생과 주혜를 포박하여 중앙 갑판으로 올라왔다. 광우가 옥화를 가리키며 말했다.

"저 여인은 우리 편이오. 죽이겠단 소린 하지도 마십시오. 누나! 어서 이쪽으로 오세요."

옥화를 노려보았다. 이 여자가 광우와 짜고 나를 속여 왔던 것일까. 발포에서 이 배에 오른 열여섯 명의 수군이 모두 한 패거리였단 말인가. 의심이 꼬리에 꼬리를 물었다. 옥화는 동율림 별장으로 광우를 데리고 와서 나와 만나게 했고, 주혜와 함께 발포로 찾아왔으며, 지음을 타겠다고 끝까지 고집을 부렸다. 그리고 내게도 적극적인 관심을 내비쳤다. 이 모두가 미리 계획된 일이었다면? 옥화가 『정감록』 무리에서 심어 둔 간자였다면?

옥화가 광우의 옆으로 가지 않고 따졌다.

"무슨 짓을 하려는 게야? 내가 왜 네놈들과 한 패라는 거지?"

"내 말 들어요. 곧 끝나요. 늘 그래 왔듯이 이번에도 누나를 도우려는 겁니다."

주혜도 나와 비슷한 의심을 품고 옥화를 몰아세웠다.

"늘 그래 왔듯이, 라고? 광우를 그동안 몰래 만났던 거야? 저 멍청한 목수 놈과 정분이 나서 날 배신했어?"

옥화가 펄쩍 뛰었다.

"아니야. 믿어 줘. 도움을 좀 받긴 했지. 서해를 따라 올라가다가 돌아올 때 여비로 썼던 은괴 기억나지? 혹시 모르니 가지고 있으라고 광우가 줬었어. 그리고 담헌 선생 일행을 찾으려고 전라도 해안을 돌 때, 영광(靈光)에서 거지 소년을 만났지. 기억나? 그 소년이 내게 몰래 말해 줬어. 발포로 가라고. 내가 널 어찌 믿느냐고 했더니, 나무를 깎아 만든 작은 배를 보여 줬다가 다시 품에 넣더라고. 광우의 솜씨란 걸 척 보곤 알았지. 넌 해안을 모두 훑으며 밀양 쪽으로 가면 된다고 했지만 그 길이 얼마나 길고 험한데 무턱대고 갈 수 있겠어? 광우 도움 받은 것 중에 잘못된 일이 하나도 없었기 때문에 그랬어. 그뿐이야. 믿어 줘."

내가 옥화에게 심장을 겨누는 칼날처럼 물었다.

"당신도 『정감록』 무리인 게요?"

그렁그렁 고인 눈물을 닦지도 않고 답했다.

"아니에요. 선풍 할아범과 광우가 권하긴 했지만 난 그 무리에 들지 않았어요. 내겐 진향 스승님 눈에 드는 일이 더 중요하고 급했으니까요. 주혜의 춤 솜씨를 따라가는 것만도 벅찼답니다."

그리고 광우를 설득하려 했다.

"광우야! 그만둬. 제발."

광우가 다가서려 하자 강중거가 막아섰다. 선생이 차분하게 물었다.

"우릴 모두 묶어 뭘 어쩌겠다는 것인가? 독운어사인 나는 지금 어명을 받들어 중요한 사건을 조사 중일세."

강중거가 답했다.

"모두 묶진 않습니다. 장검을 들고 세상 무서운 줄 모른채 날뛰려는 의금부 도사만 포박할 겁니다. 나머지 분들은 원래 하려던 일을 그냥 하시면 됩니다. 이 도사! 이제 장검을 갑판에 내려놔. 아니면 홍 어사의 목부터 베겠다."

담헌 선생과 두 여자만 없다면 목숨을 걸고 싸우다가 바다로라도 뛰어들겠지만, 세 사람을 위해선 장검을 내려놓는 수밖에 없었다. 광우가 와선 손과 팔과 두 다리까지 꽁꽁 묶었다. 나는 분통을 터뜨렸다.

"도대체 무슨 꿍꿍이야?"

광우가 답했다.

"이건 확실해. 네놈들 꿍꿍이는 들통이 났고 우리들 꿍꿍이는 아직 드러나지 않았다는 것. 궁금하다니 선수 갑판이 잘 보이는 기둥에 묶어 주지. 어찌 돌아가는지 구경해. 아마도 이 세상에서 즐기는 마지막 춤판이 될 게니까."

"선풍이 사라지고 두 달 동안이나 왜 그가 집에서 쉬고 있다고 거짓말을 했지? 아버진데, 관아에 알리고 찾았어야지? 혹시 도목수 자리가 탐이 나서 아버지를 없앤 건 아냐?"

광우가 내 이마를 주먹으로 힘껏 내리쳤다.

"뚫린 입이라고 함부로 지껄이지 마. 아버지가 사라지셨지. 전에도 그렇게 며칠씩 집을 비우곤 하셨어. 떠나기 전에 미리 관아에 몸이 아파 쉬겠다고 알려 놓으셨더라고. 네가 나라면 어찌하겠나? 아버지가 돌아오실 때까지 기다릴 수밖에."

"하지만 두 달이나 돌아오지 않으면, 불행한 일을 당하지나 않았을까 걱정하고 찾아 나서야 하지 않아?"

광우가 말꼬리를 잡아챘다.

"걱정은, 물론 했지! 호방 김선을 비롯한 도반들에게 도움을 청해 이웃 고을까지 은밀히 뒤지기도 했어. 하지만 종적을 찾기 어려웠지. 관아에 왜 알리지 않았느냐고? 아버지가 불행한 일을 당하셨다면, 그건 박 부사가 아버지에게 나쁜 짓을 했단 뜻이야. 근데 밀양 관아에 알린다고? 웃기는 짓이지. 그냥 아무 일 없는 것처럼 하면서, 박 부사가 어찌 나오나 살피는 게 그땐 최선이었다고. 자, 이제 헛된 질문은 그만해."

광우는 내 입에 재갈을 물리고 기둥에 묶은 뒤 올라가 버렸다. 광우와 그 일당이 지음을 탈취했다는 사실을 김진에게 알려야 했다. 강중거를 비롯한 수군들을 배에 타도록 명령한 발포 만호 장우룡도 『정감록』 무리임이 분명했다. 조선 수군에까지 『정감록』 무리가 스며든 것이다. 급보를 전할 방법이 없었다. 저들은 왜 배를 장악하고도 나만 묶고 담헌 선생과 주혜와 옥화는 그냥 두는 것일까. 계획대로 해 보라는 건 또 무슨 속셈일까. 답답했다. 끈적끈적한 침이 턱을 타고 목으로 흘러내렸다.

얼마나 시간이 흘렀을까. 지음이 다시 움직이기 시작했다. 격군들이 닻을 올리고 노를 젓기 시작한 것이다. 기다리던 조운선들이 나타난 것이 분명했다. 지난봄 조택수의 소선처럼, 우리는 조운선과 100보 거리를 유지하고 뒤따르다가, 조운선들이 격침한 바다에 이르면 연주와 춤을 시작할 예정이었다.

거문고를 무릎 위에 얹은 담헌 선생이 보였다. 그 옆으로 주혜와 옥화가 마주 보며 섰다. 선생이 현을 튕겼다. 그와 함께 두 여인의 양팔이 어깨 위로 올라갔다. 그미들의 양손에는 무검(舞劍)이 들렸다. 연주와 춤이 시작되었다. 그런데 곡이 달랐다. 선생은 틀림없이 「편수대엽」처럼 경쾌한 곡을 연주하겠다고 했다. 지금 들려오는 곡은 한없이 느리고 아득하고 쓸쓸했다. 곡을 바꾼 것이다. 그미들의 손과 발도 움직이지 않는 듯 움직이고, 멈추는 듯 나아가는 정도였다. 처음 듣는 곡이었고 춤이었다.

선생은 밀양에서 이별에 관한 곡을 만들었다. 어명을 받든 곡이자 진향이 부탁한 곡이기도 했다. 내 귀로 파고드는 슬픈 음률이 바로 그 곡임을 직감했다. 이별의 손짓과 발짓을 곡 없이 연습해 온 주혜와 옥화가 처음으로 춤사위를 연주에 얹었다. 갑판 아래 기둥에 묶여 겨우 고개를 치켜들고 선수 갑판 위를 쳐다보았기 때문에, 그미들의 춤사위 전체를 볼 순 없었다. 그러나 그미들의 발놀림만으로도 곡에 썩 잘 어울린단 느낌이 들었다.

갑자기 연주와 춤이 멈췄다. 광우가 내려와선 기둥에 묶은 줄만 풀었다.

"덕분에 예전처럼 밀양에서 편히 지내게 되었어. 혼자 보긴 아까운 구경거리가 있으니 그걸로 고마움을 대신할게."

갑판으로 끌고 올라갔다. 잠시 쉬던 옥화가 나를 보며 젖은 눈으로 물었다.

"괜찮아요?"

나는 고개를 끄덕이려다가 중심을 잃고 바닥을 굴렀다. 발목을 모아 묶는 바람에 광우가 등을 슬쩍 밀기만 했는데도 쓰러진 것이다.

"무릎 꿇어! 조금이라도 딴짓하면 바다에 처넣어 버릴 테다."

"그러지 마. 광우야!"

옥화가 광우에게 다가서며 막으려 했다. 광우가 나와 옥화의 얼굴을 번갈아 노려보다가 그미에게 물었다.

"누나, 이 의금부 도사 녀석을 좋아해? 아니지? 누나가 왜 이딴 놈을, 죄 없는 백성들에게 누명을 덮어씌워 감옥에 처넣는 새끼를 좋아할 리 없지. 멍청한 왕실과 썩은 조정의 개라고."

옥화가 나를 보며 답했다.

"아니! 나 저 사람 좋아해. 그러니 함부로 때리지 마. 저 사람을 괴롭히는 건 곧 나를 괴롭히는 거야."

광우가 주먹을 제 어깨까지 들었다. 분노가 가득 차오른 눈으로 나를 노렸다. 당장이라도 달려들어 휘두를 기세였다. 그러나 나를 괴롭히는 것이 옥화를 괴롭히는 것이란 말이 마음에 걸리는 듯 주먹을 내렸다. 옥화와 내게 차례차례 말했다.

"누나는 다시 연주와 춤을 계속해요. 그리고 넌 어서 무릎 꿇어!"

무릎을 꿇는 것은 죽기보다 싫었다. 달려들어 광우의 가슴을 머리로 치받을까 살피는데 담헌 선생과 눈이 마주쳤다. 선생이 천천히 고개를 저었다.

침착하게. 목숨을 헛되이 버리지 말게.

옥화가 선생의 설득에 힘을 보탰다.

"광우가 시키는 대로 해요. 나 당신 다치는 거 싫어요. 알죠?"

나는 비틀거리며 겨우 무릎을 꿇었다.

"잘했어요. 고마워요."

옥화가 자기 자리로 가서 전립을 고쳐 쓰곤 검기(劍器), 즉 칼을 집어 들었다. 나무 손잡이엔 붉은 비단을 둘렀고, 휘어진 날은 거의 한 자에 가까웠다. 전복의 허리에 두른 남색 전대가 고왔다.

선생이 거문고를 켜자, 주혜와 옥화가 마주 보며 느릿느릿 춤사위를 다시 시작했다. 천 조각을 집어 든 광우가 무릎을 꿇은 내 등을 덮었다. 멀리 다른 배에서 눈에 띄는 것을 막기 위해서였다.

주혜와 옥화의 쌍검무를 감상했다. 두서없는 생각이 부풀고 찢기고 다시 피었다.

거울이다. 나는 너와 마주 섰다. 나의 왼쪽이 너의 오른쪽이고 너의 왼쪽이 나의 오른쪽임을 알고 움직인다. 폭도 높이도 흔들림도 세기도 같다. 한 몸처럼 가고 서고 뛰고 숙이니, 그 틈에 바람 한 줌 끼어들지 못한다.

평면 거울에 비길 순 없다. 내가 밀물일 때 너는 썰물이고 네가 밀물일 때 나는 썰물이다. 지르면 품고 달아나면 뒤쫓는다. 평면을 뚫고 쑥 들어온 손과 발은 누구의 것이냐. 침입과 포옹의 숨 가쁜 교차가 구경꾼들에게까지 전해진다. 잠시라도 호흡이 무너지면 둘은 부딪치고 다친다.

거울이면서 밀물과 썰물에만 그치는 것도 아니다. 또한 둘은 꼬리면서 머리고 머리면서 꼬리다. 칼이 칼을 따라 빙글빙글 돈다. 해를 따르는 달이고 달을 그리워하는 해다.

이 모든 변화가 느린 만큼 또렷하다. 멈춘 듯 움직이고 흐르는 듯 그친다. 춤에 집중하면 음률이 사라지고, 음률에 신경을 쓰면 춤의 맥락을 잃어버린다. 나누지 않고, 그 춤과 음률이 뒤섞인 어디쯤에 감탄하는 내 마음이 놓인다. 온몸을 결박당한 최악의 상황인데도, 그런 상황이기 때문에 더더욱 그미들의 쌍검무가 아름답다. 저 음률과 춤사위가 멈출까 안타깝다. 사라질까 두렵다. 반드시 이 황홀의 순간을 한양으로 옮기고 싶다. 그미들의 소원대로, 거울이면서 밀물이고 썰물이며, 뱀이고, 해와 달인 춤을 선생의

거문고 연주에 얹어 전하 앞에서 선보인다면, 어찌 평하실
까. 음률과 춤에도 해박한 분이니, 이 나라에서 으뜸이라
칭찬하시지 않을까. 아, 그때는 거문고가 아니라 풍금으로
춤을 도울 테니, 조선의 최고가 아니라 이 세상 으뜸이란
칭찬을 내리실지도 모른다.

전하 앞에서 연주하는 담헌 선생과 춤추는 주혜와 옥화
를 상상하니 가슴이 울컥하면서 눈이 젖어들었다. 무슨 수
를 써서라도, 내가 이 바다에서 죽는 한이 있어도 세 사람
을 안전하게 구하고 싶었다.

"저길 보거라!"

광우가 조운선들이 지나간 쪽을 손으로 가리켰다. 호위
하던 판옥선 한 척이 배를 돌려 천천히 지음을 향해 내려
왔다.

"저곳도 보거라!"

어느 틈에 옆으로 온 강중거가 장검을 들어 안창도 쪽을
가리켰다. 김진이 주혜를 지키라며 내게 건넨 바로 그 보
검이었다. 고개를 들어 바다를 살폈다. 해무가 많이 걷혀
안창도를 비롯한 섬들의 윤곽이 드러났다. 낮은 산들이 바
다를 삥 두른 꼴이었다. 섬과 섬 사이의 거리까지 가늠하
긴 어려웠다. 좌수사의 지휘선이 빠르게 지음을 향해 다가
왔다. 광우가 설명을 덧붙였다.

"판옥선이 이 배를 향해 접근하니까 부랴부랴 너희를 구하려고 서두르는 거다. 우리가 노린 것이 바로 이 순간이지. 오직 너희를 구할 마음뿐일 때, 바로 그때……."

강중거가 끼어들었다.

"어! 지휘선이 왜 속도를 늦추는 게지? 노를 전혀 젓지 않잖아? 격군들에게 중지 명령을 내린 게야. 왜 저래?"

광우도 놀란 눈으로 답했다.

"잘 모르겠습니다. 틀림없이 전속력으로 우리를 향해 와야 하는데, 그래야 다음 작전을 편히 할 수 있는데요. 눈치챈 게 아닐까요?"

"눈치채다니? 어떻게? 연주도 춤도 원래 계획된 대로 하고 있잖아? 이 배를 격침시키기 위해 판옥선이 접근하면 달려와서 구하기로 약조한 거 아냐?"

강중거가 내 가슴을 장검 손잡이로 힘껏 찔렀다. 숨이 꽉 막혔다. 약조한 것이 맞다. 나 역시 왜 지휘선이 그 약조를 깨고 멈췄는지는 모르겠다. 곧바로 달려오지 않고 관망하기 위해 멈춘 것은 옳은 결정이다. 김진이 어떻게 지음에서 벌어진 돌발 상황을 눈치챘는지는 모르지만. 지휘선이 해류에 쓸려 진도 쪽으로 내려갔다. 지음과의 거리가 점점 벌어지는 것이다.

그때 조운선 네 척이 열을 지어 오더니 지휘선을 포위하듯 사각형 모양으로 에워쌌다. 쇠갈퀴를 사슬에 맨 사조구(四爪鉤)를 던져 지휘선을 끌어당겨 밀착시킨 뒤 나무판을 얹었다. 장졸들이 순식간에 지휘선으로 넘어갔다. 숙련된 솜씨였다. 강중거가 사각턱을 흔들며 비로소 웃음을 터뜨렸다.

"그렇지! 이제야 좀 제대로 돌아가는군."

내 눈앞에 펼쳐지는 상황을 받아들이기 어려웠다. 지휘선이 공격당하고 있었다. 명명백백한 하극상이다. 휘하 장졸들이 왜 지휘선을 급습한단 말인가.

발포 만호 장우룡이 선미로 나왔다. 그리고 지음을 향해 오른손을 번쩍 들어올렸다. 그 손엔 잘린 머리 하나가 피를 뚝뚝 흘리며 들렸다. 강중거가 킥킥거리며 설명했다.

"똑똑히 봐. 전라좌수사의 수급이야."

발포 만호가 전라좌수사 이종원의 목을 벤 것이다. 장우룡 옆으로 두루마리 차림의 키 큰 사내가 얼굴을 드러냈다. 이마가 넓고 눈썹이 짙은 그는 놀랍게도 밀양부사 박차홍이었다. 박차홍의 발아래, 김진이 나처럼 사지를 결박당하고 입에 재갈을 문 채 버둥거렸다. 광우가 내 옆에 쭈그리고 앉더니 비웃었다.

"박 부사가 약속했다네. 여기까지만 도와주면, 예전처럼 지내도록 해 주겠다고. 전라좌수사 이종원이 박 부사와 합심을 했으면 오늘처럼 일을 복잡하게 꾸밀 필요도 없었겠지. 나라에 충성을 다한다는 헛소린 한양의 궁궐 안에서나 통하는 얘기야. 이 수사는 몰랐겠지. 좌수영만 제외하고 대부분의 휘하 장수들이 박 부사로부터 크고 작은 도움을 받았다는 것을. 간단한 이치야. 박 부사의 앞길을 막으려 드는 이들은 오늘 다 죽는 게지. 이 수사도 홍 어사도 또 잔재주만 믿고 날뛰던 서쾌 김진과 의금부 도사 이명방까지."

개자식! 나는 더 이상 참지 못하고 광우에게 달려들고자 엉덩이를 들었다. 그러나 강중거의 주먹이 먼저 뒤통수를 후려갈겼다. 갑판에 턱을 부딪치며 고꾸라졌다. 바닥을 지렁이처럼 기는 것이 고작이었다. 광우가 강중거와 웃음을 나누며 말했다.

"귀여운데. 끝까지 발악이로군. 이제 지휘선으로 가서 네놈과 홍 어사를 넘겨주면 끝이야. 이번엔 장 만호의 공이 커. 아버지도 늘 발포 만호 장우룡을 아끼셨거든. 믿음이 깊고 무예도 출중하여 정 도령을 모실 때 큰 역할을 하리라 말씀하셨지."

쿠쿵.

등산진 쪽 바다에서 굉음이 들렸다. 조운선 세 척이 뭉치듯 가까이 붙어 침몰하기 시작한 것이다. 고패였다. 김진의 예측이 맞았다. 선수부터 천천히 물에 잠기었다. 좌나 우로 기울어지지 않고 고개를 숙이듯 똑바로 배가 가라 앉았다. 다가선 판옥선으로 사공과 격군들이 옮겨 탔다. 약속이라도 한 것처럼 판옥선 한 척이 조운선 곁에 이미 와 있었다. 이진진 만호와 어란진 만호의 군선이 조운선의 호위를 맡는다. 한 척이 조군들을 구조하는 중이라면 나머지 한 척은 어디 있을까?

"배다. 배가 곧장 온다."

침몰하는 조운선들을 살피는 사이 선미 그러니까 등 뒤에서 판옥선 한 척이 맹렬하게 나아왔다. 광우가 그 판옥선을 향해 군령기를 쥐고 휘휘 저었다. 강중거가 소리를 질러 댔다.

"저놈들이 돌았나? 지휘선을 빼앗고 좌수사 목까지 벴으면 다 끝난 일이라고. 그런데 왜 우리한테 와? 멈춰! 멈추라 그래."

다가오지 말라는 군령기를 보고도 판옥선은 속도를 늦추지 않았다.

"이런 미친……!"

강중거가 급히 치목을 잡았지만 충돌을 피하기엔 늦었다.

광우가 방향을 바꿔 지휘선을 향해 군령기를 흔들었다. 구조 요청 신호였다. 박차홍이 천천히 장검을 뽑아 들었다. 알겠다는 듯 검을 양손으로 쥐곤 머리 위에서 흔들다가,

곁에 있던 발포 만호 장우룡의 목을 베어 버렸다.

"뭐, 뭐야? 왜, 왜 장 만호를……?"

박차홍이 검을 들어 광우를 가리켰다. 그리고 단숨에 목을 베는 시늉을 하며 비웃었다.

쾅!

그 순간 판옥선이 지음과 부딪쳤다. 지음은 방향을 트는 중이었고 판옥선은 곧장 나아왔기 때문에, 지음의 중앙 옆면이 부서지면서 밀렸다. 그 충격에 지음에 탄 사람들 모두 쓰러져 뒹굴었다. 몇몇은 갑판 아래로 떨어지기도 하고 몇몇은 튕겨 나가 바다에 빠지기도 했다. 나 역시 난간까지 밀려갔다가 겨우 새우처럼 허리를 꺾곤 버텼다.

판옥선 선수에 우뚝 선 장수가 눈에 들어왔다. 어란진 만호 백보승이었다. 어란진의 판옥선은 지음을 공격하고, 이진진의 판옥선은 침몰한 조운선의 조군을 구한 것이다. 4월 5일 그 봄에도 이처럼 역할 분담을 했으리라. 조택수가 탄 소선은 지음보다 훨씬 작았기 때문에 부딪친 충격이 적어도 열 배는 더 컸으리라. 충돌하자마자 소선이 부서지고 배에 탄 이들은 바다에 빠졌을 것이다. 어란진 만호의 판옥선 선수 판 중 일부를 바꾼 것도 충돌의 흔적을 지우기 위함이었다. 그리고 또 한 가지 어란진 만호 백보승과 이진진 만호 강부철은 눈속임을 했다. 구조한 조군들을 이진진 만호가 아닌 어란진 만호가 인솔하여 영암 관아로 간 것이다. 어란진 만호와 소선이 관련되는 것을 완전히 차단하기 위한 술책이었다. 두 만호가 담합하지 않았다면 불가능한 조작이었다.

"괜찮아요?"

옥화가 내 입의 재갈부터 풀었다. 어느새 옆으로 굴러온 주혜와 함께 내 손발을 묶은 줄을 검기로 끊기 시작했다. 사냥이나 전투에 쓰는 칼보다 무뎠기에 여러 번 칼질을 해도 끊어지지 않았다.

"담헌 선생님은?"

"풍금을 보신다고 갑판 아래로 내려가셨어요."

"곧 배가 침몰하오. 거기 있으면 안 되오."

"내려가서 모시고 올라올게요."

주혜가 무릎을 세우고 엉거주춤 일어섰다. 그때 지휘선이 가까이 다가왔다. 50보도 떨어지지 않은 거리였다. 주혜의 시선이 지휘선 갑판에서 버둥거리는 김진에게 가 닿았다. 김진은 몸을 팽이처럼 돌리려 안간힘을 썼다. 주혜에게 무엇인가 전할 말이 있는 것이다. 주혜도 눈치를 채곤 혼잣말을 했다.

"팽이…… 돌라고요? 돌아요?"

주혜가 고개를 등산진 쪽으로 돌리는 순간, 어란진의 군선이 다시 배의 한가운데를 들이받았다. 이번에는 배가 반으로 나뉘며 부서졌다. 주혜의 몸이 가장 먼저 바다에 빠졌고, 뒤이어 옥화와 나도 바다로 떨어졌다. 격군들 역시 바다로 떨어지거나 스스로 뛰어들었다.

내 몸은 수중으로 가라앉았다. 아직 손목과 발목을 묶은 밧줄을 끊지 못했다. 허리를 뒤틀며 반동을 주려 했지만 역부족이었다. 숨이 막혀 왔다. 그때 옆구리로 누군가의 손이 들어왔다. 옥화였다. 그미는 검기를 손목 사이에 걸고 끊어 내려 했다. 나는 허리를 젖히며 두 팔을 밀었다 당기면서 힘을 보탰다. 겨우 손목을 묶은 줄이 풀렸다. 재빨리 발을 묶은 밧줄도 풀고 옥화와 함께 수면으로 올라왔다. 고개를 내밀자마자 거친 숨을 몰아쉬었다. 부서진 나무판과 천 조각과 지음에 탔던 격군들이 떠다녔다. 판옥선 난간에 선 병사들이 낫 모양의 긴 장병검(長柄劍)으로 시신들의 어깨나 가슴을 찍어 올렸다. 목숨이 붙어 있는 격군들의 목을 자르기도 했다. 지음에 탔던 이들을 모조리 죽일 작정인 것이다.

"저기! 주혜에요!"

옥화가 다급하게 외쳤다. 머리만 수면으로 올라왔다 내려갔다 하는 주혜를 발견한 것이다. 코로 물이 자꾸 밀려드는지 고개를 흔들며 버둥거렸다. 팔을 들어 휘젓지만 균

형을 잡지 못하고 몸이 제멋대로 놀았다. 나는 나무판 하나를 끌어와서 옥화에게 쥐여 주었다.

"주혜 낭자를 데려오겠소. 판옥선으로부터 멀어지시오. 겨우 숨을 쉴 정도만 얼굴을 내밀곤 수면 아래로 몸을 숨겨야 하오. 알겠소?"

"어서! 가요."

주혜를 향해 곧장 헤엄쳤다. 팔다리를 아무리 저어도 역류 탓에 거리가 점점 멀어졌다. 직선으로 가는 대신 몸을 틀어 해안 쪽으로 비스듬히 돌다가 방향을 꺾어 접근하는 방법을 택했다. 헤엄칠 거리가 두 배나 늘지만 지금으로선 최선이었다.

겨우 주혜가 허우적대던 곳에 닿았다. 그미가 보이지 않았다. 이미 수면 아래로 잠긴 것인가. 심호흡을 한 후 잠수했다. 수면 근처엔 물살이 셌지만 다행히 한 길 정도 아래에는 빠르기가 절반 가까이 줄었다. 두 길쯤 내려가서 손을 휘휘 저었다. 어둠이 짙어 눈으론 사물을 식별하기 어려웠다. 숨이 점점 차오르자 머리가 깨질 듯 아파왔다. 다리와 배와 등과 가슴과 목을 무엇인가가 건드리거나 할퀴거나 때리거나 찌르며 지나갔다. 자세를 바꿔도, 보이지 않는 공격은 멈추지 않았다. 몇 군데는 살갗이 찢겨 피가 흐를 것이다. 몇 군데는 멍이 들어 부풀어 오를지도 모른다.

온몸이 동시에 지끈거렸다. 주혜는 어디로 사라졌단 말인가. 옅은 기대가 짙은 절망으로 점점 바뀌었다.

손끝에 머리카락이 잡혔다. 무조건 틀어쥐고 수면으로 올라왔다. 다행히 주혜였다. 나무판 위로 끌어 올린 뒤 따라 올라갔다. 판옥선 위치부터 확인했다. 50보 정도 멀어졌다. 양 손바닥을 펴 겹쳐 잡고 가슴 한가운데를 압박했다. 다섯 번 정도 힘을 가하자 주혜가 바닷물과 함께 음식을 토하기 시작했다. 핏발 선 눈으로 주위를 더듬었다. 나는 긴 한숨과 함께 옥화가 있는 쪽으로 고개를 돌렸다. 옥화가 손을 흔들었다. 주혜를 구해 다행이라며 실눈을 뜨곤 환하게 웃었다.

"안 돼! 나와, 빨리!"

나는 고함을 질렀다. 지휘선이 옥화를 향해 접근하고 있었다. 옥화의 얼굴에서 웃음기가 사라졌다. 그미가 천천히 고개를 돌렸다. 그 순간 지휘선이 곧장 옥화를 덮쳐 버렸다. 배에 깔린 옥화는 흔적도 없이 사라졌다.

"옥화!"

소리를 지르며 바다로 뛰어들었다. 어떻게든 옥화를 구해야 했다. 이렇듯 허망하게 목숨을 잃을 순 없었다. 아직 함께 나눌 것들이 너무나 많았다. 젖 먹던 힘까지 쏟아 두 팔과 두 다리를 놀렸다. 그러나 판옥선이 만든 물살에 밀려 옥화가 있던 곳으로 나아가기 어려웠다. 설상가상으로 어란진의 판옥선이 주혜와 나를 발견하곤 다가왔다. 주혜는 헤엄칠 힘이 남아 있지 않았다.

"가요!"

주혜가 나무판에 엎드린 채 눈을 크게 뜨고 휘이휘이 손을 흔들었다.

"낭자!"

"이 도사님이라도 살아야 해요. 가요, 어서!"

"안 되오. 낭자를 지키겠다고 약조했소."

"저와도 약조해 주세요. 가서 꼭 화광 김진을 지키겠다고."

판옥선이 눈앞으로 다가왔다. 둘이 함께 피하긴 어려웠다. 나는 숨을 참으며 잠수하여 내려갔다. 판옥선의 선수가 주혜를 지나 내 뒤통수까지 때렸다. 잠수를 한다고 했지만 너무 늦은 것이다. 머리를 심하게 배 밑바닥에 부딪친 나는 정신을 잃었다. 도저히 살아날 방법이 없었다.

이걸 기적이라고 불러야 할까.

정신을 잃은 채 수면에 떠오른 내 목을 갈퀴처럼 긴 봉이 와서 잡아챘다. 김진의 제안을 받아들여 담헌 선생이 만든, 풍금 연주에 필요한 기기였다. 연주자 외에 동자 한 명의 힘만으로도 바람 주입이 가능한, 여러 개의 나무판과 연결하여 동시에 힘을 싣는 봉이었다. 선생은 황소 다섯 마리의 가죽을 이어 만든 풀무 주머니에 올라탄 채 떠다니면서 나와 주혜와 옥화를 찾고 있었던 것이다. 나를 겨우 풀무 주머니로 끌어 올린 선생은 어깨를 흔들어 깨웠다.

"정신이 드는가?"

아직 살아 있다는 걸 알아차린 순간, 고함부터 질렀다.

"옥화 낭자는? 주혜 낭자는 어딨습니까?"

"쉿! 목소리를 낮추게."

선생은 조용히 섬이나 육지로 피하려고 했지만, 우리를 찾는 판옥선만도 일곱 척이었다. 해무마저 완전히 걷혔다. 등산진 앞바다에서 숨을 곳이 없었다.

지휘선이 다가오고 있었다. 저 배가 우리를 노린다면 정말 끝이었다. 바로 옆까지 다가선 배가 속도를 늦췄다. 머리 하나가 튀어나와 배 아래를 내려다보았다. 밀양부사 박차홍이었다.

"명줄이 길군."

판옥선 갑판에서 밧줄 두 개가 우리에게 날아들었다. 오늘 벌어진 모든 살생의 주범은 박차홍이었다. 죽어도 그의 도움은 받고 싶지 않았다. 박차홍이 고개를 내밀곤 위협했다.

"당장 밧줄을 잡지 않으면 장병검으로 목을 베겠네. 호의를 이따위로 무시하고 무사할 것 같은가?"

나는 담헌 선생에게 권했다.

"올라가십시오."

선생이 밧줄을 쥐지 않고 내게 권했다.

"함께 가세."

"저는, 여기서……."

울분이 차올라 말을 잇기도 힘들었다. 옥화도 죽고 주혜
도 죽었다. 살아 있다는 것 자체가 부끄러웠다.

"포기하지 말게. 이대로 끝나면 죽은 이들의 원한은 누
가 풀어 줄 텐가? 자네 혼자 기분만 생각하지 말고 먼저 떠
난 이들을 그려 보게나."

"선생님!"

"여기서 포기하면 자넨 정말 비겁한 사람이 되는 걸세.
살아야지. 어떻게든 살아서 치욕을 씻어야 해."

선생이 기어이 내 손에 밧줄을 쥐어 줬다. 그리고 선생
도 내 발밑에 매달렸다. 갑판의 군졸들이 줄을 끌어당기기
시작했다. 우리의 지친 몸뚱이가 갑판에 닿기도 전에, 풍금
의 아름다운 소리를 만들기 위해 공기를 모으는 풀무 주머
니를 지휘선이 터뜨리며 지나갔다. 분주하게 돌아다녔으나
옥화와 주혜를 잃었다. 씹어 삼켜도 시원치 않을 밀양부사
박차홍에게 구조되었다. 그때까지도 갑판에 누워 흐느끼는
김진과 눈을 맞출 용기가 나지 않았다.

23장

등산진에 정박한 판옥선은 두 척이었다. 전라우수군 소속 어란진 만호와 이진진 만호의 군선만 포구에 늘어선 것이다. 전라좌수사의 지휘선과 발포, 사도, 녹도, 방답의 판옥선들은 얕은 바다 가운데 닻을 내리고 대기했다. 어란진과 이진진의 판옥선은 종종 등산진 나루에 정박하였지만 나머지 다섯 척은 등산진까지 온 적이 없었다. 너무 많은 판옥선이 정박하면 그곳 어부들의 관심을 끌 것이다. 소문 날 일은 미리미리 피하는 편이 옳다. 전라좌수영 지휘선과 발포 만호의 판옥선엔 장수가 없었다.

등산진과 목포 그리고 안창도를 비롯한 섬에 정박한 채 조운선이 지나가기만을 기다리던 어선들이 일제히 포구를 출발하여 바다로 나아갔다. 지음이 침몰한 곳으론 접근하지 않았고, 떠다니는 파편이 뱃전에 흘러와 닿아도 줍지 않았다. 고요했다. 눈먼 어부들만 배에 오른 듯, 방금 벌어진 살육의 순간들을 확인하기 위해 움직이는 어선은 단 한 척도 없었다. 어제 그러했고 내일 그러할 것처럼, 익숙한 바다에 그물을 던졌다. 조운선 때문에 못한 아침 조업을 만회하기라도 하듯, 어부들의 손놀림이 바빴다.

밀양부사 박차홍은 담헌 선생과 김진과 나를 데리고 지휘선에서 내려 소선을 타고 어란진 만호의 판옥선으로 옮겼다. 침몰한 조운선 세 척의 조군들은 등산진 어부들이 공동으로 쓰는 건어물 창고에서 하룻밤을 날 예정이었다. 밀양에서 함께 조운선을 타고 온 제포 만호 노치국이 그들을 인솔하여 갔다.

"어서 오십시오."

키가 큰 백보숭이 배에서 내려 기다렸다가 긴 허리를 반으로 접어 읍했다. 종삼품 밀양부사가 종사품 어란진 만호보다는 위였지만 저렇듯 깍듯하게 존대할 정도는 아니다. 더구나 같은 관할도 아니지 않은가. 백보숭은 포박당한 채 끌려오는 김진과 나를 보곤 알은체를 하며 비웃었다.

"또 만나는군. 재주만 믿고 까불 때 이런 날이 올 줄 알았지."

박차홍이 명령조로 말했다.

"잡인의 출입을 금해 주오. 오늘 밤 내 직접 이 셋을 신문할 터인즉!"

"신문에 필요한 기구들을 가져오라 할까요?"

곤장을 비롯하여 무릎에 얹어 뼈를 바스러뜨릴 각진 바위와 살을 태워 찢을 인두 등을 가리키는 것이다. 박차홍이 고개를 저었다.

"목을 축일 차나 몇 잔 내오도록 하오. 그리고 저들을 포박한 줄도 풀어 주고."

"영악한 놈들입니다. 부사께 행패를 부릴지도 모릅니다."

"만호의 배는 철옹성과도 같지 않소? 손발을 풀어 준다고 하여 제깟 놈들이 어디로 달아나겠소?"

백보숭이 박차홍의 심기를 건드리지 않으면서도 제 뜻을 고집했다.

"만약을 대비하여, 갑판과 나루에 따로 군졸들을 배치하겠습니다."

"좋도록 하오."

백보숭의 명령을 받은 군졸이 다가와선 담헌 선생과 김진 그리고 내 손목과 팔을 묶은 줄을 차례차례 풀었다. 박차홍이 앞장서서 판옥선으로 오르려는데, 백보숭이 비단으로 정성껏 싼 물건 하나를 내밀었다.

"무엇이오 그게?"

"시신들을 건지면서 획득한 겁니다. 귀한 칼인 듯하여⋯⋯."

백보숭이 비단을 펼치자 길고 화려한 장검이 나왔다. 김진이 내게 건넨 바로 그 보검이었다. 내게서 검을 빼앗았던 별장 강중거가 떠올랐다. 수군으로 위장하여 지음에 오른 『정감록』 무리 열여섯 명 중 목숨을 건진 이가 있을까. 주혜와 옥화의 끔찍한 최후가 선명하게 떠올랐다. 판옥선들의 움직임을 더 유심히 살폈다면 그미들을 구할 수 있지 않았을까. 못내 아쉽고 안타깝고 슬펐다. 그미들의 시신은 수습되었을까. 박차홍이 장검을 들어 무게를 가늠한 뒤 비단에 내려놓았다.

"고맙소."

선수 갑판 아래 백보숭의 방으로 안내되었다. 네 명이 들어가서 둘러앉으니 어깨가 서로 닿을 만큼 좁았다. 배에서 집단 생활을 하려면 작고 낮고 비좁은 공간도 아껴 써야 하는 것이다. 그나마 이 배를 지휘하는 장수이기에 다리 뻗고 누울 만큼의 독방이 제공되었다.

개다리소반에 차와 다과가 함께 들어왔다. 박차홍이 권했다.

"자, 차부터 한 모금 드오. 담헌과 이 도사는 바닷물에 빠지기까지 했으니."

선생과 나는 주저했지만 김진은 아무렇지도 않은 듯 찻잔을 들고 마셨다. 선생도 따라 마셨다. 나는 분을 삭이지 못하고 따져 물었다.

"왜 우릴 죽게 버려두지 않고 건져 올려 살렸는가? 그런다고 내가 고마워할 것 같으냐? 이 천벌 받을 놈아!"

박차홍이 선생에게 시선을 돌렸다. 귀한 초상화를 뚫어지게 살피듯 선생을 쳐다보며 답했다.

"담헌 홍대용이야말로 조선 최고라는 칭찬을 일찍부터 들어왔지. 담헌이 영천군수로 내려오기 전까진, 영남에서 천문 지리와 또 새로운 문물에 관심깨나 쏟는다는 선비들은 모두 내게 와서 도움을 청했네. 한데 담헌이 부임하자마자 모조리 그에게 찾아가서 문하로 받아 달라 조르더군. 세상 민심이란 게 요동치는 법이니 새로운 일도 아니야. 하지만 꼭 한 번은 알려 주고 싶더군. 담헌보다도 밀양부사 박차홍의 실력이 월등하다는 것을. 나를 함정에 몰아넣으려 했으나 결국 함정에 빠진 것은 담헌 자신이었어. 자, 이제 내가 어떻게 담헌 자넬 이겼는지 알려 주려 하네."

박차홍은 오늘 등산진 앞바다에서 벌어진 일들을 담헌 홍대용과의 한판 대결로 보았다. 그에겐 오직 담헌만이 적수였다. 김진과 나는 담헌을 돕는 애송이에 불과했다. 선생은 대결할 뜻이 없음을 알렸다.

"난 박 부사 자네의 후의에 감사해 왔네. 귀한 원경도 빌려 주고 또한 그동안 밀양에서 관찰한 천문도도 보여 주고. '허허실실회'에도 가장 적극적이었고. 자네와 이런 곳에서 이런 식으로 마주 앉아야 하다니 가슴이 아프네."

이번에도 선생은 느리게 돌아가는 쪽을 택한 것이다. 그런 여유가 박차홍의 화를 북돋았다.

"헛소리 마! 깨끗이 패배를 인정하고 목숨을 구걸하면 한번 생각은 해 보지."

선생은 전혀 밀리지 않았다.

"고후처럼 혀라도 자를 텐가? 이미 본 것들이 적지 않으니 눈이라도 뽑을 텐가? 혀와 눈이 없어도 붓은 쥘 수 있으니 손가락을 잘라야 할 걸세."

박차홍이 되물었다.

"혀냐 목이냐, 택하라 했다네. 겁쟁이 맹인 악공은 오줌을 질질 싸 대다가 결국 긴 혀를 내밀었지. 삶이란 벙어리가 되더라도 이어 가고 싶을 만큼 귀한 건가 봐."

"자넨 괴물이야."

"괴물에게 진 자넨 사람이란 소린가?"

내가 박차홍을 몰아붙였다.

"지음은 왜 침몰시켰어? 발포 만호 장우룡의 목은 또 왜 베었고?『정감록』무리와 오랫동안 힘을 모아 조운선의 세곡을 은밀히 빼돌렸지 않나? 이번에도 그들과 함께 우릴 잡으려 든 거잖아? 그런데 당신은 그들을 궁지로 몰기 시작했어. 선풍에 대한 첩보를 듣고 밀양으로 온 의금부 도사 정수담에게 퇴기 진향이 오유란일지도 모른다고 밀고한 이도 당신이지?"

"왜 내가 밀고자라고 생각하나?"

"진향을 만나러 뻔질나게 동율림을 드나들었더군. 사모의 정을 품었는가? 진향이 조심한다고 했겠지만, 주혜와 옥화에게 춤을 가르치는 광경을 당신에게 들켰을 수도 있단 생각이 들더군. 춤에도 일가견이 있는 당신은 그것이 궁중에서 각광받는 쌍검무임을 알아차렸겠지. 저렇듯 검무에 뛰어난데 한 번도 솜씨 발휘를 않은 건, 이름과 실력을 숨겨야만 하는 비밀 때문이 아닐까 의심했을 게고. 쌍검무의 일인자로 긴 세월 수배를 당하고 있는 오유란이란 이름이 떠오르지 않았을까?"

"흥미로운 추측이로군. 좋아 말해 주지. 너무 오랫동안 조운에 개입해 왔기 때문에 선풍 할아범을 털어 낼 필요가 있었어. 그래서 한양으로 밀서를 보내, 백두산 화적 두목 만보의 공초(供草, 형사 사건의 죄인을 신문한 기록)에 선풍이란 이름을 넣어 달라 부탁했던 걸세. 한데『정감록』무리의 죄를 더 무겁게 하려면, 선풍과 평소에 가깝게 지내던 진향을 무리의 일원으로 엮는 게 좋겠더군. 하여 내 이름을 감추고 정 도사에게 선풍과 진향에 대한 이야기를 알려 줬을 뿐일세. 굶주린 붕어마냥 잘도 덥석 물더군."

"그래도 내치지 않고 기회를 다시 주겠다는 제안을 『정감록』 무리에게 하지 않았는가? 무리에 속한 발포 만호 장우룡과 목수 광우까지 당신의 손발처럼 움직였으니까. 전라좌수사가 발포 만호를 각별히 신임한다는 사실을 알고, 독운어사 일행을 발포에 머무르도록 만들었지? 광우에게도 주혜 낭자와 옥화 낭자를 발포로 가도록 유인하라 명했고? 『정감록』 무리가 돕지 않았다면, 네놈이 우릴 이처럼 붙잡는 일은 어려웠을 게야. 그런데도 왜 그들을 모조리 죽였지?"

박차홍이 이번에도 선생을 보며 물었다.

"궁금한가?"

선생의 되물음엔 분노가 서렸다.

"꼭 그들까지 죽여야만 했어?"

박차홍이 양팔을 들어 손뼉을 치듯 손바닥을 붙였다.

"두 손을 아무리 이렇게 꽉 붙여도 하나가 될 순 없지. 그 이유를 알겠나? 바로 손과 손 사이에 틈이 있기 때문이라네. 광우가 최선을 다해 나를 돕더라도, 다신 예전으로 돌아가진 못한다네. 그들과 우리 사이에 틈이 생기면 얼마나 위험한지 알아 버린 탓이야. 서로에 대한 믿음이 사라지는 순간 죽고 죽이는 관계가 될 수밖에 없어."

김진이 처음으로 입을 뗐다.

"그 때문에 선풍 할아범이 죽었지. 선풍 할아범이 수선한 조운선들만 가라앉힐 때부터 어떤 식으로든 그를 제거할 계획을 세운 거였어."

박차홍이 김진을 쩌린 후 주장을 이었다.

"『정감록』무리는 더욱 철저히 대비를 하겠지. 선풍 할아범처럼 자신들도 죽을 수 있으니까. 미리 몸조심하는 놈들은 부려 먹기가 점점 어렵고 귀찮기 마련이거든. 그래서 이번만 마지막으로 써먹은 뒤 말끔히 정리하기로 했어. 광우나 장 만호는 내 제안을 받아들일 수밖에 없었어. 하지만 그들은 하나만 알고 둘은 몰랐던 거지. 돕든 돕지 않든 우리가 그들을 없애기로 이미 정했다는 것을."

나는 더 파고들었다.

"그들을 왜 하필 등산진 앞바다에서 처리할 작정을 했나?"

박차홍은 점점 신이 난 듯 목소리가 빨라졌다.

"두 가지 이유가 있지. 하나는 조운선 세 척을 한꺼번에 침몰시킬 무시무시한 해적이 필요했어. 『정감록』무리가 서해에서 오는 진인의 군대를 기다린다고 떠들었으니 이보다 더 좋은 놈들을 구하긴 어려워. 또 하난 조운선을 철저하게 관리 감독하는 전라좌수사 이종원을 제거하기 위함이었어. 전라좌수사가 관할하는 바다에서만 꼼꼼하게 조운선에 실린 세곡을 확인하고 살피니 여간 불편한 게 아니었거든. 그래서 이번에 이종원까지 없애기로 한 거라네. 해적 출몰 소식을 듣고 전라우수영이 관할하는 바다까지 추격전을 폈으나, 안타깝게도 『정감록』 무리에 은밀히 들어간 부하 장수 발포 만호 장우룡에 의해 척살되었다고 하면 이야기가 그럴듯하지 않나? 이 수사는 두고두고 나라에서 그 충심을 기릴 걸세.

전라좌수사의 지휘선을 담헌의 배 가까이로 유인하기로 했어. 본래 지휘선은 후방에 버티고 만호의 판옥선들이 먼저 나서기 마련이지. 하지만 담헌의 배가 위태로우면 지휘선이 달려오리라 여겼던 걸세. 그 틈에 네 척의 판옥선이 지휘선을 에워싸고 급습하여 좌수사를 붙잡는 거야. 장 만호가 좌수사를 베게 하고 또 그 장 만호를 내가 베는 것으로 계획을 짰지.

어란진의 판옥선이 담헌의 배로 돌진하자 예상대로 지휘선이 달려 나왔어. 거기까진 예상대로였지. 그런데 갑자기 지휘선이 전진을 멈추고 서 버렸을 땐 무척 놀랐어. 작전을 눈치채지 않고는 거기서 배를 멈출 리 없으니까. 나

는 장 만호와 내 명령을 따르는 좌수영 소속 세 장수가 급
히 배를 몰아 지휘선을 포위하도록 했어. 잠시 백병전이
벌어지긴 했으나 결국 내가 원한 대로 상황은 흘러갔지.
그래서 자네들이 지금 내 앞에 이렇게 앉아 있는 게고."

김진은 자랑으로 가득한 박차홍의 달변에 얼굴을 찌푸
렸다. 그리고 넘겨짚었다.

"원하는 게 무엇인가? 『정감록』 무리였다는 거짓 자백
을 우리가 해 주길 바라는가?"

박차홍이 조금 놀란 듯 콧김을 뿜었다.

"정말 눈치 하난 엄청 빠르군. 유능한 서쾌인 자네를 베
고 나면 필요한 서책을 누구에게 부탁하여 구할까 벌써부
터 걱정이라네. 맞아. 『정감록』 무리가 얼마나 널리 퍼졌
는가를 알려 주는 예를 완성시켜 주게. 독운어사 홍대용,
의금부 도사 이명방, 규장각 서리 김진까지 그 무리에 젖
어 들어, 해적의 조운선 침탈을 돕기 위해 배를 타고 따라
온 것으로 공문에 적으려고 해. 내일 날이 밝는 대로 세 척
의 조운선에 탔던 마흔여덟 명의 조군 앞에 너희를 끌고
갈 거야. 거기서 너희는 자백을 하는 거지. 『정감록』 무리
로 조운선을 침몰시키려는 해적을 적극 도왔다고 말이야.
그럼 마흔여덟 명의 조군도 함부로 입을 놀리지 못할 것이
고, 또한 나중에 조정에서 조사를 한다 해도 조운선 침몰

은 『정감록』무리가 해적이 되어 일으킨 것이라고 진술하
겠지."

나는 이를 갈았다.

"개소리 마! 우리가 왜 그따위 거짓말을 해?"

"두 가지 이유라네. 하나는 단칼에 편히 목을 베이고 싶
으면 그렇게 해야 해. 아니면 살가죽을 점점이 벗기고 피
를 방울방울 뽑을 거야. 이 세상에서 가장 끔찍한 고통을
맛보며 죽어 가고 싶은가? 거꾸로 나무에 매달려……."

나는 참지 못하고 말허리를 잘랐다.

"정 참상도 네놈 짓이었어?"

박차홍이 오히려 차분히 반문했다.

"뭘 그리 놀라는가? 의금부 도사는 범인을 잡는 데만 목
숨을 거는 지독한 놈들이야. 도성 안에 기와집을 한 채씩
살 거금을 준다고 해도 꿈쩍도 않지. 들키지 않으려고 최
대한 조심하지만, 재수가 없어서 의금부 도사 눈에 띄면
둘 중 하나야. 멀리 달아나든가 아니면 없애는 수밖에."

"그럼 수진동에서 참상도사 이순구를 죽인 놈도……?"

"진작부터 이야기를 듣긴 했지. 차돌이의 어미인 선영이
신문고를 두드리겠답시고 한양에 간 것부터가 잘못이야.
밀양의 치부를 신문고에 알리는 건 곧 밀양부사인 나 박차
홍을 죽이자는 것과 같으니까. 감히 그 고을 수령에게 도

전하는 천한 계집을 그냥 둘 수 있겠는가?"

김진이 이야기의 흐름을 돌려세웠다.

"우리가 거짓 자백을 해야 하는 남은 이유 하나는 무엇이오?"

"아 그거! 주혜와 옥화 그 두 시신이 온전히 땅에 묻히기를 바랄 거라고 여기네만……."

그미들 시신을 건진 것이다. 김진과 내가 동시에 소리쳤다.

"손대지 마."

"이 버러지 같은 새끼!"

박차홍이 우리 둘을 째렸다.

"젊은 남녀는 눈길만 스쳐도 사모하는 정이 싹트곤 하지. 다행인지 불행인지 시신은 아주 깨끗해. 잠든 것처럼 말일세. 하지만 내일 너희가 헛소릴 지껄이면, 시신을 갈가리 찢어 물고기 밥으로 던져 줄 거야. 물고기들도 아름다움을 알아서 미인의 살점을 더 좋아한다더군. 자, 이 정도 하자고. 오늘은 여기서 편히 자도록 해. 이승에서의 마지막 밤이니."

박차홍이 문을 열고 나갔다. 나는 그의 뒤통수를 향해 으르렁댔다.

"죽일까요?"

담헌 선생이 나무랐다.

"죽이고 나면?"

"저도 죽지요, 뭐."

"자네만 죽는가? 그딴 짓을 하면 우리 셋 모두 죽어."

"어차피 내일 아침이면 죽을 목숨입니다."

선생은 심각한 표정으로 김진을 쳐다보았다. 이럴 때마다 늘 묘수를 끄집어내던 그였지만 지금은 말이 없었다. 답답한 내가 먼저 이야기를 시작했다.

"야뇌 형님도 등산진 창고에 계실 겁니다. 내일 조군들 앞에서 거짓 고백을 하라 하니, 그때 야뇌 형님을 뵙겠네요. 형님과 힘을 합쳐 싸우면······."

담헌 선생이 헛된 기대를 잘랐다.

"야뇌가 제아무리 힘이 장사에다가 무예가 출중해도 어란진과 이진진 판옥선의 장졸을 합하면 100여 명에 이르네. 그들을 어찌 감당하겠는가?"

김진도 선생의 의견을 지지했다.

"맞습니다. 나섰다가 오히려 개죽음이나 당하지 않을까 걱정입니다. 상황이 좋지 않으면 우릴 외면하라고 신호라도 보내야 하겠습니다."

내가 버텼다.

"말린다고 하지 않을 사람도 아니고, 권한다고 무조건

하는 사람도 아닙니다."

웃음 아닌 웃음이 잔물결처럼 일었다. 야뇌 백동수는 그 엉뚱한 파격으로 백탑파에게 즐거움을 선사했다. 그러나 웃음은 곧 슬픔과 우울로 바뀌었다. 주혜와 옥화를 잃은 밤이었다. 조운선 세 척은 침몰하고 광우를 포함하여 열여섯 명의 사내가 익사한 밤이었다. 그리고 내일이면 우리 셋의 목숨도 달아날 상황이었다.

어떻든 지금쯤 야뇌 형님은 고심하리라. 열세를 극복하고 우리를 구할 방도를 찾아 고민에 고민을 거듭하리라.

"그런데 아까 그 곡은 무엇입니까? 경쾌한 곡을 연주하기로 하지 않았습니까?"

"「원공막무(原公莫舞)」라네. 내가 밀양에서 지은 곡이지."

기억을 더듬었다.

"장악원에 들렀다가 우연히 「공막무(公莫舞)」의 연주와 춤을 연습하는 광경을 본 적이 있습니다. 무희 둘이 추는 쌍검무였지요."

"맞네. 그 곡과 춤은 유방과 항우의 이야기에서 유래하였지. 진나라 말기 홍문(鴻門)에서 열린 잔치에 참석한 항우는 검무를 추다가 유방을 죽이려고 나섰지. 그때 유방 휘하에는 항우의 아저씨뻘 되는 항백이 있었어. 항백이 나서서 함께 검무를 추며 항우가 유방에게 접근하는 것을 막으며 노래를 불렀다네. '공이여, 제발 하려는 일을 하지 마시옵소서.' 이렇게 말일세."

"곡이 매우 빨랐습니다. 춤도 격렬하였고요. 하지만 아까 선생님이 연주하고 주혜와 옥화 두 여인이 춘 춤은 매우 느리고 장엄하였습니다."

"맞네.「공막무」와「원공막무」는 전혀 다르지."

"원(原)이란 글자를 첫머리에 붙은 까닭이 무엇입니까?"

선생이 시선을 김진에게 돌렸다.

"내가 전부 이야기하면 맛이 없지.「공막무」의 달인이었던 진향이 평생 고심한 부분이기도 해. 내가 곡을 연주하고 주혜와 옥화가 그에 맞춰 춤을 춘 이유를, 화광 자네가 한번 설명해 보겠는가?"

"잘못된 부분이 있으면 바로잡아 주십시오. '막(莫)'은 '무(無)'와도 서로 바꾸어 쓰는 글자입니다. 즉 '공막'은 '공무'로도 쓰고 새겨도 된다는 것이지요. 춤을 추는 항우와 항백 그리고 그 자리에 참석한 이들은 고조선에서 널리 불린 노래 한 곡을 알고 있었습니다. '공이여, 제발 뜻한 일을 하지 마시오소서.' 이렇게 시작되는 곡을 항백이 항우를 막기 위해 차용하여 쓴 겁니다. 이 도사! 그 노래가 무엇인지 알겠나?"

공무(公無)로 시작하는 고조선의 노래라면?

"혹시 「공무도하가(公無渡河歌)」를 말하는 것인가?"

"맞네. 바로 그 노래를 항백은 물론 항우와 유방도 알고 있었던 거라네."

"허나 그 노랜 아주 슬픈 이별가 아닌가? 강을 건너 떠나려는 님에게 제발 그 강을 건너지 말라 애원하는 노래로 알고 있네만?"

"'공(公)'은 단순히 사랑하는 님이 아니라네. 제후 이상의 권력자를 칭하는 것이지. 그러니 아저씨뻘인 항백도 항우를 '공'으로 올려 부른 게 아니겠는가? '도하(渡河)'를 강을 건너는 것으로만 해석해서는 곤란해. 오히려 '도하'는 중요한 일을 결행할 때 더 많이 쓰였다네. 그러니까 '공무도하(公無渡河)'란 '님이여, 강을 건너지 마세요.'라는 뜻이 아니라, '왕이시여, 제발 뜻한 일을 하지 마시오소서.'라고 새겨야 해. 그러니까 진향은 「공막무」가 아닌 「원공막무」의 춤사위를 만들면서, 기묘년 궁궐을 떠나오기 전 사도세자에게 못다 한 이야기를 비로소 완성한 셈이라네."

"그러니까 자네 말은 '공무도하'를 '세자 저하시여, 제발 뜻한 일을 하지 마시오소서.' 이렇게 풀이한단 말인가?"

"그렇다네."

"뜻한 일이 무엇이었을까?"

"자세히는 모르겠네. 하지만 매우 위험한 일이었을 듯싶어. 삼국시대부터 고려와 조선을 거치는 동안 세자를 뒤주에 가둬 죽인 적은 없으니까. 의대증과 칼에 대한 집착이 살인으로 이어졌고 그 살인이 더 큰 문제를 일으킬 즈음, 진향은 동궁전을 몰래 나왔다네. 진향은 목숨을 건졌으나 사도세자는 그로부터 3년 후 결국 목숨을 잃었어. 두려움과 원망이 컸겠지만, 사도세자는 진향이 낳은 딸의 생부(生父)일세. 한때는 열렬히 사랑했을 테고. 홀로 떠나오며 진향이 꼭 하고픈 말이 「원공막무」에 담겼다고 봐야겠지.”

나는 선생을 향해 남은 질문을 던졌다.

“여전히 아리송한데요. 화광의 설명에 따른다면 「공막무」든 「원공막무」든 하려던 일을 하지 말라는 뜻이 담긴 것 아닙니까? 그런데 「공막무」가 아니라 「원공막무」를 연주한 까닭은 무엇입니까? 「공막무」만으로도 충분히 뜻을 전할 수 있지 않겠습니까? 지금 하려는 일을 중지하라는 강력한 신호 말입니다. 화광이라면 충분히 알아차렸을 겁니다.”

선생이 답하였다.

“그 생각도 했네. 그런데 연주 직전에 주혜와 눈이 마주쳤어. 주혜가 「원공막무」를 간절히 원하더군. 내 곡에 맞춰 마지막으로 춤출 기회일지도 모르니, 「공막무」가 아닌 「원공막무」를 바랐어. 그래서 내가 새롭게 만든 곡을 시작한 걸세."

　김진이 자책했다.

　"「원공막무」가 들려왔을 때부터 느낌이 좋지 않았습니다. 처음 듣는 곡인 데다가 지나치게 느리고 슬펐으니까요. 하지만 광우의 무리가 지음에 격군으로 몰래 탔으리라곤 상상하기 어려웠어요. 어란진 만호의 판옥선이 지음을 향해 돌진하는 것을 보는 순간, 좌수사는 돌진 명령을 내렸습니다. 독운어사를 구하기 위함이지요. 저 역시 이 도사와 옥화 낭자와 주혜 낭자를 구하기 위해선 좌수군이 빨리 나아가서 어란진 만호의 판옥선을 막아야 한다는 생각이 들었습니다. 그리고 소운의 소선도 이런 식으로 당했겠구나 하는 확신이 들었고요.

　안개를 뚫고 가까이 다가갔지요. 갑판에서 마주 보고 춤을 추는 주혜 낭자와 옥화 낭자가 보였습니다. 그미들의 춤사위를 살피다가, 그 동작들이 하나같이 부정이나 금지, 그러니까 물러나라! 하지 말라!라는 경고임을 읽었습니다. 그래서 급히 좌수사에게 지휘선을 멈추라고 말씀 올린 겁니다. 좌수사는 제 간절한 표정을 보곤 지휘선을 세우도록 군령을 바꿨지요.

　그러나 이미 늦었던 겁니다. 뒤따라온 판옥선 네 척이 지휘선을 포위한 뒤 급습했지요. 좀 더 빨리 알았더라면,

거리를 유지한 채 지자총통을 쏘며 결전을 벌였을 겁니다. 모두 제 잘못입니다."

선생이 위로했다.

"자네 잘못이 아니야. 그래도 화광 자네니까, 쌍검무를 보고 지휘선을 세울 수 있었던 걸세."

"진작 준비를 해 뒀어야 합니다. 우리가 판 함정이 발각되면, 내가 만약 박차홍이라면, 누굴 먼저 제압할까 찬찬히 짚어야 했어요. 그럼 당연히 전라좌수사 이종원이란 답이 나왔을 것이고, 좌수사를 지키기 위한 수단을 미리 마련했겠지요. 그런데 지음을 구할 마음만 급했습니다. 모든 것이 제 잘못입니다. 평생 씻지 못할 죄를 지었습니다. 부끄럽습니다. 참담합니다."

담헌 선생과 나는 깊은 잠을 꽤 잤다. 바다에 빠져 죽을 힘을 다해 허우적댄 탓일 수도 있으리라. 내일 죽는다고 생각하니 잠이 올 것 같지 않았지만, 나무 바닥에 등을 대자마자 곯아떨어진 것이다. 깨고 나니 가장 먼저 밀려든 감정은 부끄러움이었다. 그리고 나 자신이 참으로 한심했다. 옥화와 주혜가 등산진 앞바다에서 목숨을 잃었는데, 나만 발 뻗고 깊은 잠을 달게 자다니! 그들의 짧은 생애를 안타까워하며 눈물로 밤을 지새워도 부족하지 않은가. 더군다나 김진은 내게 그미들을 부탁했고, 나는 무사히 호위하겠노라 장담했다. 등산진 앞바다를 향해 이마로 바닥을 쳐도 용서받지 못할 큰 잘못을 저지른 것이다.

등을 대고 눕자마자 옥화와 주혜의 최후가 어둠 속에서 선명하게 떠오르긴 했다. 파도 소리를 따라, 그미들 얼굴이 가까워졌다가 멀어지기를 반복했다. 팔을 뻗어 그미들을 붙들려고 하면 저만치 물러났고, 어둠 속으로 사라졌는가 싶으면 불쑥 코앞까지 다가왔던 것이다.

"으으으으!"

신음을 쏟은 이는 담헌 선생이었다. 옆에 나란히 누운 선생 역시 그 바다의 참혹함을 떠올리고 있는 것이다. 선생 쪽으로 몸을 돌렸다. 그리고 위로를 건네려 했지만 적당한 말이 떠오르지 않았다. 무슨 염치로 내가 선생을 위로한단 말인가. 다시 선생을 등지고 돌아누운 후, 나무가 잘려 나가듯 갑자기 눈앞에 어른거리던 대낮의 풍광이 사라졌다. 파도 소리도 들리지 않았다. 순식간에 잠든 것이다.

김진만 가부좌를 틀고 앉아 그 밤을 꼬박 지새웠다. 솔직히 나는 이 완벽한 패배 앞에서 목숨을 구할 방법이 없었다. 내가 상대하기에 박차홍과 그 일당은 너무 넓고 깊었다. 한양에서 밀양까지 조운선을 통해 어마어마한 이득을 취하는 자들이다. 우리가 파 놓은 함정도 무척 컸지만,

박차홍은 함정을 판 우리들까지 모조리 더 큰 함정에 빠뜨리지 않았는가. 부패한 세력이 저토록 거대하고 막강하다면, 이 나라가 의로움을 되찾아 태평성대를 구가하기는 어려울 것이다. 김진은 포기하지 않았다. 이토록 명백한 패배로부터 벗어날 길을, 다시 포박을 당한 채 어란진 만호의 판옥선에서 내려 등산진 창고로 끌려갈 때까지 생각하고 또 생각했다.

창고 앞에 이르렀을 때 우리가 처음 본 것은 거적으로 대충 덮인 시신들이었다. 발포 만호 장우룡의 잘린 머리는 시신의 가랑이 사이에 얹혀 있었다. 광우와 강중거를 포함하여 발포에서 지음에 올랐던 열여섯 명의 시신이 그다음에 나란히 놓였다. 주혜와 옥화의 시신은 마지막을 차지했다. 검무를 위해 특별히 갖춰 입은 전복과 남색 전대가 눈에 띄었다. 상체를 더러운 천으로 대충 덮어 놓았기 때문에 얼굴까지 확인하긴 어려웠다.

"주혜……."

김진이 낮게 이름을 읊조렸다. 목소리는 이미 젖어 들었다. 돌이킬 수 없는 일임을 확인한 것이다. 영영 이별이었다. 나를 향해 짓던 주근깨투성이 웃음이 떠올랐다.

"미안하오, 정말 미안해. 옥화!"

창고 앞에는 조군들이 타고 온 배에 따라 세 뭉치로 모여

서 있었다. 어란진 만호와 이진진 만호의 휘하 장졸 100여
명이 조군들을 에워쌌다. 갑옷에 투구까지 갖춰 쓴 제포 만
호 노치국이 마중을 나와선 허리 숙여 박차홍에게 절했다.

"준비를 마쳤습니다."

박차홍이 바다를 등지고 멈춰 섰다. 밀양에서 우리를 봤
던 조군들은 처음엔 놀라고 그다음엔 겁을 먹은 듯 시선을
내렸다. 조운선이 떠날 때 배웅을 나왔던 밀양부사 박차홍
을 배들이 모두 침몰한 뒤 전라우도 등산진에서 만나리라
곤 전혀 예상 못한 것이다. 김진과 나 그리고 담헌 선생이
순서대로 박차홍의 옆에 꿇어앉았다. 고개를 들고 조군들
의 얼굴을 이리저리 살폈다. 세 뭉치 중 오른쪽 뭉치의 제
일 앞 열에 백동수가 부리부리한 눈을 뜨고 서 있었다. 큰
키와 덩치 탓에 대열의 후미를 도맡았지만, 오늘은 언제라
도 뛰어나올 수 있게 허리를 숙이면서까지 선두로 나선 것
이다. 눈이 마주치자 백동수가 슬며시 웃으며 고개를 끄덕
였다. 한판 피 터지게 싸우자는 신호였다. 나 역시 고개를
끄덕였지만 승리를 확신한 것은 아니었다. 100여 명의 군
졸에게 둘러싸였으니, 어젯밤 김진의 예측대로 열에 아홉
은 이기기 힘들 것이다. 그러나 꿇어 엎드린 채 목이 잘리
는 것보단 싸우다가 세상을 떠나고 싶었다. 할 수만 있다
면 박차홍의 숨부터 끊어 저승길에 앞세우리라. 조군들의

시선이 박차홍에게 집중되었다. 보검을 들어 시신들을 가리키며 연설을 시작했다.

"너희에겐 죄가 없다. 『정감록』을 신봉하는 저 괴상망측한 해적이 급습하는 바람에 벌어진 사고니라. 특히 밀양 선소의 목수 광우란 자는 너희도 얼굴을 알 것이다. 그는 제 아비 선풍과 짜고 조운선을 불법으로 개조하고 증축하였을 뿐만 아니라, 해적이 조운선을 약탈했다는 증거를 인멸하고자 그 배를 가라앉히기 쉽도록 선수의 바닥 일부에 둥근 홈을 파기까지 했다. 그 홈에 화약을 채워 심지를 꽂아 불을 붙이면 곧 구멍이 뚫리게 만들었느니라. 또한 여기 있는 독운어사 홍대용, 의금부 도사 이명방, 규장각 서리 김진 역시 『정감록』 무리에 속해 해적을 도왔느니라. 너희가 보는 앞에서 저 세 놈의 죄를 자백시킨 후 참수할 것이다. 다시 말하지만 너희는 죄가 없다. 잘못은 모두 『정감록』 무리가 행한 것이다. 명심하렷다! 알겠느냐?"

"예!"

"목소리가 작다. 못 알아듣겠는 사람은 대열 앞으로 나서라. 알아듣게 만들어 주겠다. 알겠느냐?"

"예!"

조군들 목소리가 쩌렁쩌렁 울렸다.

박차홍이 고개를 돌려 김진에게 눈짓을 보냈다. 자백을

시작하라는 뜻이다. 김진은 입을 여는 대신 조군들을 눈으로 훑었다. 나도 김진의 시선을 따르다가 백동수에게 가서 멈췄다. 백동수가 주먹을 굳게 쥐었다. 당장이라도 튀어나올 기세였다.

"……."

김진이 아무 말도 하지 않자, 박차홍이 검을 높이 치켜들고 명령했다.

"당장 토설하지 못할까. 네놈들이 저 해적과 짜고 조운선을 침몰시키기 위해 무슨 짓을 했는가를."

"……."

김진은 고개를 들고 박차홍을 째려보았다. 그는 단 한마디도 거짓 자백을 할 마음이 없었다. 나는 당당한 내 친구 김진이 자랑스러웠다. 내가 저 자리에 앉았더라도 거짓 자백 따윈 하지 않을 것이다. 죽든 살든 더러운 거짓을 입에서 뿜어낼 까닭이 없다. 박차홍이 소리쳤다.

"자백하지 않는다면 목을 베겠다. 어서!"

당장이라도 칼날이 김진에게 날아들 기세였다. 백동수가 허리를 조금씩 펴곤 젖혔다. 돌진하기 전에 반동을 주는 백동수 특유의 버릇이었다. 나도 두 발에 힘을 실었다. 팔은 비록 묶였지만 무릎을 펴고 날아오르면 군졸 한두 명쯤은 상대할 수 있었다. 제포 만호 노치국의 턱부터 돌려

찰 작정이었다.

"질문을 해도 되겠습니까요?"

조군의 가운데 뭉치 후미에서 들려온 소리였다. 검을 든
채 고개를 돌린 박차홍이 손을 든 조군과 눈을 맞췄다.

"무엇이냐?"

"부사 어른께서 어떻게 딱 때를 맞춰 등산진 앞바다에
오셨습니까요? 조운선들이 이 앞바다에서 침몰할 줄 아는
것처럼 말입니다요."

밀양에서 등산진은 먼 길이다. 밀양부사가 조운선이 침
몰하는 바로 그날 도착한 까닭을 묻는 것이다. 짧은 침묵
이 지난 후 박차홍이 검을 내리고 답했다.

"투서를 받았느니라.『정감록』무리가 조운선을 노린다
는. 그래서 부랴부랴 뒤따라 나선 것이다. 답이 되었느냐?"

"저도 질문이 있습니다요."

이번에는 왼쪽 뭉치 중간쯤이다.

"조운선을 버리고 이진진 만호의 판옥선으로 옮기면서
보니 판옥선 다섯 척이 더 있었습니다요. 조운선을 호위하
는 이진진과 어란진 외에 그 배들은 어찌하여 등산진 앞바
다에 있는 것인지요? 조운선이 지나갈 때는 배와 사람 모
두 뱃길에서 물러나는 것이 나랏법 아닙니까요?"

박차홍의 얼굴에 짜증이 묻어났다. 평소에는 벙어리처

럼 굴던 조군들이 까다로운 질문을 연이어 던지는 것이다.

"조사를 더 해 봐야 하겠으나, 조운선들을 몰래 따라오던 배 때문이 아니었을까 한다. 알다시피 그 배엔 『정감록』 무리를 도운 독운어사 홍대용 일행이 타고 있었느니라. 그 배의 노를 저은 이들은 광우를 비롯하여 『정감록』 무리임이 밝혀졌다. 그들이 조운선으로 접근하는 것을 막기 위해 다른 판옥선들이 왔던 게 아닌가 한다."

"하나만 더 질문해도 되겠습니까요?"

박차홍의 시선이 다시 가운데 뭉치로 향했다. 발포 만호 노치국이 큰 걸음으로 가서 손을 든 격군 옆에 섰다.

"해 보거라."

"죽은 자들이 『정감록』을 믿는 해적이라고 하더라도 조운선 침몰과는 아무런 상관이 없습니다요. 저들은 조운선에 오르지도 않았고 배와 배끼리 부딪히지도 않았는걸요. 그런데 무슨 수로 배를 침몰시킵니까요? 선수 바닥에서 물이 차오른 건 맞습니다요. 하지만 그건 저 사람들이 와서 저지른 일이 아닙니다. 우리들을 모두 선미 갑판 아래로 밀어 넣은 뒤, 제포 수군들과 함께 선수로 간 이는 제포 만호십니다. 그런데 그 수군들을 등산진 창고에서 찾으니 없더군요. 선수부터 가라앉았다면 그 수군들을 잡아들여 문초해야 합니다."

"뭐라고, 이 새끼가!"

노치국이 아랫배를 걷어찼다. 격군은 새우처럼 허리를 숙이며 바닥을 떼굴떼굴 굴렀다. 노치국이 검을 뽑아 들고 조군들 사이를 오가며 외쳤다.

"또 질문할 놈은 누구냐? 이번엔 아예 목을 베어 주마. 나와. 어서 나오지 못하겠느냐?"

"질문 있소이다."

손을 든 이는 놀랍게도 이진진 만호 강부철이었다. 조군이 손을 들었다면 당장 달려가서 두들겨 팼을 노치국이지만, 같은 만호이기에 이러지도 저러지도 못한 채 주춤거렸다. 어란진 만호 백보숭이 대신 나무랐다.

"강 만호! 무슨 짓인가? 어서 손 내리게."

강부철은 손을 든 채 질문을 던졌다.

"이진진의 군선이 조운선 세 척에 탔던 조군을 전원 구조하였소이다. 구조하는 동안 다른 배들의 접근은 일체 없었소. 한데 박 부사께선 해적이 조운선들을 침몰시켰다고 주장하시니, 그럼 조군들 중에 해적이 있단 말씀이십니까? 아니면 제포 만호와 그를 따르는 수군들이 해적이란 말씀이십니까?"

노치국이 참지 못하고 달려와선 강부철을 비난했다.

"그 입 다물라. 무슨 개수작인가?"

강부철의 장검이 대답 대신 노치국의 팔뚝을 잘라 버렸다. 노치국이 잘린 팔뚝에서 치솟는 피를 보고 비명을 지르며 쓰러져 버둥거렸다. 강부철이 명령했다.

"쳐랏!"

이진진 수군들이 박차홍을 노리며 달려들었다. 백보숭과 어란진 수군들이 박차홍을 에워싸곤 방어했다. 조군 중에서도 서른 명이 넘는 사내들이 이진진의 군졸에 합세했다. 백동수는 어느새 장창을 빼앗아 들고 와선 휘두르기 시작했다. 담헌 선생과 김진과 내 손을 묶은 줄부터 끊었다. 눈앞에 펼쳐진 싸움판을 보고도 믿기지 않았다.

"형님! 이게 어찌 된 겁니까? 조군들끼리 작당이라도 하셨습니까?"

"전혀! 나도 뭐가 뭔지 모르겠네! 하여튼 판이 제대로 벌어졌네그려. 싸우세."

백동수가 다시 어란진 수군들을 향해 달려갔다. 나는 고개를 돌려 김진을 쳐다보았다. 그가 짧게 상기시켰다.

"잊지 않았겠지, 김선의 말?"

"김선?"

"재조사가 끝날 때까지 우릴 살피고 돕겠다고 하지 않았는가?"

이진진 만호 강부철을 비롯하여 조군 중 서른 명 남짓한 격군이 바로 김선의 무리였던 것이다.

"이 도사! 자넨 담헌 선생 모시고 잠시 물러나 있게. 주혜와 옥화, 두 여인의 시신을 챙겨 주기 바라네. 곧 돌아오겠네."

"어딜 가려고?"

"금방 오겠네. 꼭 찾아올 게 있어."

김진이 백동수가 뛰어간 아수라장으로 사라졌다. 담헌 선생을 부축하여 시신들이 즐비한 곳까지 물러섰다. 선생의 눈에선 눈물이 벌써 흘러내렸다. 나는 남색 전대를 허리에 두른 시신들 앞에 무릎을 꿇고 앉았다. 깊게 숨을 들이쉰 후 천천히 뱉으며 스스로를 진정시켰다.

검안이라고 생각하자! 그동안 많은 시신을 찬찬히 살펴봤지 않은가. 그때와 조금도 다르지 않다. 침착하자! 감정을 앞세우면 시신에 담긴, 이승에서의 최후를 확인할 중요한 단서들을 놓친다. 눈을 크게 뜨고 또렷이 살피는 게다!

더러운 천을 끝만 잡고 당겨 벗겼다. 주혜였다. 넓은 이마가 움푹 들어갔다. 오른쪽 어깨와 팔까지 모두 부서져 뒤틀렸다. 달려오는 배에 그쪽부터 부딪친 것이다. 뼈는 부러졌으나 사지가 뜯겨 나가진 않았다. 단번에 충격을 받고 목숨을 잃었을 가능성이 컸다. 뒤틀린 부위를 바로 편 뒤 남색 전대를 풀어 포박하듯 묶었다. 매듭이 자꾸 풀렸다.

손에 힘을 줘도 계속 떨렸던 것이다.

낭자! 미안하오. 낭자를 구하지 못한 건 내 잘못이 크오. 나를 용서하지 마시오.

무릎걸음으로 나머지 시신 앞으로 갔다. 땅바닥으로 흘러내린 전대를 들어 어루만졌다. 눈물이 전대 위로 투둑 떨어졌다.

"옥화!"

이름을 부르고, 손바닥으로 눈물을 훔친 뒤 고개를 들었다. 슬픔을 맘껏 풀어낼 여유가 없었다. 조운선을 통해 제 배를 불러 온 썩은 무리와 그 무리에 협조했다가 버림받은 또 한 무리가 뒤엉켜 싸우고 있었다. 두 무리의 악행 속에서 많은 이들이 다치거나 죽었다. 조택수도 차돌이 모녀도 주혜도 옥화도 악행의 희생자였다. 나는 천의 끝을 다시 쥐곤 아주 천천히 당겼다. 손가락이 떨려 왔다. 바닷물에 뭉친 머리카락이 보이고 그다음에 이마가 보였다. 손이 너무 심하게 떨려 거기서 잠시 멈췄다. 눈이나 코나 입이 짓뭉개졌을 수도 있다. 거대한 군선 앞에서 여인의 몸이란 부서지기 쉬운 유리구슬과 같으니까. 더 천을 내리지 않고 그미의 이마를 왼손으로 짚었다. 싸늘했다. 차디찬 바다의 짠 내가 손바닥을 타고 팔꿈치를 거슬러 뒷목까지 올라왔다. 바다에서 그미가 뱉은 마지막 숨이 목덜미를 쓰다듬는 듯했다. 등 뒤에서 비명이 터져 나왔다. 두 무리의 싸움에서 목숨을 잃는 이들이 하나둘 늘었다.

다시 천을 쥐곤 내렸다. 옅은 눈썹 아래 작은 눈이 나왔다. 흰 눈자위가 보였다. 실눈을 못 감고 숨이 끊긴 것이다. 죽기 직전까지 옥화는 나를 향해 손을 흔들었고 나를 향해 웃었다. 그리고 배에 부딪쳤다. 나는 손을 천 밑으로 넣어 그미의 얼굴을 더듬었다. 코는 괜찮았고, 입은 아랫입술이 부풀었지만 괜찮았다. 턱과 목도 함몰되거나 찢기거나 부어오른 곳은 없었다. 팔다리도 멀쩡했다.

"아! 다행……."

손으로 입을 꽉 막았다. 사람이 죽었는데, 얼굴과 사지가 다치지 않은 것을 다행으로 여기다니! 그런 말을 내 혀로 만들었다는 것 자체가 놀라웠다. 부끄러웠다. 안타까웠다. 성났다. 원통했다. 감정들이 순간순간 야수처럼 달려들어 내 몸과 맘을 물어뜯었다. 시신을 늘어놓은 이곳에 다행은 없다. 불행에 불행만 겹으로 쌓였을 뿐이다.

치명상을 입은 곳은 가슴이었다. 배를 피하려다가 가슴을 부딪쳐 갈비뼈가 거의 다 부러졌다. 바다에서 죽은 이들의 모습은 만 가지가 넘지만 안타까움은 단 하나라고 했던가.

나는 허리를 숙여 옥화의 목을 끌어안고 포옹했다. 주근깨투성이 차가운 뺨이 내 뺨에 닿았다. 고개를 들어 이마와 뺨과 턱으로 흘러내린 머리카락을 쓸어 넘겨 줬다. 살짝 올라간 눈귀는 지금이라도 나를 향해 미소 지을 것만 같았다. 그러나 이미 그미는 저승으로 갔다.

"옥화!"

미안해. 당신과 이야기 나누고 걷고 보고 먹고 손잡을 시간이 많이 남았다고 생각해서 미안해. 당신을 데리고 금갑 해변에 내려가지 않아서 미안해. 당신의 춤사위가 주혜보다 낫다고 말하지 못해서 미안해. 당신의 주근깨투성이 뺨에 입 맞추지 않아서 미안해. 당신의 실눈에 이 세상에서 가장 큰 웃음이 담겼다고 설명하지 않아서 미안해. 당신과 함께 상경하고 싶다는 고백을 망설여서 미안해. 미안해. 정말, 정말 미안해!

오른손을 옥화의 이마에서부터 조심조심 내려 눈을 감겼다. 거적을 말아 다시 꽁꽁 묶었다. 팔이나 다리가 빠져나와 흔들리지 않도록 두 번 세 번 확인했다. 그때 김진이 백동수와 함께 다시 돌아왔다.

"일단 여길 피하도록 하세."

"왜 말리는 건가? 조금만 더 시간을 주면 저놈들 다 쓸어버릴 수 있는데."

백동수가 아쉬워했다.

"우리까지 낄 필요는 없습니다. 형님이 어란진 만호의 목을 베었으니 어란진 수군들은 곧 싸울 의욕을 잃고 항복할 겁니다."

"밀양부사를 벤 이는 자넬세. 꽃을 좋아하는 사람이 어찌 그리 검술에 능한지 볼 때마다 신기할 정도일세."

김진이 보검을 백동수에게 내밀었다.

"잠시 맡아 주십시오."

그 보검을 박차홍으로부터 되찾기 위해 싸움판으로 뛰어들었다가 온 것이다.

"죽였는가?"

"나는 박 부사의 오른쪽 다리만 베었다네. 그런데 이진진 만호 강부철이 등 뒤에서 목을 잘라 버리더군. 서두르세."

김진은 주혜의 시신을, 나는 옥화의 시신을 어깨에 들쳐 멨다. 생각보다 무거웠지만 참고 버텼다. 담헌 선생이 앞장을 서고 백동수가 후미를 맡았다. 바닷가 언덕을 넘어가다 말고 고개만 돌렸다. 멀리서 이진진 만호 강부철과 격군 하나가 우리를 향해 허리 숙여 읍을 했다. 격군의 얼굴이 낯익었다. 영은사에서 마지막으로 만났던 호방 김선이었다.

지옥이 따로 없었다.

24장

광통교는 종일 붐볐다. 소광통교에서 대광통교까지를 오가면, 조선에서 유행하는 귀품(貴品)을 모두 구경한다는 농담이 돌 정도였다. 가게마다 상품을 잔뜩 벌여 놓은 채 손님을 맞았고, 하나를 팔면 하나를 덤으로 얹어 주는 광경도 낯설지 않았다.

건곤일초정으로 가려 했다. 상경길에 담헌 선생은 옛집에 며칠 머무르고 싶다 했고 김진은 기쁘게 그 부탁을 받아들였다.

"제가 잠시 맡아 둔다 하지 않았습니까? 건곤일초정의 주인은 영원히 선생님이세요."

의금부를 나서는 내게 김진의 연락이 닿았다. 건곤일초정이 아닌 광통교 지전(紙廛)으로 찾아오란 것이다. 납작코가 주인인 가게라면 모르는 이가 없다고 했다. 상경한 지도 하루가 지났다. 판의금부사 조광준이 호조로 급히 오라며 사람을 보내 나를 찾았지만 가지 않았다. 독운어사를 보좌하는 임무를 마칠 때까진 벼슬아치들을 만나지 말라는 어명을 받은 것이다. 늦은 밤에는 전하를 알현할 예정이었다. 아직 만날 장소를 통보받진 못했다.

약속한 오시(午時)에 소광통교 지전에 도착했다. 납작코에게 다가가서 내 이름을 대니 왼손으로 콧등을 훔치곤 말했다.

"따르십시오."

쌓아 놓은 두루마리 다발을 지나 병풍을 돌아서 들어갔다. 종이를 걷으면 종이가 나오고 그 종이를 걷으면 또 종이가 나왔다. 다시 종이겠거니 여겼는데, 납작코가 슬쩍 돌아보곤 작은 문을 열고 허리를 숙여 들어갔다. 나도 재빨리 허리를 숙인 채 뒤따랐다. 어둠 속에서 누군가 내 어깨를 잡았다. 그 손을 잡아 비틀었다.

"아! 날세."

김진의 비명을 듣곤 곧 손을 풀었다. 조족등이 발목 언저리에서 빛났다. 납작코가 앞장을 서고 김진과 내가 뒤따랐다. 폭이 좁아 둘이 나란히 걷기도 힘든 복도였다. 그 끝에서 불빛이 흔들렸다. 김진이 등을 넘겨받으며 말했다.

"고맙습니다."

돌아선 납작코가 어둠 속으로 곧 잠겼다. 김진에게 속삭였다.

"너무 어둡잖아? 저러다가 넘어지기라도 하면……."

"탁현대(卓賢大)라고 들어 봤나?"

"맹인 가야금 연주자 말인가?"

"지전 주인이 탁현대의 형 탁현중(卓賢重)이라네. 동생을 따라 어둠 속에서 장난을 쳐 그런지 웬만큼 어두운 곳은 대낮처럼 활보한다네. 걱정 말고 들어가세. 현대의 친구가 우릴 기다리고 있으이."

현대의 친구? 그 말을 듣는 순간 떠오르는 이름이 하나 있었다. 고후! 현대처럼 눈이 먼 피리의 고수였다. 김진이 조족등을 앞세우곤 문을 열고 들어선 후 이리저리 비췄다. 한쪽 벽에는 종이가 가득 쌓였고 그 외엔 변변한 가구가 없었다. 모서리에 정갈하게 접어 놓은 이불과 요만 눈에 띄었다. 김진이 목소리 낮춰 말했다.

"이제 그만 모습을 드러내게. 밀양을 함께 다녀온 이 도사도 왔다네. 걱정 말고!"

김진이 등을 놓고 앉았다. 나도 그 옆에 자리를 잡았다.

"누가 있다고 그러는가? 텅 빈 방 아닌가?"

"텅 비긴 했지, 거의……."

김진이 말끝을 흐린 까닭은 누군가 다가앉았기 때문이다. 나는 너무 놀라서 엉덩이를 밀며 몸을 돌렸다.

"고후 형님이라네."

김진이 이름을 대지 않았다면 주먹이 급소를 향했을 것이다.

"어둠 속에선 살쾡이보다 재빠르시지."

고후가 양팔을 들자 김진이 얼굴을 갖다 댔다. 눈과 코와 입을 양손이 더듬는 동안 김진은 꿈쩍도 하지 않았다. 그 손이 김진의 어깨를 툭툭 가볍게 쳤다.

"자네도 인사하게."

"장병도에서 만났었지요? 의금부 도사 이명방입니다."

고후가 허리를 돌렸다. 양팔이 내 눈앞에서 어른거렸다. 그 손바닥에 얼굴을 갖다 댔다. 김진에게 했듯이, 고후가 내 얼굴도 더듬기 시작했다. 불편하고 불쾌했지만 참았다. 눈먼 사내가 상대의 얼굴을 확인하는 유일한 방법이니까. 역시 내 어깨를 쳤다. 김진은 밀양에 다녀온 결과를 간단히 알려 주었다.

"소운과 형이 탄 배가 어찌 침몰되었는지 알아냈습니다. 그 짓을 한 자들도 모두 밝혀냈고. 지금 담헌 선생이 건곤일초정에서 조사 결과를 종합하여 소상히 적고 계세요. 오늘 밤에 전하께 올릴 글입니다. 그러니 걱정 마세요. 다 잘

될 겁니다."

고후가 무릎걸음으로 와서 김진을 끌어안았다. 굵은 눈물이 볼을 타고 흘러내렸다.

"으으윽 으으으으!"

괴성이 따라 나왔다. 목청에서 울린 음들이 제멋대로 흩어져 입술 밖으로 넘쳤다. 김진이 고후의 등을 쓸었다.

"고마워 말아요. 친구가 비명에 갔는데, 그 이유를 찾아내는 건 당연한 도리지요. 소운뿐만이 아니라 그 배에 탔던 차돌이와 기녀들 그리고 격군들의 억울함까지 다 풀어야 합니다. 형을 구해 준 어부 정상치까지 더해서 말이지요. 그렇지 않은가?"

"맞네. 다 풀어야겠지."

얼떨결에 맞장구를 쳤다. 고후가 갑자기 허리를 젖히곤 김진의 가슴을 손바닥으로 더듬었다. 김진이 미소를 지으며 품에서 서책을 꺼냈다.

"그렇지 않아도 형에게 선물로 주려고 가져왔습니다. 소운이 직접 필사했던 『종북소선』입니다. 담헌 선생께 이 책을 빌려 필사할 때 형도 곁에 있었던가요? 하여튼 저는 이미 건곤일초정에 한 부를 가지고 있고, 또 필요하면 언제든지 필사할 수 있으니, 소운의 손때가 묻은 이 필사본은 형이 가지세요."

고후가 서책을 품에 안고 기어이 울음을 터뜨렸다. 진한 슬픔과 그리움이 담긴 괴성이 방 안을 가득 채웠다. 김진과 나는 고후가 울음을 그칠 때까지 기다렸다. 그리고 조용히 작별 인사를 건넸다.

"곧 다시 오겠습니다. 그때까진 꼼짝 말고 여기 있도록 해요. 조운선과 소선 침몰에 연관된 죄인들은 곧 의금부로 압송될 겁니다. 그런데 아직 한양에는 박 부사와 연결된 자들이 적지 않습니다. 그들이 형을 노릴지도 모릅니다. 소선에 탔다가 구조된 유일한 사람이니까. 형이 한양에 있다는 사실을 우리 외엔 아무도 몰라야 해요. 소운을 위해서라도 쥐 죽은 듯 지내야 합니다. 아시겠지요?"

조족등을 앞세우고 복도로 나왔다. 탁현중은 어렵지 않게 복도를 되돌아갔지만 나는 한 걸음 떼기도 어려웠다. 똑바로 뻗은 길이라고 여겼는데 자꾸 팔꿈치가 벽에 닿고 돌멩이나 나무토막이 발끝에 걸렸다. 기우뚱대며 벽을 잡았다.

그렇게 열 걸음쯤 떼기도 전에 부서져라 문을 두드리는 소리가 났다. 김진과 나는 돌아서서 급히 방으로 돌아갔다.

"무슨 일입니까?"

김진의 물음에 고후가 오른손을 들곤 엄지와 검지로 물체를 쥐는 시늉을 했다.

"붓을 달라고요?"

고후가 고개를 끄덕였다. 김진이 내게 부탁했다.

"납작코에게 가서 문방사우를 챙겨 오게."

"언문도 깨치지 못했다 하지 않았는가?"

"서두르게. 조족등을 들고 가."

나는 급히 가다가 두 번이나 넘어졌다. 납작코에게 부탁
하여 문방사우를 가져왔다. 고후가 『종북소선』을 펼치곤 손
가락으로 더듬어 짚고 있었다. 미평(眉評), 즉 작품의 상단
에 적힌 평어가 전혀 없는, 텅 빈 사각의 칸을 거듭 만졌다.
김진이 종이를 편 후 벼루를 꺼내 먹을 갈았다. 가는 붓에
먹물을 찍어 고후에게 건넸다. 고후는 왼손으론 텅 빈 사각
의 칸을 만지면서 붓을 쥔 오른손을 움직이기 시작했다.

"대체 무얼 하는 것인가?"

귓속말로 김진에게 물었다.

"소운이 우리에게 남긴 마지막 선물인 것 같네. 오직 고
후 형만이 찾아낼 수 있는 흥미로운 선물이지."

고후는 종이에 미세하게 눌린 부분을 따라, 글을 쓴다기
보다는 그림을 그리듯 획을 그어 나갔다. 첫 칸에 담긴 문
장을 제외하곤, 사각형 칸에 이름이 하나씩만 큼지막하게
들어가 있었다. 김진이 고후가 옮긴 이름을 종이에 정서했
다. 김진과 내가 이미 만나 본 이도 있었고 이 사건에 연관

되었으리라곤 예상 못한 이도 있었다. 광흥창 부봉사 조택수의 조사가 그만큼 정밀하고 광범위했다는 뜻이다. 조택수가 『종북소선』의 미평에 숨겨 우리에게 전한 이름은 아래와 같다.

후조창 조운선 침몰의 책임을 이들에게 반드시 물어야 한다.

영의정 조광병
호조판서 겸 판의금부사 조광준
형조판서 최기
병조판서 성면우
선혜청 낭청 최병식
광흥창 수 백제룡
광흥창 주부 남택만
광흥창 봉사 이준광
전라우수사 유공
경상우수사 안종훈
영암군수 안명중
어란진 만호 백보숭
이진진 만호 강부철
밀양부사 박차홍

제포 만호 노치국

밀양 호방 김선

밀양 영선감관 윤정필

밀양 봉상감관 최고직

경강상인 윤덕배

경강상인 정효종

목수 선풍

김진은 지전 앞에서 명단을 적은 종이를 건넸다.

"왜 내게 주는 건가?"

"자네가 독운어사를 모시고 용안을 뵐 거니까."

"자넨? 또 빠지겠다고? 어사를 보좌한 이들까지 모두 오라 하셨다네. 어명을 어길 셈인가?"

"난 나를 기다리고 있는 이에게 가야겠지. 아들을 누가왜 죽였는가를 알고 싶어 하는 가여운 아버지가 있지 않은가? 결국 이 명단 때문에 소운이 목숨을 잃은 셈일세. 판의금부사 조광준으로선 조운 비리를 면밀히 아는 이를, 비록조카라고 해도 살려 둘 순 없었겠지."

나는 놀라서 되물었다.

"설마 영의정에게 소운이 작성한 명단을 넘겨주겠단 이야기는 아니지?"

김진이 망설임 없이 되물었다.

"왜 아니겠는가?"

"그걸 지금 말이라고 하는가? 영의정 조광병은 봄날 일어난 다섯 군데 조운선의 동시 침몰 사건을 책임져야 하는 가장 높은 벼슬아치일세. 그런 자에게 명단을 넘기겠다고?"

김진이 상기시켰다.

"벌써 잊은 건 아니지? 이번 조사는 우리가 패를 모두 보여 주고 시작한 것이라네. 처음부터 패를 까고 들어갔는데 끝날 때 갑자기 품에 감추는 건 이상하지 않은가? 끝까지 패를 보여 줘도 난 우리가 이길 것 같은데? 이 도사 자넨 자신이 없나 보군."

"증인들을 빼돌리고 공문서를 조작하여 사건을 무마하려 들 수도 있음이야."

김진이 말머리를 돌렸다.

"자넨 전하를 믿는가?"

"무슨 소린가 그건 또?"

"난 말일세. 이 명단을 전하와 영의정에게 각각 알려 주고 싶으이. 그럼 어떤 일이 벌어질까 궁금하지 않은가?"

김진의 호기심은 종종 상상하기 힘든 곳까지 뻗어 갔다. 상식이나 관습을 넘는 것은 보통이고 나랏법을 무시하여 목숨이 위태로운 지경까지. 나는 그를 말려야 했다.

"어명을 받들어 여기까지 왔네."

"알지, 물론 알아. 하지만 과연 전하께서 소운의 바람을 들어주실까. 방각살옥 때도 겪지 않았는가. 군왕이란 결코 신하에게 전부를 내주지 않네. 솔직히 난 영의정만큼이나 전하도 믿지 않아."

그를 영의정에게 보내고 싶지 않았다.

"그럼 함께 전하께 가서 눈으로 보고 귀로 들어 확인하세."

"아니! 나는 가지 않겠네."

"이유가 뭔가?"

"참지 못할 것 같아서라네."

"무엇을?"

"내 예상대로, 전하께서 영의정과 타협을 보겠다는 결정을 내리신다면, 그 자리에서 내가 무슨 짓을 할지 나도 모르겠으이."

어심(御心)을 미리 예측하는 것 자체가 불충이다. 지은 죄만큼 벌을 내리는 것은 나랏법의 기본이지만, 오직 한 분 전하만은 그 기본을 지킬 수도 어길 수도 있다.

"주혜 낭자 때문인가? 자네가 그미를 무척 아꼈다는 건 아네만……."

"주혜와 옥화, 두 여인을 포함하여 많은 이들이 바다에서 죽었다네. 자네가 결과만 알려 주게. 나는 건곤일초정에서 쉬며 기다리겠네."

"바꿀 여지는 없는가?"

"전혀!"

김진의 굳은 마음을 바꾸긴 늦었다. 영의정 조광병이 명단을 받아 든 후 어찌 움직이는가는 차후에 살필 수밖에 없었다.

"알겠네."

"부탁 두 가지만 해도 되겠나?"

"뭐든지."

"담헌 선생께도 따로 말씀드렸네만, 주혜 낭자에 관해선 감춰 주게. 퇴기 진향도 기묘년에 동궁에서 달아난 오유란이 아니라고 해 주게. 주혜는 진향의 피붙이가 아니라 어려서 양녀로 삼았으며, 옥화처럼 시를 가르친 제자에 불과하다고."

"알겠네. 그리함세. 또 하나는 뭔가?"

김진은 이야기를 꺼내려다가 멈췄다.

"……아닐세. 주혜 낭자만 부탁하네."

"편히 말해 보게나. 우리 사이에 못할 말이 무엇인가?"

"자네가 다칠 수도 있어."

더욱더 궁금했다.

"화광! 자네랑 목숨 걸고 여기까지 왔어. 그 부탁 말하지 않으면 난 정말 섭섭할 걸세. 나랑 더 이상 얼굴 보기 싫은가?"

"알겠어. 하지만 전하를 뵙기 전까진 시간이 있으니 마음이 바뀌거나 부담스러우면 하지 않아도 돼."

김진은 소매에서 서찰 하나를 꺼내 내밀었다. 그것을 넘겨받아 폈다. 또 다른 명단이었다.

그 밤 나는 담헌 선생과 함께 존현각으로 갔다.

협문을 통해 들어서니 궁궐 전체가 묘지처럼 고요했다. 우리를 존현각까지 안내한 대전 내관도 뒤돌아서더니 사라졌다.

"여전하구나! 변한 게 하나도 없어."

선생이 낮은 목소리로 짧게 말했다. 세손을 가르치며 드나들었던 길들이 밤인데도 눈에 익은 것이다.

"풍금을 가져왔다면 여기서 연주했을까요?"

"유력한 장소 중 하나지. 도성 안이라면, 지금은 거의 비어 있다시피 한 존현각을 첫손에 꼽았지. 내게도 전하께도 특별한 곳이니까."

"도성 밖이라면?"

"내게 연주할 곳을 고르라면, 광흥창에서 하고 싶었네."

"왜 하필 광흥창을? 혹시 소운을 위해서?"

담헌 선생이 쓸쓸히 미소 짓는데, 전하께서 방으로 들어오셨다.

우리가 예의를 갖출 때까지 눈도 맞추지 않고 시선을 내리셨다. 선생이 밀서를 올리니 꼼꼼히 읽으셨다. 침묵이 이어졌다. 밀서의 끝에 『종북소선』 필사본에서 발견한, 조운선 침몰을 조장한 썩은 벼슬아치들의 명단이 첨부되어 있었다. 그 명단을 오랫동안 쳐다보며 이름을 하나하나 확인하실 때, 나는 숨도 쉬기 어려웠다. 불쑥 하문하셨다.

"이 글을 믿어야 하는가?"

"전하!"

선생은 물음의 맥락을 몰라 즉답을 못했다.

"연행을 다녀온 걸 기록한 일기(日記)가 있느냐고 물었더랬다. 기억하느냐?"

"기억하옵니다."

"쓰지 못했다는 대답도 기억하느냐?"

"……기억하옵니다."

"훗날 살펴보니 너는 연행에 대한 일기를 한문은 물론이고 언문으로까지 썼더구나. 왜 과인에게 거짓을 고하였느냐? 정직과 신의를 유난히 강조하던 네가 거짓을 고하리라곤 상상도 못하였느니라."

담헌 선생의 굳은 안색을 훔쳐보았다. 선생은 평생 거짓을 모르는 사는 사람이다. 한데 감히 세손 앞에서 연행 일기는 없다고 거짓을 아뢰었단 말인가.

"아직 정리가 끝나지 않은 초고라서 감히 보여 드릴 수준이 아니었사옵니다. 또한 읽지 말고 보시기를 원해서였사옵니다."

"읽지 말고 보라? 무슨 소리인가?"

"그때 전하께서는 궁금한 것들이 있으면 관련 서책을 찾아 읽고 논하는 것으로 해결하려 하셨사옵니다. 연행의 가치는 그곳을 다녀온 이들의 일기를 읽는다고 알 수 있는 것이 아니옵니다. 신의 보잘것없는 일기는, 연경으로 몰려드는 세상의 문물이 1000가지라면 그중 하나도 온전히 담지 못하였사옵니다. 너무나도 부족한 제 일기를 보시고 고작 이것이 연경의 전부란 말이냐라고 여기실까 두려웠사옵니다."

거짓말을 하긴 했다는 것이다. 그것만으로도 목이 잘리거나 평생 절해고도에 유배될 중죄다. 잠시 노려보시다가 하교하셨다.

"세손 시절 이곳에서 담헌과 함께 공부하던 기분이 이제야 나는구나. 신중에 신중을 기하면서도 늘 그렇게 당당

했지. 그때나 지금이나 과인은 책을 가까이 두고 읽는다. 세상을 보라는 말도 옳겠지만, 과인은 담헌처럼 연행을 다녀올 수도 없고, 또 조운선이 침몰하였다 해도 배를 타고 그 바다에 나아갈 수도 없다. 그러니 서책을 읽고, 일기를 읽고, 또 오늘 담헌이 올린 이와 같은 밀서도 읽는다. 읽고 고민하여 판단하는 것 외에 용상의 주인이 할 일이 무엇이란 말이더냐?"

"읽지 않으셔도, 가지 않으셔도, 세상의 이치를 보실 수 있사옵니다. 연경을 배우자는 주장도 있고 한양을 지키자는 주장도 있사옵니다만, 연경의 문물이 최고가 아니듯 한양의 문물이 최고가 아님을 보실 수 있사옵니다. 조운선의 잦은 침몰을 해결하는 방법 또한 발견하실 수 있사옵니다."

"무엇이냐 그것이?"

선생이 즉답을 미루고 잠시 용안을 우러렀다. 하명하셨다.

"답하라. 지금부터 네가 무슨 말을 하든지 문제 삼지 않겠느니라. 계방에 있을 때 너는 지나치게 말을 아꼈다. 밤에 따로 불러 논의를 하면 몇 걸음 더 나아오긴 했으나 그래도 헤어지고 나면 아쉬움이 컸느니라. 만 리 밖까지 겪고도 과인에겐 겨우 10리도 채 보여 주지 않는 느낌이라고나 할까."

"전하! 신을 벌하여 주시오소서."

"오늘 또다시 10리 아니 100리에서 멈춘다면 용서하지 않을 것이니라. 시절에 대한 네 고민이 그동안 어디까지 뻗어 갔는지 모두 아뢰도록 하라. 알겠느냐?"

"예. 전하!"

"다시 묻겠다. 조운선의 잦은 침몰을 해결할 방법이 무엇이냐?"

선생이 단어 하나를 힘주어 아뢰었다.

"박애(博愛)이옵니다."

"박애! 설명해 보거라."

"올해 들어 부쩍 늘어난 조운선 침몰은 여러 관원들의 협잡과 사사로운 이익 추구에서 비롯된 것이 맞습니다. 하오나 이들을 색출하여 벌하고 다른 이들을 그 자리에 앉힌다 하여도, 정도의 차이는 있겠으나 침몰 사건은 끊이지 않을 것이옵니다. 사람보다 배를 중히 여기고 배보다 쌀을 중히 여기는 담당 관원들의 마음가짐 때문이옵니다. 왕실과 조정도 조운선에 실린 세곡에만 관심을 쏟고, 정작 그 세곡을 실어 나른 배와 그 배를 조종하는 조군들 그리고 그 세곡을 나라에 바친 농부들의 피와 땀을 하찮게 여기옵니다. 서강 광흥창에 도착한 세곡만 목적이 되고 나머지는 수단으로 전락한다면, 법과 제도가 어떻게 바뀌어도 조운선은 또다시 바다에 가라앉을 것이고, 관원들은 사사롭게 배를 채울 것이고, 이 땅의 백성은 절망에 빠져 눈물을 쏟을 것이옵니다. 벼슬아치에게 녹봉을 지급하기 위해 세곡이 필요하다는 것을 모르는 이는 없사옵니다. 하오나 벼슬아치가 할 일은 결국 1년 동안 공들여 농사를 지은 백성을 행복하게 만드는 것이옵니다. 백성이 불행하면 세곡이 아무리 많이 걷힌다 해도 그 나라가 어찌 행복하겠사옵니까? 세곡보다는 그 배를 아껴야 하고, 그 배보다는 조군을 챙겨야 하고, 조군보다는 1년 꼬박 농사를 지어 바친 이 나라의 백성을 널리 사랑해야 하는 것이옵니다. 박애의 마음만이 지금의 불행과 절망을 해결할 수 있사옵니다."

놀라운 제안이었다. 썩은 관원을 찍어 내는 수준이 아니라, 조운선 침몰의 근본 해결책을 인(仁)도 아니요 충(忠)도 아닌 박애(博愛)에서 끄집어낸 것이다. 이전까지 나는 단 한 번도 박애를 이토록 강조한 이야기를 들어 본 적이 없었다. 연암 선생도 여기까진 아니었다. 이윽고 전하께서 질문을 이으셨다.

"담헌이 과학과 천문 지리에 관심이 많으나 충직한 공맹의 제자인 줄 알았더니, 이제 보니 묵자로 가 버린 것이더냐?"

솔직히 나는 선생이 이 정도에서 논의를 그치기를 바랐

다. 하고 싶은 말을 다 해 보라는 어명이 내렸지만, 공맹의 나라에서 묵자를 언급하는 것 자체가 죄다. 또한 공맹을 평생 따르겠다며 밤낮없이 공부해 온 전하께서 묵자에 기댄 선생의 주장을 받아들일 리도 없다. 더 가는 것은 낭떠러지로 굴러떨어지는 지름길이다. 그러나 선생은 오늘이 생의 마지막 날인 것처럼 담대했다.

"백성을 위하는 것이 중요하옵니다. 공맹이라고 하여도 백성을 위하지 않는다면 그 말을 버려야 하고, 묵자라고 하여도 백성을 지극히 위한다면 그 말을 취할 수 있사옵니다. 문제는 공맹이냐 묵자냐 하는 것이 아니라 백성을 위한 구체적인 방안이 있느냐 없느냐 하는 것이옵니다."

공관병수(公觀倂受)의 사상을 백성을 중심에 두고 강조한 것이다. 공격을 이으셨다.

"천하 만물을 모두 목적으로만 두자는 주장은 얼핏 듣자면 근사한 것도 같다. 하지만 목적 없는 수단이 없듯이 수단 없는 목적이 어디 있겠느냐? 광흥창에 세곡을 채워 관원들에게 녹봉을 지급하여 이 나라를 법에 따라 다스리는 것이 목적이라면, 그 광흥창까지 세곡을 모아 저장하여 안전하게 옮기는 것은 수단일 수밖에 없느니라. 그 둘을 혼동하여 둘 다 중요하다고 치면, 결국엔 조운 자체를 하지 말자는 주장까지 제기될 수 있음을 왜 몰라."

선생도 뜻을 굽히지 않았다.

"광흥창에서 녹봉을 받아 가는 벼슬아치 중에서 녹봉이 없으면 끼니를 잇기 힘든 이가 몇이나 되겠사옵니까? 녹봉이 없더라도 평생 먹고살 재물을 갖춘 이들이 열에 아홉이옵니다. 그들이 가슴에 박애를 품는다면, 녹봉을 위해 광흥창을 해마다 꽉꽉 채우러 하삼도에서 조운선들이 위험한 뱃길로 올라오는 횟수는 부쩍 줄어들 것이옵니다. 특히 경상도처럼 뱃길로 가장 멀리 떨어진 조창의 조운을 그치는 것 역시 신중하게 고려할 일이옵니다. 한동안 경상도를 조운에서 제외했던 것은 여러 이유가 있겠으나, 먼 뱃길에 조운선이 침몰하거나 조군들이 다치거나 죽는 일을 막기 위한 뜻도 포함되어 있었사옵니다. 지금이라도 당상관부터 의견을 물어 욕심을 내려놓으라고 하교하시오소서."

조운 자체를 없애자는 주장은 아니지만, 풍족한 벼슬아치들이 스스로 녹봉을 받지 않으면 적어도 위험한 몇 군데 조창에서 조운선을 띄우는 일은 줄일 수 있다고 본 것이다. 하문하셨다.

"그 말은 왕실부터 욕심을 내려놓으란 뜻이겠지?"

"전하! 옛날 위대한 왕들은 배고픔을 채우고 기운을 차리는 정도에서 먹고 마시기를 그쳤사옵니다. 어찌해야 나라의 부(富)를 두 배로 늘릴 수 있겠사옵니까? 나라의 영토를 두 배로 확장하는 것은 전쟁을 치러 승리해야 하기 때문에 감내할 위험이 너무 크옵니다. 나라 안의 쓸데없는 비용을 반으로 줄인다면, 전쟁 없이 나라의 부가 두 배가 되옵니다. 나라의 흉사(凶事) 중에서 사치보다 더한 것은 없사옵니다. 절용(節用)하시오소서."

"위기에 처할 때 한 번 정도는 절용과 같은 처방을 내릴 만도 하다. 2년 전 제주에 흉년이 심했을 때, 나라에 바치는 전복을 감면하라는 명을 내린 적도 있느니라. 하나 그것은 임시방편일 뿐이다. 나라는 법과 제도에 따라 돌아가는 것이지, 욕심을 더하고 덜하는 것으로 해결되진 않는다. 네 뜻은 충분히 알았으니, 재론치 말라."

이 정도에서 꾸중을 멈추셨다. 담헌 선생이 수단과 목적을 구분할 줄 몰라서 이와 같은 주장을 폈을 리 없다. 오로지 목적에만 방점을 찍고 수단은 어찌 되어도 내 알 바 아니라는 식으로 조운이 흘러왔음을 반성하자는 뜻이 아니었을까. 세곡이 사람 목숨보다 중하게 취급되어서는 결코 아니 된다. 전하께서 꾸중을 문득 멈춘 것도 이 마음을 헤아렸기 때문일 것이다.

"박애와 절용 외에 더 하고 싶은 이야기가 있느냐?"

"과거(科擧) 외에 다양한 방법으로 인재를 등용하시오소서."

"음서(蔭敍)가 있지 아니하냐? 너 또한 과거를 치르지 않고도 계방에 들어왔고 사헌부를 거쳐 영천군수에 이르지 않았는가?"

음서 제도만으로도 충분하지 않느냐는 반문이셨다.

"음서에 국한할 문제가 아니옵니다. 적자와 서자의 차별을 폐할 뿐만 아니라, 양반이 아닌 이들 중에도 재주가 높은 자들을 수시로 올려 나라를 위해 쓰시오소서."

"어떤 재주를 뜻함이더냐?"

"손재주가 재빠른 자에겐 공예(工藝)를 맡기시옵고, 이익에 밝은 이에겐 장사와 관련된 업무를 전담시키고, 용맹스러운 자는 무장으로 특별히 뽑아 쓰시옵소서. 소경이나 벙어리나 귀머거리나 앉은뱅이 중에서도 그 재주를 살펴 중용하면, 몸이 아프거나 다쳐서 외롭고 가난한 백성들이 큰 용기를 얻을 것이옵니다."

"벼슬자리는 한정되어 있느니라. 그들을 중용하자면 지금 벼슬을 하는 이들은 어찌하느냐?"

선생이 단호하게 의견을 냈다.

"능력이 부족한 자는 물러나야 하옵니다. 독운어사를 하며 만난 관원들 중엔 놀고먹는 자가 절반에 가까웠나이다. 일하지 않는 자들의 벼슬을 빼앗고 옥에 가둔 후 엄히 벌하여야 하옵니다. 열심히 일한 관원이 녹봉을 받는다면 백성들이 어찌 원망을 하겠나이까? 백성을 위한 일은 하나도 하지 않으면서 세곡만 챙기는 자들이 많기 때문에 조운에 관한 불만도 날로 늘어나는 것이옵니다."

예리하게 짚어 내셨다.

"양반이 아니더라도 재주 있는 자에게 높은 벼슬을 주라 이 말이냐?"

"천인(賤人)의 주장이라 하여도 세상 이치를 밝히고 나라에 도움이 된다면 받아들여야 하옵고, 그 재주가 부패한 조운 체계를 혁신할 만큼 대단하다면 어찌 당상관으로 올려 쓰지 않겠사옵니까? 양반도 전하의 백성이옵고 천인도 전하의 백성이옵니다. 천인을 중용하는 이유가 분명하다면 주저할 까닭이 없을 것이옵니다."

"놀랍구나. 존현각에서 함께 서책을 읽고 논할 때는 수학이나 천문 지리에 관심이 깊다 해도 공맹의 도리를 충실히 따르는 서생이라 여겼느니라. 불과 5년 전이 아니더냐. 한데 오늘 네 뜻을 살피고 나니, 날카로운 소리를 곧잘 하는 초정 박제가보다도 훨씬 멀리 나아가 있구나. 오늘 논의를 문제 삼지 않겠다고 하였으니 네가 공맹을 넘어간 것을 탓하진 않겠다. 다만 하나만 더 묻겠다. 무엇이 너를 공맹의 너머까지 나아가게 한 것이냐?"

선생이 즉답을 하지 않고 잠시 시선을 바닥에 고정시킨

채 움직이지 않았다. 재촉하지 않고 기다리셨다. 이윽고 선생이 한 글자를 끄집어냈다.

"절망이옵니다."

"절망?"

같은 단어지만, 되풀이해서 짚는 전하의 목소리가 훨씬 크고 높았다. 선생은 굴하지 않고 생각을 펴 나갔다.

"그리고 명(命)을 부수고 싶었사옵니다."

"명을 부순다? 무슨 뜻이더냐?"

"천하게 사는 것은 천할 수밖에 없는 운명이고 양반으로 사는 것은 양반일 수밖에 없는 운명이라는 것, 굶주려 죽는 것은 그럴 수밖에 없는 운명이고 맞아 죽는 것은 또 그럴 수밖에 없는 운명이라는 것, 썩어 빠진 나라에서 태어난 것은 그럴 수밖에 없는 운명이라는 것을 부수고 싶었사옵니다. 세상 만물과 인생의 희로애락이 모두 운명이라면 힘써 나라와 고을과 가족과 내 삶을 바꾸어 나가기 위해 정성을 쏟고 노력할 이유가 없을 것이옵니다."

짧은 침묵이 흘렀다. 전하께서도 거기까진 고민을 하지 않으셨던 것이다.

"답을 찾았느냐?"

"아직 찾고 있사옵니다. 하지만 적어도 운명에 굴복하여 체념하지 않겠다는 의지를 갖게 되었사옵니다."

"의지!"

"그렇사옵니다. 두루 차별 없이 사랑하겠다는 의지이옵니다. 나누어 다투면 다시 운명이 등장하옵니다. 강한 자가 약한 자를 누르고, 건강한 자가 병든 자를 괴롭히며, 똑똑한 자가 어리석은 자를 이용하고, 부자가 빈자를 비웃기 위해선, 당하는 자들에게 그건 너희들 운명이라고 강요할 수밖에 없사옵니다. 조건은 저마다 다르겠지만 하늘에서 보면 한 번 태어나서 한 번 죽는 다 같은 인간이옵니다."

"과인에게도 의지가 중요하다고 보느냐?"

"그러하옵니다."

"예를 들어 보거라."

선생은 잠시 시선을 내린 채 침묵했다. 망설인다기보다는 마지막 남은 기운을 그러모으는 것처럼 느껴졌다. 이윽고 선생이 독운어사를 맡은 후 조운선과 소선 침몰을 조사하며 파고든 가장 중요한 고민을 꺼냈다.

"전하께서는 배가 난파되었을 때 마지막으로 그 배를 떠나는 사공이 되어야 하옵니다. 물론 차오르는 바닷물을 보면 두려움에 휩싸이겠지요. 그러나 배에 탄 백성이 모두 무사히 뭍에 내린 것을 확인한 다음에야 배를 버리고 빠져나올 수 있사옵니다."

되짚어 확인하셨다.

"배에 마지막까지 남아서 백성을 모두 탈출시킨 뒤에야 살길을 찾는 사공의 의지를 기억하라?"

"하온데 사공이 살길을 찾는 순간은 오지 않을 수도 있사옵니다."

나는 숨이 막혔고, 이마가 저절로 방바닥에 닿았다. 바람이 잔뜩 들어가서 터지기 직전의 풀무 주머니가 이와 같을까. 선생이 여기까지 용기를 낼 줄은 몰랐다. 그리고 그 용기에 전하께서 어찌 답하실 것인지도 모르긴 마찬가지였다. 우선 하문하셨다.

"오지 않는다? 무슨 뜻이냐?"

"배에 있는 백성을 구하고 구하고 또 구하다가 다 구하지 못하고 그 배와 함께 최후를 맞는 이가 군왕일지도 모르옵니다."

무서운 주장이었다. 듣기에 따라선 백성을 구하지 못한 군왕의 목숨은 달아날 수도 있다는 경고이며 끔찍한 예언으로 새길 수도 있다. 나는 불호령이 떨어질까 두려웠다. 독운어사를 맡은 선생의 절망이 이토록 깊은 줄 몰랐다. 전하께서 잠시 미간을 찡그리며 생각하시다가 말씀하셨다.

"적절한 지적이다. 백성을 버리고 배에서 가장 먼저 내려 달아난다면, 그자가 어찌 군왕일 수 있겠는가. 백성을 무사히 구하지 못하면 배와 함께 가라앉겠다는 의지를 지니도록 노력하겠다. 다시 이렇듯 긴 시간 의논하긴 어려울 듯하니, 이 나라에서 시급히 꼭 처결해야 할 일이 있다면 지목해 보거라."

"산적한 문제들이 많사오나 그중 백성을 불행하게 만드는 최악의 문제는 궁핍과 무지이옵니다."

"궁핍과 무지? 자세히 풀어 보거라."

"흔히 궁핍하고 무지한 이들을 가리켜 날 때부터 게을러 주리고, 어리석어 멍청하다고 비난하옵니다. 그러나 열에 아홉은 그 백성에게 주림을 채우고 멍청함을 벗어날 기회를 이 나라에서 준 적이 없사옵니다. 저들에게 힘써 농사지을 밭을 골고루 나눠 주시오소서. 궁핍을 면하고 끼니를 풍족히 잇는 이가 나날이 늘 것이옵니다. 저들에게 편히 공부할 장소와 스승과 서책을 주시오소서. 무지를 벗어나 사람다운 삶을 고민하는 이들이 쌓일 것이옵니다. 이 나라를 강하고 아름답게 만드는 길은 궁핍과 무지를 없애는 것이옵니다. 그것은 토지를 경작할 기회, 학교에서 공부할 기회를 백성에게 모두 공평하게 주는 것만으로도 해결되옵니다. 굽어살피시오소서."

빈부귀천을 따지지 않고, 농사를 짓고자 하면 토지를 주고 공부를 하고자 하면 학교에 보내자는 주장이다. 양반과 부자에게 모든 기회를 주는 사회를 근본부터 바꾸자는 것이다. 가난한 자도 자신의 토지를 갖고, 상놈도 학교에서 공부하여 벼슬길에 나아가는 날이 과연 이 나라에 올 수 있을까. 전하께서는 곧장 부딪치기보다 에둘러 시간을 버는 쪽을 택하셨다.

"궁핍과 무지에 대한 생각들까지 포함하여, 독운어사를 하면서 찾아든 생각들을 정리하고 있느냐?"

"전하!"

"이번에도 일기를 쓰지 않았노라고 거짓으로 아뢴다면 용서치 않을 것이야. 글로 써 두었느냐?"

"그러하옵니다. 하지만 아직 정리할 부분이 많사옵니다."

"정리가 되면 그 글을 과인에게 은밀히 올리도록 하거라. 묻고 싶은 것들이 많으나, 네 글을 읽은 후에 논의를 이어 가도록 하겠다."

"알겠사옵니다."

나는 표시 나지 않게 참았던 숨을 내쉬었다. 선생이 존현각에서 세손을 모시고 강론을 할 때 어떤 분위기였는지 상상이 되었다.

말머리를 돌리셨다.

"묵자는 비악(非樂)이라며, 값비싼 악기를 만들어 연주하고 노는 것도 무척 싫어했다지?"

"그러하옵니다. 하지만 꼭 필요한 악기는 만들어야 하

고, 좋은 음악은 널리 알려 즐기는 것까지 반대하진 않았사옵니다."

"풍금 소릴 들을 행운이 과인에겐 없나 보구나."

"송구하옵니다. 신이 다시 만들어……."

"되었다. 새로운 악기도 새로운 곡도 필요하지 않구나. 이제껏 만든 악기와 연주한 곡들만 챙기는 데도 족히 반백 년은 걸릴 듯싶다. 궁금하지 않은 것은 아니나 우선 사라지는 것들부터 챙겨야겠구나. 어느 정도 정돈이 되었다 싶으면, 다시 부르도록 하겠느니라. 그동안 독운어사로 일하느라 수고하였다. 당장 영천으로 내려가지 말고 한양에 며칠 머물며 몸을 챙기도록 하여라. 어의를 통해 약첩을 보낼 것인즉 달여 마시거라."

"성은이 망극하옵니다."

"먼저 돌아가도록 하여라. 이 도사와는 의논할 일이 조금 더 남았구나."

"알겠사옵니다."

담헌 선생이 예의를 갖춘 후 물러났다. 발소리가 사라지기를 기다려 하문하셨다.

"도목수 선풍과 그 아들 광우, 밀양 호방 김선, 발포 만호 장우룡과 이진진 만호 강부철, 이 정도가 이번에 색출한 『정감록』 무리이더냐?"

"그러하옵니다."

"의금부 도사 정수담이 죽기 전에 올린 밀서에 의하면, 진향이란 퇴기와 그의 딸 주혜, 제자 옥화도 또한 이들 무리일 것이라고 하였다. 기억하느냐? 기묘년에 동궁전에서 보검을 훔쳐 달아난 오유란이 바로 진향일 가능성이 크다고도 했느니라."

김진의 얼굴을 떠올린 후 차분히 준비한 답을 아뢰었다.

"주혜는 진향의 친딸이 아니옵니다. 소백산 자락에서 화전을 일구던 부부의 여식을 데려와 양녀로 삼았단 이야기를, 독운어사가 진향에게서 직접 들었사옵니다. 진향이 오유란인지 아닌지는 판별하기 어렵사옵니다. 장례를 마친 후 그 집을 정 참상과 샅샅이 뒤졌으나 보검을 비롯하여 그미가 한양에 머물며 동궁을 출입했단 물증은 없었사옵니다. 주혜와 옥화도 진향에게서 궁궐 이야기를 들은 적이 한 번도 없다고 하였사옵니다."

김진의 부탁을 충실히 따랐다. 그것은 또한 내 바람이기도 했다. 하문하지 않고 한참 동안 노려보셨다. 진향의 일만 따로 조사하라는 명을 내릴 수도 있다. 그러나 진향과 주혜와 옥화까지 모두 죽었으니, 조사를 해도 더 나올 것이 없었다.

"그러하냐? 알겠느니라. 내달부터 의금부 참상도사로

승차하여 일하게 될 것이다."

"아니옵니다. 저는 아직 준비가 부족하옵니다. 참상도사는 이순구나 정수담과 같이 사건을 해결하기 위해 목숨을 거는 사내들에게 합당한 자리이옵니다. 저는 참외도사로 좀 더 노력한 뒤, 이순구나 정수담과 어깨를 나란히 할 정도가 되었다 싶을 때 참상도사가 되겠사옵니다. 청이 하나 있사옵니다."

"무엇이냐?"

"독운어사가 군왕을 사공에 비겨 논하였사오니, 신도 그 비유를 가져올까 하옵니다. 사공이 배에 끝까지 남아 한 사람이라도 더 탈출시키는 것도 중요하오나, 사공이 뭍에 내렸다고 하여 그 역할이 끝나는 것이 아니옵니다. 어찌 보면 정말 중요한 일은 그때부터 시작이옵니다."

"뭍에 내린 후에도 다시 시작할 중요한 일이 무엇이냐? 배에서만 사공이지 뭍에선 사공이 아니지 않느냐?"

"그건 배를 어찌 정하느냐에 따라 달라지옵니다. 바다는 물론이고 육지를 오가는 배, 과거에서 현재를 거쳐 미래를 왕래하는 배를 그려 보시오소서. 군왕은 이승은 물론이고 저승까지 아우르는 더 큰 배의 사공이 되어야 하옵니다. 밝은 것, 넉넉한 것, 살아 숨 쉬는 쪽에 서는 것은 어리석은 백성도 누구나 할 수 있사옵니다. 그러나 어두운 것,

궁핍한 것, 죽어 스러지는 쪽에 서는 것은 오직 현명한 군왕만이 감당할 수 있사옵니다. 사고로 목숨을 잃은 백성을 정성을 다하여 잊지 않는 것이 무엇보다도 중요하옵니다. 앞장서서 망각을 찢어야 하옵니다."

입이 바짝바짝 타들어 갔다. 가슴 깊은 곳의 불덩이를 토하는 기분이었다.

"망각을 찢는다? 어떻게 말이더냐?"

"대소 신료들이 모인 자리에서, 이미 이승을 떠난 열다섯 명의 이름을 말씀해 주셨으면 하옵니다. 그들의 이름을 기억해 주시옵소서. 그들의 삶을 기억해 주시옵소서. 그들의 꿈을 기억해 주시옵소서."

"열다섯 명? 그들이 누구냐?"

소매에서 서찰 하나를 꺼내 폈다. 김진이 내게 건넨 바로 그 서찰이었다. 떨리는 목소리로 또박또박 읽어 나갔다.

"숙향(淑香), 열여섯 살, 흥양에서 나고 자란 기생이옵니다. 가야금을 즐겨 연주했고, 봄날 꽃놀이를 좋아했사옵니다.

은월(銀月), 열아홉 살, 흥양에서 나고 자란 기생이옵니다. 팔이 길고 다리가 빨라 춤에 능했사옵니다.

주산월(舟山月), 열일곱 살, 영암에서 나고 흥양에서 자란 기생이옵니다. 당시(唐詩)를 외워 썼고 술을 잘 마셨사옵니다.

별희(別熙), 스무 살, 진도에서 나고 흥양에서 자란 기생이옵니다. 생각이 깊고 목소리가 고와 흥양에서 가장 노래를 잘한다는 평을 들었사옵니다. 5월에 전 남해현감 한사룡(韓思龍)의 소실로 들어갈 예정이었사옵니다.

창진(昌辰), 서른 살, 흥양의 격군이옵니다. 홀어머니를 극진히 모시는 효자로 칭찬을 받았사옵니다. 올해는 꼭 혼인을 하려고 마음을 먹고 있었다 하옵니다.

수동(水東), 스물일곱 살, 흥양의 격군이옵니다. 다섯 살 쌍둥이의 아비이옵니다. 힘이 장사라서 어선을 뭍에 올리고 또 내릴 때 가장 앞에서 밧줄을 끌었사옵니다.

길태(吉太), 마흔 살, 흥양의 격군이옵니다. 웃음이 많고 담뱃대를 하루 종일 입에 물고 다니는 골초이옵니다.

설도(說道), 서른네 살, 흥양의 격군이옵니다. 절에서 어린 시절을 보낸 후 흥양으로 흘러들어와 이 집 저 집 얻어먹고 살았사옵니다. 이야기를 즐기고 글을 많이 알았사옵니다. 어부들의 혼인이나 장례를 도맡아 이끌었사옵니다.

남철(南鐵), 스물네 살, 흥양의 격군이옵니다. 배만큼이나 대장간을 좋아해서, 바다에 나가지 않을 땐 대장간에서 쇠를 두드리며 지냈사옵니다. 대장장이 명석(明石)의 외동딸과 7월에 혼인하기로 하고 날을 받았사옵니다.

홍수(洪水), 마흔 살, 흥양의 격군이옵니다. 물길에 밝아서 그와 함께 바다에 나가면 만선(滿船)은 떼어 놓은 당상이라고 하옵니다.

재탁(在卓), 마흔일곱 살, 흥양의 격군이옵니다. 목과 어깨가 많이 아파서, 딱 한 번만 더 배를 타고 그만두겠다고 하였다 하옵니다. 혼인하지 않은 두 딸이 있사옵니다.

차돌(車乭), 아홉 살, 밀양 동율림에 사는 아이이옵니다. 영특하고 몸이 빨라 다섯 살 때부터 심부름을 다녔사옵니다. 장래 희망은 밀양 포졸이었사옵고, 홀어미와 단둘이 살았사옵니다.

조택수(趙澤洙), 스무 살, 전 광흥창 부봉사이옵니다. 담헌 홍대용의 제자로 천문과 지리, 수학에 밝았사옵니다.

정상치(鄭相值), 서른한 살, 장병도의 어부이옵니다. 홀어미와 함께 어선 하나에 의지하여 살았사옵니다. 등산진 앞바다에서 악공 고후를 구하였사옵니다.

선영(仙影), 서른세 살, 밀양의 백성이옵니다. 관아와 동율림 등에서 허드렛일을 하며 살았사옵니다. 차돌의 어미이옵니다.

4월 5일 등산진 앞바다에 침몰한 소선과 관련하여 목숨을 잃은 열다섯 명이옵니다. 모두 전하의 백성이옵니다."

명단이 적힌 서찰을 올렸다. 그 명단을 펴 이름 하나하나를 확인하셨다. 나는 바닥에 이마를 대고 하명을 기다렸다. 이들의 죽음을 기려 달라는 청은 종구품 의금부 참외 도사인 내가 아뢸 일이 아니었다. 월권을 탓하며 벌을 내린다 해도 받을 수밖에 없다. 김진은 이 명단을 건넨 후에도 부담이 된다면 아뢰지 말라고 했다. 나는 무거운 벌을 받더라도 아뢰기로 했다. 낮에 흐느끼는 고후를 위로하며 김진이 내게 동의를 구했었다. 등산진 앞바다에서 죽어 간 이들의 억울함을 풀어야 하지 않겠느냐고. 나는 풀어야 한다고 답했다. 얼떨결에 맞장구를 쳤지만, 거기엔 내 진심이 담겨 있었다. 나는 그들의 이름이 세월 속에서 차츰 잊히는 것을 원치 않았다. 대소 신료가 모인 자리에서, 전하께서 그 이름들을 기리고, 사관(史官)이 기록하여 역사에 영원히 남기를 바랐다. 가족이나 친구가 아닌, 국가에서 그들의 이름을 공식 문서에 기록하는 것, 그것이 그들의 억울함을 푸는 시작이라고 믿었다. 이윽고 하교하셨다.

"알겠다. 놓치고 지나칠 뻔한 일을 알려 주어 고맙구나. 그들의 이름뿐만 아니라 행적까지도 편전(便殿)에서 읽고, 대소 신료들과 함께 그들의 삶을 영원히 기억할 방법을 찾도록 하겠다. 우선 등산진에 그들을 기리는 비문을 세우겠다. 아울러 그들의 가족에게도 늦었지만 위로의 글을 내리고, 앞으로의 삶이 궁핍하지 않도록 보살피겠느니라. 특히 장병도에는 따로 정상치의 용감함을 칭송하는 비를 세우고, 참척(慘慽)의 아픔을 겪은 어미에게 평생 먹을 식량을 내리도록 하겠다. 이 도사, 네가 이 일을 맡아서 끝까지 해 주었으면 한다. 흥양과 장병도로 가서 유족들을 만나, 그들이 원하는 것을 빠짐없이 알아 오도록 하거라."

내 눈에서 눈물이 쏟아졌다. 참으려 했지만 진정시키기 어려웠다. 젖은 목소리로 말했다.

"성은이 망극하옵니다. 신에게 지나친 부분이 있었다면 엄히 벌하여 주시오소서. 의금부 참상도사 이순구나 정수담은, 신이 조금만 더 노력을 했더라면 그 목숨을 구할 수도 있었나이다. 신문고를 두드린 선영과 의금부 나장 피종삼과 밀양 향교 하인 밤쇠의 목숨을 구하지 못한 죄도 물어 주시오소서. 어명을 받들어 의금부 도사의 직무를 하기엔 너무 부족하고 어리석고 잘못이 크옵니다."

내 울음이 그칠 때까지 기다리셨다. 훌쩍거림이 더욱 크고 길게 울렸다. 이윽고 울음이 잦아들자, 하교하셨다.

"지난봄 영암 앞바다에서 실종된 이들과 또 그와 연관되어 목숨을 잃은 이들은 모두 과인의 백성이다. 그들이 천수를 누리지 못하고 죽었으니, 그 잘못을 어찌 다른 이들에게 덮어씌울 것인가. 처음부터 끝까지 모든 것이 과인이 부덕한 탓이니라. 네가 어명을 따라 최선을 다했음을 잘 알고 있느니라. 과인이 부덕한 탓에 많은 이들을 바다에서 잃었구나. 그 차디찬 바닷물에 휩쓸려 사라진 목숨들을 떠올리니, 죽고만 싶구나! 약속하겠다. 그들의 이름을 기억하마! 그들의 삶을 기억하마! 그들의 꿈을 기억하마!"

죽고만 싶다고 토로하는 대목에선 옥음(玉音, 왕의 목소리)이 심하게 떨렸다. 처절한 반성이었다.

"아깝게 먼저 간 그들을 위해 이 나라와 과인이 할 일이 더 있겠느냐? 있다면 주저하지 말고 아뢰도록 하거라."

나는 한 번 더 용기를 냈다.

"있사옵니다. 그들을 따로 기억의 마을에 모았으면 하옵니다."

"기억의 마을? 그것이 무엇이냐?"

"그들에 대한 기억을 지닌 이들을 모두 만나 이야기를 듣고 기록하여 서책으로 묶는 것이옵니다. 그중 특별히 중요한 이야기는 그림으로 그려 남기는 것이옵니다. 그들이 어떤 삶을 살았고 어떤 외모와 성품을 지녔으며, 어떤 미래를 꿈꾸었는지 알고 싶으면, 이 서책과 화첩을 펼치면 되옵니다. 많은 이를 만나야 하고, 오랜 시간을 들여 이야기를 들어야 하며, 또 그만큼 긴 시간 정리하고 퇴고해야 하옵니다. 이를 나라에서 '기억의 마을'을 만드는 일이라 명명하고 해 나간다면, 죽은 이들의 유족과 친구는 물론이

거니와 만백성이 크게 기뻐하고 또한 위로를 받을 것이옵
니다."

고개를 끄덕이셨다.

"알겠다. '기억의 마을'도 꼭 만들도록 하겠다. 이 일 역
시 네가 계획을 짜 보도록 하거라. 필요한 사람과 재물을
최대한 넉넉히 잡도록 한 후, 규장각 사검서와도 하나하나
충분히 의논하렷다."

"성은이 망극하옵니다."

희망의 불씨들이 밤하늘의 은하수처럼 내 가슴에서 빛
났다. 그 순간 문밖에서 대전 내관이 아뢰었다.

"영의정 입시이옵니다."

"들라 하라."

나는 깊은 숨을 내쉬면서 손등으로 눈물을 겨우 훔쳤다.
조광병이 들어서다가 눈물을 닦는 나를 발견하곤 멈칫했
다. 그러나 곧 나를 없는 사람 취급하며 예의를 갖췄다.

"의금부 도사 이명방이라오. 독운어사 홍대용을 보필하
여 밀양을 다녀왔소."

조광병은 김진과 함께 나를 만난 사실을 숨겼다.

"판의금부사에게 이름을 들은 적이 있사옵니다. 도사들
중에서 출중하다고."

칭찬하는 조광병의 시선을 피하지 않았다. 느긋하고 고

요했다. 김진이 건넨 명단을 보고 왔다면, 표정은 차분해도 속은 까맣게 타들어 갈 것이다. 전하께서 거두절미하고 조운 비리와 관련된 명단부터 조광병에게 건넸다. 조광병이 첫머리에 자신의 이름부터 적힌 명단을 하나하나 살핀 뒤 답했다.

"많은 충신들이 왕실과 조정을 위해 일하고 있사옵니다."

해도 그만, 안 해도 그만인 문장을 두루뭉술하게 만들었다. 하문하셨다.

"고패를 꾸민 자는 관원이든 조군이든 모두 참형이오. 고패를 알고도 묵인한 자 또한 목을 내놓아야 할 게요. 그렇지 않소?"

"광흥창이 비면 이 나라도 멈출 수밖에 없사옵니다. 창고를 채우기 위한 수많은 노력을 어여삐 여겨 주시오소서."

조광병을 지나 시선을 돌리셨다. 나를 쳐다본다기보다는 조광병과 시선을 마주치지 않을 곳이 필요하신 것이다. 다시 조광병에게 하문하셨다.

"지난봄 다섯 군데에서 조운선들이 거의 동시에 침몰하였소. 이 명단은 그중 후조창 한 곳만 조사한 결과라오. 나머지 네 곳을 마저 조사하길 바라오?"

"전하! 채찍만으론 말을 달리게 할 수 없사옵니다. 때론 당근 한 뿌리가 채찍 100대보다 큰 효과를 내옵니다."

"적반하장이로군. 당근을 달라? 명단에 오른 자들의 벼슬과 녹봉을 올려 주기라도 하라 이 말이오?"

"아직 이들이 어찌 엮이었는지 물증이 없지 않사옵니까?"

"못 찾을 것 같소? 이 도사에게 그 물증만 찾도록 전담시킬 수도 있소."

조광병이 버텼다.

"이 도사의 탁월함이 다시 빛을 발하겠사옵니다."

"한 군데도 아니고 다섯 군데에서 조운선이 동시에 침몰하였소. 이게 정녕 우연이겠소? 이런 사고가 나면, 하늘의 뜻 운운하며 군왕에게 화살이 날아든단 걸 경도 알지 않소? 과인을 흔들기 위해 일부러 벌인 짓 아니오? 도저히 그냥 덮고 가진 못하겠소."

잠시 침묵이 흘렀다. 말은 오가지 않았지만 팽팽한 싸움이 이어지고 있었다. 전하는 결코 그냥 넘어가지 않겠다는 뜻을 밝히셨고, 조광병은 묵인해 달란 뜻을 에둘러 전했다.

"신은 언제까지나 어명을 따를 것이옵니다."

듣기에 따라선 완전한 항복 같지만, 조광병은 어심을 먼저 알기를 원했다. 명단에 오른 신하들을 어찌할 것인지 묻는 것이다. 그들 대부분이 조광병과 당론을 같이하는 자들이었다.

"전 광흥창 부봉사 조택수의 충심을 과인도 잘 알고 있소."

전하는 호락호락 어심을 드러내지 않고, 오히려 조광병의 아픈 부위를 찌르셨다.

"부족한 아이이옵니다."

"아니오. 부봉사가 없었다면 어찌 썩을 대로 썩은 관원들을 색출할 수 있었겠소? 과인은 그 공을 높이 사서 조택수에게 벼슬을 추증할까 하오."

"성은이 망극하옵니다."

"아울러 조택수를 죽음에 이르게 한 자들을 엄벌하겠소. 특히 사사롭게는 숙부인 자가 조카를 죽음으로 내몰았으니 어찌 그냥 두고 볼 수 있겠소. 영상도 과인과 뜻이 다르지 않다고 보오만……."

조광병의 두 눈이 빛났다. 어심을 알아차린 것이다. 조광준부터 그 아래 이름이 오른 자들은 벼슬을 빼앗고 옥에 가둬 죄를 묻겠지만, 영의정 조광병만은 건드리지 않겠다는 것이다. 나는 속이 쓰리고 두 눈이 뜨거워졌다. 김진의 예상대로 절충안을 제시하신 것이다. 조광병 하나만 살리고 나머지 대부분을 벌하지 않았느냐고 반문할 수도 있지만, 영의정 조광병을 용서하는 것은 그 당(黨) 전체를 인정하는 것과 다르지 않았다.

"사사로움을 버리고 나랏법의 지엄함을 따라야 할 것이옵니다."

"영상이 책임지고 명단에 오른 자들을 의금옥에 가두도록 하오."

"제가 어찌……."

"이유가 있소. 과인이 몇몇 대신을 벌주는 정도에서 그친다면, 백성들은 영상이 지난봄 조운선 침몰 사건을 배후에서 주도한 우두머리로 볼 게요."

조광병이 이마가 바닥에 닿을 듯 허리를 숙였다.

"아니옵니다. 신은 정말 몰랐사옵니다. 이것은 제 아우, 그러니까 호조판서 겸 판의금부사 조광준이 신을 배제한 채 그 수하를 데리고 저지른 짓이옵니다."

"영상이 조광준과 그 수하를 쳐 낸다면, 백성도 영상의 말을 믿을 게요. 판의금부사 조광준이 실세고, 영의정 조광병은 그저 허수아비에 불과하다는 소문을 영상은 들은 적이 없소? 아울러 영의정 조광병의 당인들이 궁궐과 조정을 장악한 후 왕의 눈과 귀를 가린 채 이 나라를 좌지우지한다는 소문 또한 널리 퍼져 있다오. 과인의 귀에 들릴 정도면 영상도 그와 같은 이야기를 접했겠지요? 풍문이 사실이오?"

"아니옵니다. 신은 허수아비가 아니옵니다."

"과인 또한 어떤 당의 허수아비가 아니라오. 영상! 이번 기회에 증명해 보이시오. 조운선과 소선 침몰에 연루된 죄인들을 모조리 색출하여, 영상이 직접 그들을 엄히 벌해달라고 상소하라 이 말이오. 과인은 영상이 만인지상 일인지하라는 영의정 자리에 어울리는 힘을 지녔으리라 믿겠소."

"알겠사옵니다. 신이 그 일을 하겠사옵니다."

손에 피를 묻히는 일까지 조광병에게 떠넘긴 것이다. 가둘 곳을 의금옥으로 정한 것은 친동생인 판의금부사 조광준부터 만나 손을 보라는 뜻이다.

"명단에 오른 자들을 벌하는 일이 끝날 때까진 이 도사가 영상을 호위할 게요. 저들이 혹시 나쁜 마음을 먹고 영상에게 위해를 가하기라도 하면, 이 나라의 큰 손실이라오."

그리고 내게 하명하셨다.

"이 도사는 목숨을 걸고 영상을 호위하도록 하라."

나를 담헌 선생과 함께 보내지 않고 남도록 한 이유가 여기에 있었다. 조광병으로선 빠져나갈 틈이 없었다. 당인(黨人)들을 모두 버리고 혼자만 살아남는 배신자의 길을 강요당하고도, 감읍한 얼굴로 비굴하게 아뢰었다.

"성은이 망극하옵니다."

25장

사흘이 물처럼 흘러갔다. 풍랑이 전부 지나갔다고 여기는 순간 마지막 파도가 몰려들었다.

　담헌 선생과 김진을 만나러 남산 자락으로 가고 싶었으나, 조광병을 그림자처럼 호위하느라 여유가 없었다. 조광병은 미뤄 뒀던 조택수의 장례를 치렀다. 전하께서 도승지를 보내 조의를 표하자 문상객이 밀물처럼 몰려들었다. 조광병에 대한 전하의 재신임을 공공연하게 드러낸 꼴이었다. 당상관과 당하관은 물론이고 거상들도 줄을 서서 차례를 기다렸다.

　조광병이 사흘 동안 문상객만 맞은 것은 아니다. 자정 무렵이면 뒷문을 통해 몇몇 사람들을 불러들었다. 조택수의 명단에 이름이 오른 벼슬아치들은 물론이고, 거상 윤덕

배와 정효종도 은밀히 후원 별실로 안내되었다. 환하게 웃으며 별실로 들어갔다가 울상을 지으며 힘없이 나오는 이들의 면면을 숨어서 확인했다. 첫날 밤에 한 사람을 제외하곤 명단에 오른 대부분의 사람들이 다녀갔다. 오지 않은 이는 판의금부사 겸 호조판서 조광준이었다.

나는 다음 날 일몰 즈음 별실 천장으로 숨어들었다. 조광병이 틀림없이 별실로 꼭 오라는 독촉을 조광준에게 했을 것이다. 조광준으로서도 계속 형의 부름을 피할 수만은 없다. 대들보 위에 누워 있자니 밀양 영남루가 떠올랐다. 들보를 몸통으로 삼은 열 개의 용머리가 힘차고 아름다웠다.

자정 무렵 별실 문이 열리고 두 사내가 들어왔다. 달빛에 흐린 윤곽만 겨우 잡혔다. 등잔불도 켜지 않고 마주 앉았다. 조광준의 목소리는 단단하고 송곳처럼 날카로웠으며, 조광병의 목소리는 끝을 흐리며 얼레처럼 감기는 느낌이었다. 조광준이 짧은 침묵을 깨고 선공을 폈다.

"형님은 좋으시겠습니다."

"아들 저승길 앞세운 애비에게 그게 할 소리냐?"

"그 아들 덕분에 천년만년 영의정을 하시게 되셨잖습니까? 이게 경사지 흉사입니까?"

"어쩔 수 없었다. 나라를 위한 선택이지."

"혼자만 살고 나머진 모두 죽게 생겼는데 어쩔 수 없었

다고요? 전하와 밀약을 해도 참 더럽게 하셨더군요. 일이
이 지경까지 오도록 만든 사람이 누굽니까? 택수의 죽음을
서쾌 김진에게 조사하라 요청한 형님이 아닙니까? 우리에
게 사죄해도 모자라는 판에 혼자만 살겠다고 당인들을 배
신하다니요? 하늘이 무섭지 않습니까?"

"네가 밑에 애들을 시켜 택수를 죽이지 않았다면 조사
고 뭐고 요청할 게 없었어."

"그 아이를 왜 죽일 수밖에 없었는지는 형님이 더 잘 아
시지 않습니까? 광흥창 부봉사로 보낼 때부터 저는 반대했
습니다. 광흥창에 근무하면서, 우리가 선풍을 비롯한 『정
감록』 무리와 짜고 해마다 고패를 해 온 걸 그 아이가 눈치
챘지요. 게다가 올봄엔 조운선들을 여러 곳에서 동시에 침
몰시켜 전하를 흔들어 보기로 했잖습니까? 그 아이를 살려
두면 이 모든 사실이 들통 났을 겁니다."

조광병의 느리게 잠기는 목소리가 갑자기 빠르고 높아
졌다.

"그래도! 그 아일 죽이기 전에 나랑 의논했어야 해."

"의논드리면 형님이 그 아일 없애라고 허락하셨겠습니
까? 밀양만 다녀갔다면 살려 두려고 했어요. 하지만 흥양
에서 배까지 빌려 고패를 하는 등산진 앞바다를 덮치려고
했습니다. 살려 뒀다간 형님과 저를 고패의 배후로 몰아

전하께 고해바쳤을 겁니다. 형님을 위해 그리한 겁니다. 모르시겠습니까?"

다시 짧은 침묵이 흘렀다. 조택수는 이미 죽었다. 조광병과 조광준이 다툰다고 죽은 사람이 살아 돌아오진 못한다. 조광병이 이번엔 먼저 입을 열어 조광준을 부른 이유를 밝혔다.

"잠시만 물러나 다오. 다행히 내가 영의정 자리에 그대로 있으니, 상황을 봐서 다시 널 불러올리겠다고 약속하마."

조광준이 질문의 방향을 틀었다.

"전하를 믿으십니까?"

"무슨 소리냐?"

"저는 형님을 믿습니다. 상황이 좋아지면 당연히 하나뿐인 동생의 귀양을 풀고 적당한 벼슬자릴 찾아 주시겠지요. 하지만 저는 전하를 믿지 못하겠습니다. 형님 혼자만 영의정에 남기고 나머지 당인들이 모두 귀양을 떠날 판입니다. 우리가 도성에서 쫓겨나면 그다음 차례는 형님이십니다."

"어찌하잔 말이냐?"

"이왕 이렇게 된 거 침궁하여⋯⋯."

"어허!"

조광병이 말허리를 잘랐다.

"광준아! 지금까지 날 위해 궂은일을 도맡아 왔지 않느냐? 내가 영의정에 오른 것도 네 공이 크다. 내 어찌 그것을 잊겠느냐? 그러니 이번만은 제발 형의 뜻을 따라 주렴."

잠시 뜸을 들인 후 조광준이 답했다.

"그리는 못하겠습니다. 지금까지 가장 좋은 건 언제나 형님이 차지하셨잖습니까? 이번엔 아우의 뜻을 따라 주십시오. 형님이 뭐라고 하시든 저는 마음을 굳혔습니다. 이 거사의 주모자는 물론 영의정 조광병, 바로 형님이십니다."

"이놈!"

따귀를 때리는 소리가 났다. 조광병이 참지 못하고 손찌검을 한 것이다. 뒤이어 거친 욕설과 함께 우당탕탕 뒤엉켜 싸우는 소리가 시끄러웠다. 조광준이 멧돼지처럼 달려들어 조광병의 가슴을 이마로 치받고 함께 쓰러진 것이다. 힘으로 겨룬다면 예순네 살 조광병이 마흔네 살 조광준의 상대가 아니었다. 쉽게 조광병을 깔고 앉은 조광준이 형의 얼굴을 주먹으로 퍽퍽 내리쳤다. 더 이상 지체하다가는 조광병이 크게 다칠 상황이었다. 목숨을 걸고 조광병을 지키라는 어명을 받은 나는 대들보에서 뛰어내리면서 조광준의 등을 걷어찼다. 그리고 단숨에 포승줄로 의금부 으뜸 당상관의 사지를 묶었다.

장례를 마칠 즈음, 조광병을 별실에서 만났던 벼슬아치와 거상들이 제 발로 의금옥에 들어갔다. 감옥에 이미 간

혀 그들을 맞은 이는 판의금부사 겸 호조판서 조광준이었
다. 전라도와 경상도로 의금부 도사가 파견되었다. 조운선
과 소선 침몰 사건에 연루된 죄인들이 한양에 닿기까진 시
일이 필요하기 때문에, 의금옥에 갇힌 자들부터 신문이 시
작되었다.

조광병은 어명을 받들어 입궐했다. 대전 내관이 조용히
조광병을 찾아와선 밀서를 내밀었다. 의금옥에 갇힌 자들
을 대신하여 당상관의 반열에 오를 이들과 서강 광흥창을
책임질 이들 그리고 밀양과 영암을 맡을 이들의 명단이 적
혀 있었다. 조광병은 의정부와 육조판서를 모두 불러 모아
후임자들을 정했다. 전하가 내린 명단에서 단 한 명도 바
뀐 이는 없었다. 조광병은 영의정 자리를 지켰으나 출혈이
컸다. 수족처럼 부리던 조광준과 당인들이 한꺼번에 사라
진 것이다.

조광병은 운종가를 따라 신문(新門, 서대문)으로 향했다.
신문 밖 모화관 근처에 조광병의 별장이 있었다. 그곳에서
하룻밤을 쉬며, 조택수의 장례를 치렀을 뿐만 아니라 조광
준과 뒤엉켜 싸우느라 다치고 지친 몸과 마음을 다스릴 예
정이었다. 조택수의 지인들은 대부분 문상을 다녀갔지만
김진은 끝내 모습을 드러내지 않았다. 눈 멀고 혀 잘린 고

후도 올 처지가 아니었다.

오늘까지만 조광병을 호위하고 내일 아침에는 의금부로 출근하란 명을 받았다. 결국 이 정도에서 마무리되는구나 싶었다. 김진으로선 불만이 많겠으나, 의금부와 호조와 선혜청과 광흥창의 주요 관원을 바꾸었으니 성과가 결코 적지 않았다. 이제 어떤 관원도 작당하여 조운선을 침몰시키는 짓은 하지 않을 것이다.

멀리 횃불을 든 문지기 군졸들이 보였다. 신문은 타오르는 불빛 위에서 어둠을 쫓으며 흔들렸다.

"가만!"

평교자 위에서 눈을 감은 채 생각에 잠겼던 조광병이 말했다. 나는 걸음을 멈추고 돌아섰다. 교자를 멘 가마꾼 네 사람도 한 사람의 움직임처럼 똑같이 멈췄다. 조광준에게 얻어맞아 퉁퉁 부어오른 눈두덩을 손바닥으로 누른 채, 조광병이 내게 물었다.

"들었는가?"

"무엇을 말입니까?"

"천음(天音)이었다네."

주위를 살폈다. 아무런 소리도 들리지 않았다.

"바람 소리였나 봅니다."

"아니야. 틀림없이 고수의 솜씨일세."

그때 내 귀에도 거문고 소리가 들려왔다. 좀처럼 흔들림이 없는 가마꾼들의 어깨도 꿈틀 움직였다.

"교자를 돌리거라."

운종가 대로를 벗어나 골목으로 접어들었다. 소리는 가까운 듯 멀어지고 끊어질 듯 이어졌다. 이 골목인가 하고 들어서니 저 골목으로 이어졌고 저 골목인가 하고 달려들면 등 뒤에서 소리가 뒷목을 끄는 식이었다. 그렇게 신문의 횃불도 보이지 않고, 평교자가 들어갈 수도 없는 좁은 골목 입구에 닿았다. 교자에서 내리자마자 조광병은 어두운 골목으로 향했다.

"기다리거라."

나는 가마꾼들을 앉아 쉬게 하곤 조광병을 따라 뛰어갔다. 묵직한 거문고 가락이 점점 더 또렷하게 들려왔다. 음악에도 조예가 깊은 조광병이 천음이라고 할 만큼 아름다웠다. 협문에 이르러서야 조광병을 따라잡을 수 있었다.

"제가 먼저 들어가서 영상 대감이 왔음을 알리겠습니다."

조광병이 나무랐다.

"괜한 짓 말게. 이토록 놀라운 연주를 끊겠다는 말인가?"

그러고는 조용히 협문을 열고 고양이 걸음으로 들어갔다. 나 역시 따를 수밖에 없었다. 작은 앞마당을 지나서 신발을 벗고 마루로 올라섰다. 거문고 가락은 불 꺼진 방에서 흘러나오는 중이었다. 갑자기 소리가 멎었다. 그제야 조광병이 문 앞에서 말했다.

"탁월한 연주에 이끌려 여기까지 왔소이다. 나는 조광병이라 하오."

안에선 대답이 없었다. 조광병이 천천히 문을 열었다. 이번에는 내가 먼저 껑충 뛰어 방으로 들어섰다. 주위를 살폈지만 인기척은 느껴지지 않았다. 조광병이 뒤이어 들어오며 꾸짖었다.

"왜 이리 호들갑인가? 천음을 들려준 악사에 대한 예의가 아니야. 당장 나가 있……."

그 순간 칼날이 허공을 갈라 살을 베는 소리가 들렸다. 조광병이 바닥에 이마를 찧으며 고꾸라졌다. 내 장검이 영의정을 급습한 자객의 가슴을 베어 쓰러뜨렸다.

"대감, 영상 대감!"

왼 무릎을 꿇곤 조광병의 상처부터 확인했다. 목덜미에서 어깨를 깊게 베였다. 피가 계속 흘러나왔다. 맥이 잡히지 않았다.

픽!

그 순간 둔탁한 물체가 뒤통수를 후려갈겼다. 정신이 혼미해지면서 쓰러졌다. 열린 문으로 나가는 발소리에 이어 협문이 삐걱대는 소리가 들렸다. 뒤쫓고 싶었지만 눈앞이

가물거리면서 손과 발에 힘이 빠졌다.

겨우 정신을 수습하여 마당으로 내려와선 협문을 향해 달렸다. 가마꾼들이 담배를 피우는 골목 입구에 이르렀지만 괴한은 사라졌다.

횃불을 만들어 들고 조광병의 시신이 있는 방으로 되돌아갔다. 발치에 쓰러진, 감히 영의정을 급습하여 죽인 자객의 얼굴을 비췄다. 악공 고후였다.

10월 27일 연암 선생이 한양으로 돌아왔다. 처남 이재성의 집에 잠시 머물렀다. 담헌 선생은 그 전에 영천으로 돌아갔기 때문에, 내가 대신 안부를 전했다. 상기된 얼굴로 연암 선생이 물었다.

"담헌은 평안한가?"

전하께선 독운어사로 담헌 선생이 이룩한 성과를 비밀에 부치길 바라셨다. 담헌 선생과 김진 그리고 나는 후조창 조운선 침몰과 관련하여 어떤 사사로운 글도 남기지 않고 어떤 이야기도 퍼뜨리지 않겠다고 맹세했다. 김진이 나보다 먼저 답했다.

"한결같으십니다. 언제 영천으로 놀러 오시라 하더이다."

"천천히 하세. 일단 연행에서 쓴 글부터 정리해야겠네. 자네들도 무고하였고?"

이번엔 내가 답했다.

"그럼요. 아무 일 없었습니다.

김진이 물었다.

"글은 많이 써 오셨습니까?"

"충분하진 않지만 그럭저럭! 빠진 부분은 없는지 챙겨 봐야겠지. 초고 정리를 도와주겠나? 아무래도 연경을 다녀 온 이가 보면 좋을 듯하네만."

"그럼요. 돕고말고요."

내 얼굴을 살핀 뒤 덧붙였다.

"저도 돕고, 연경에 아직 가 보지 못한 이들을 대표해서 이 도사도 돕는 게 어떻겠는지요? 연행록을 내신다면, 그 글을 읽을 이들은 연경 구경을 못한 이들이 대부분일 테니 까요."

"그렇겠군. 이 도사, 자네와 함께 다녀오지 못해 내내 마음이 불편하였다네. 언젠간 자네도 연경에 가게 될 테니, 예습하는 셈 쳐도 좋겠군. 말 위에서나 길에 서서 휘갈겨 쓴 초고도 많아서, 읽고 평하기가 쉽진 않을 걸세. 도와주 겠는가?"

나는 재빨리 답했다.

"꼭 돕고 싶습니다."

"좋군. 두 사람과 함께 초고를 정리한다면, 여행을 다시 다녀오는 기분이 들 것 같아. 고맙네. 원고가 완성되면 내 한잔 거하게 삼세."

김진이 조심스럽게 물었다.

"연행록의 제목은 정하셨습니까?"

호랑이를 닮은 선생의 얼굴이 천진난만한 소년의 얼굴로 바뀌었다.

"나중에 바꿀 수는 있겠지만, 지금은 『열하일기(熱河日記)』라고 하고 싶군. 연경을 지나 열하까지 다녀온 기록이기도 하고, 이 긴 여행이 내 삶에서 가장 뜨거운 순간이니까."

"열하일기! 읽고 싶게 만드는 제목입니다. 이 도사 생각은 어때?"

"나도 다르지 않네. 열하일기! 듣기만 해도 가슴이 벅차오르네요."

선생이 우리의 손을 꼭 쥐며 다짐했다.

"그럼 열하일기로 하세. 완벽한 작품이 되도록 최선을 다하겠네."

김진이 마지막으로 물었다.

"혹시 천주당에 들러 풍금은 보셨습니까?"

선생이 고개 저었다.

"아쉽게도 보지 못하였다네. 담헌이 하도 자랑을 하기에 시간을 내서 찾아갔네만, 11년 전 성당에 큰불이 나서 풍금이 타 버렸다더군."

김진도 나도 안타까운 표정을 함께 지었다. 선생이 말머리를 돌렸다.

"풍금은 못 봤지만, 마술사의 신묘한 재주는 꽤 많이 적어 왔다네. 그중 몇 개는 내가 직접 할 수도 있으니 나중에 구경하게나."

"알겠습니다. 기대가 참으로 큽니다."

선생께 인사하고 백탑을 향해 걸었다. 백탑에 약속이 있었던 것은 아니고 걷다 보니 백탑이었다. 백탑에 가려진 해를 쳐다보며 물었다.

"주혜 낭자의 보검은 잘 간직하고 있는가?"

"물론이지."

"언제 한번 빌려주게나. 무겁고 길면서도 날렵하게 부릴 수 있어서, 야뇌 형님을 도와 검보를 짤 때 도움이 될 듯싶으이."

"좋도록 하게."

나는 먼 곳에서 돌아온 친구의 안부를 묻듯 질문을 던졌다.

"고후를 왜 말리지 않았는가?"

"……."

김진이 즉답을 하지 않고 돌아보았다. 나는 덧붙였다.

"영의정의 목덜미를 깊숙이 벤 검이 그 방엔 없었다네. 또한 고후는 피리의 명인이긴 해도 거문고 솜씨는 서툴렀지. 결국 누가 그 방에서 빼어난 솜씨로 거문고를 연주하여 영의정을 끌어들인 뒤에 고후에게 검을 쥐어 줘서 영상을 베게 하였단 결론이라네. 고후에게 그와 같은 벗은 화광 자네뿐이지 않은가?"

김진은 여유롭게 입가에 미소까지 띠며 답했다.

"흥미로운 추측이로군. 허나 그 밤에 나는 건곤일초당에서 담헌 선생이 지은 「원공막무」의 악보를 옮겨 적고 있었다네. 어려운 부분은 선생이 직접 거문고로 연주해 주셨지. 필요하다면 영천으로 사람을 보내도록 하게."

"벌써 담헌 선생이 내게 그와 같은 사정을 적은 글을 보내셨네. 자넬 잡아들일 증거도 증인도 내겐 없으이. 이미 영의정의 장례를 마쳤고, 칼날 자국이야 거기가 거기일 테니까. 그냥 궁금하여 묻는 거라네. 고후가 왜 그리했을까 하고."

김진이 나를 따라 백탑을 올려다보며 눈을 찡그렸다.

"내가 고후 형이 아니니 그 마음을 어찌 다 헤아리겠는가. 하지만 고후 형이 영의정을 척살하였다는 급보를 듣곤 만감이 교차하더군. 오랫동안 형의 피리 소리를 아낀 사람으로서 어찌 안타까운 상념이 없겠는가. 그 상념이라도 들어 보겠는가?"

"듣고 싶네."

김진의 목소리가 촉촉이 젖어들었다.

"피리 부는 악공이 혀가 잘렸으니 살아도 산 것이 아니겠지. 말은 못했지만, 스스로 목숨을 끊을 결심을 여러 차례했을 걸세. 이왕 죽을 목숨 자신과 또 소운을 비롯한 많은 이들을 바다에 빠뜨려 죽인 자를 벌하고 싶지 않았겠는가 싶네. 고후 형이 왜 영의정을 직접 죽였느냐고? 내가 고후형이라도 그리했을 것 같네. 누구도 예측 못한 끔찍한 재난을 당한 사람이라네. 그가 세상을 뒤집겠다고 나서도 전혀이상한 일이 아닐세. 고후 형은 어려서부터 피리를 연주하였으니 거문고에 능한 악공 친구가 한둘쯤은 주위에 있었겠지. 만약에 고후 형이 내게 거문고를 연주하여 영의정을 유인해 달라 부탁했다면, 나는 어찌했을까? 고후 형을 말렸을까? 말리고 말고 할 문제가 아닌 것 같네. 피리도 불지 못하고 울분에 차서 평생 골방 귀퉁이에서 늙어 가는 삶이 그래도 죽는 것보단 낫다고, 자네는 자신 있게 말할 수 있는가? 고후 형의 뜻을 존중해 주는 게 최선이 아닐까? 저세상으로 가기 전에 꼭 풀어야 할 매듭이었겠지. 나라에선 그 매듭이 처음부터 없었다는 듯 지우고 지나가기로 했고. 자네라면 어찌하겠는가? 망각을 강요하는 자들과 싸우지 않겠는가?"

발문

소설에 발문이 어울리지 않음을 모르진 않으나, 고마움을 전할 길이 이것뿐이기에 거친 붓을 든다.

이 소설은 76년 만에 찾아온 혜성이 빛나는 동안, 나의 벗 이명방에 의해 만들어졌다. 을미년(1835년) 8월 22일부터 9월 29일까지 38일 동안, 그는 매일 쓴 원고를 내게 보여 줬고, 나는 그 원고를 혜성 아래에서 읽은 후 서른여덟 곡을 만들어 풍금으로 연주했다.

우정에 기대지 않고는 무리한 요구였다. 이명방이 백탑 아래 모인 이들에 관한 이야기를 풀 때는 한 작품마다 적어도 3년 이상 공을 들였던 것이다. 그가 세 편의 백탑파 이야기를 완성시키는 과정을 곁에서 지켜본 내가 38일 만에 또 한 편의 이야기를 지어 달라는 청이 무례하다는 것을 어찌 모르겠는가. 스무 살 즈음에 만나 평생을 함께 보낸 벗이 아니라면, 단칼에 거절을 당했으리라.

이명방이 자서(自序)에 밝혀 놓았듯이, 『목격자들』엔 주혜를 기억하고 싶은 내 작은 바람이 녹아 있다. 이 소설을 읽은 이라면 쉽게 눈치챘겠지만, 그것은 또한 이명방이 옥화를 기억하는 방법이기도 하다. 누군가를 기억하는 방법은 복잡하지도 않고 많지도 않다. 그 이름을 한 번이라도 더 적는 것! 소설에서 이명방은 주혜와 옥화 두 여인의 이름을 아주 많이 적었다. 그미들 이름이 등장할 때마다 나는 소리 내어 읽으며 얼굴을 떠올렸다.

그렇다고 『목격자들』이 오로지 그미들을 위한 추억담만은 아니다. 주혜와 옥화에 대한 그리움은, 그미들이 세상에 선보이고자 했으나 단 한 번 등산진 앞바다에서 잠깐 추곤 사라진 춤으로까지 향한다. 백탑파도 마찬가지다. 희고 높은 탑 아래 모였던 이들 중에서 아직 이승에 남은 자는 이명방과 나뿐이다. 우리까지 죽고 나면 백탑의 기이한 인연도 영원히 사라지고 말 것이다.

이명방이 백탑의 이야기를 세 편만 발표하고 멈춘 까닭을 모르진 않는다. 소설에서 통쾌하게 사건을 해결하더라도 현실이 점점 더 어두워진 탓이다. 정조대왕이 돌아가신 뒤 그 어둠은 더욱 짙고 깊다. 그러나 나는 또한 안다. 이명방이 밤마다 백탑의 이야기들을 꺼내 이리저리 적어 두었음을. 오직 홀로 읽고 길게 탄식하며 새벽을 맞이했음을.

나는 그를 설득하고 싶었다. 이야기와 현실 모두 통쾌함이 깃들면 좋겠으나, 이야기에서만이라도 통쾌함을 실어 독자들이 희망을 품도록 만들 시절도 있음을. 저 혜성이 한 달 남짓 지구에 사는 이들의 눈동자에서 빛나기 위해, 76년이란 긴 어둠에 머물렀음을.

어둡다고 희망이 사라진 것은 아니다. 눈부심을 기억하여 적어 두면, 터무니없이 긴 어둠 속에서도 그 기록에 의지하여 또 다른 눈부심을 향할 수 있다. 그러므로 백탑파에 관한 이야기는 과거의 기록이자 미래의 기록이기도 하다. 이명방이 낡은 상자에서 초고들을 정리하여 세상에 차례차례 내놓기를 기원해 본다.

혜성이 사라진 날, 이명방의 유려한 이야기가 끝나고 부족한 내 풍금 연주도 마쳤다. 이명방은 소설을 써 달라고 부탁하는 내게, 평생 범인들을 뒤쫓아 붙잡아 온 까닭을 물었다. 나는 그가 소설을 마치면 알려 주겠다며 답을 미뤘다. 성실한 매설가가 이야기를 마무리 지었으니, 이제 거칠지만 답을 적어 볼까 한다.

시간은 결코 약이 아니었다. 세월이 흐른다고 상처가 아물진 않았다. 주혜를 등산진 앞바다에 빠뜨려 죽인 자들처럼 악행을 저지르는 범인들을 잡아들이고, 썩어 빠진 세상을 바꾸기 위해 작은 힘이나마 보태야 겨우 숨을 쉴 수 있었다. 아직 주혜 당신을 잊지 않았다고, 고개 들어 밤하늘을 우러러도 부끄러움이 덜했다.

또한 이명방은 첫날 집필에 들어가며 「원공막무」를 연주해 달라는 부탁도 했다. 과연 내가 얼마나 이 곡을 지은 담헌 선생의 마음에 다가설까 두렵고 설렌다. 선생의 가르침에 기대어, 혜성이 사라진 첫날, 감히 별이 되고자 애써 보련다.

"하늘에 가득 찬 뭇별이 모두 하나의 세계라네. 별들로부터 본다면, 지구 또한 하나의 별이지. 단 하나의 중심 따윈 없네. 무한한 우주에서 모두가 저마다의 중심이니, 지금 여기에서 중심의 삶을 충실히 살고 정성껏 이야기 나누면 그것으로 아름답다네."

을미년 9월 30일
다시, 76년의 첫 새벽
이명방의 벗 김진 적다

(끝)

참고 문헌

여러 국학자들의 선행 연구에 힘입어 『목격자들』을 구상하고 집필하였다. 특히 박희병, 강명관, 백승종, 정병설, 안상현, 송명호 선생님의 논저들을 가까이 두고 거듭 읽었다. 『목격자들』에 18세기 말의 땅과 강과 바다와 하늘 그리고 그 속에 사는 인간들의 풍광이 담겼다면 뛰어난 연구들 덕분이다. 깊이 감사드린다. 소설에 직접 인용하거나 간접으로 녹인 참고 문헌을 아래에 둔다.

등장인물 관련 자료

『정조실록』, 세종대왕 기념사업회 편, 1991.

정조, 『국역 홍재전서』, 민족문화추진회 편, 1997.

박제가, 『북학의』, 안대회 역, 돌베개, 2013.

박지원, 『연암집』, 신호열 · 김명호 역, 돌베개, 2007.

박지원, 『열하일기』, 김혈조 역, 돌베개, 2009.

이덕무 평선, 『종북소선』, 박희병 외 역주, 돌베개, 2010.

홍대용, 『국역 담헌서』, 민족문화추진회 편, 1974.

홍대용, 『을병연행록』, 정훈식 역, 도서출판 경진, 2012.

홍대용, 『산해관 잠긴 문을 한 손으로 밀치도다』, 김태준 · 박성순 역, 돌
베개, 2001.

홍대용, 『임하경륜 · 의산문답』, 조일문 역, 건국대학교 출판부, 1975.

그외 자료

묵적, 『묵자』, 김학주 역, 명문당, 2014.

박래겸, 『서수일기』, 조남권 · 박동욱 역, 푸른역사, 2013.

알폰소 바뇨니, 『공제격치』, 이종란 역, 한길사, 2012.

이옥, 『연경, 담배의 모든 것』, 안대회 역, 휴머니스트, 2008.

이찬 편, 『한국의 고지도』, 범우사, 1991.

최한기, 『운화측험』, 이종란 역, 한길사, 2014.

혜경궁 홍씨, 『한중록』, 정병설 역, 문학동네, 2010.

『영암읍지』, 영암문화원, 2009.

『예기집설대전 2』, 송명호 역, 높은밭, 2006.

『정감록』, 이민수 역, 홍신문화사, 2001.

연구편

강명관, 『성호, 세상을 논하다』, 자음과모음, 2011.

강명관, 『홍대용과 1766년』, 한국고전번역원, 2014.

곽호제, 「고려-조선시대 태안반도 조운의 실태와 운하굴착」, 지방사와
    지방문화 12권 1호, 2009.

김도환, 『정조와 홍대용, 생각을 겨루다』, 책세상, 2012.

김문식, 『정조의 생각』, 글항아리, 2011.

김인규, 『홍대용』, 성균관대학교 출판부, 2008.

김태준, 『홍대용』, 한길사, 1998.

문광균, 「17~18세기 경상도 세곡운송체계의 변화와 삼조창의 설치」, 대
    동문화연구 86집, 2014.

문석윤 외, 『담헌 홍대용 연구』, 사람의 무늬, 2012.

문중양 외, 『17세기―대동의 길』, 민음사, 2014.

박성래, 『지구자전설과 우주무한론을 주장한 홍대용』, 민속원, 2012.

박세나, 「조선시대 전라우수영 연구」, 목포대학교 석사논문, 2010.

박학순, 「조선시대 조운선의 구조에 관한 연구」, 목포해양대학교 석사논문, 2012.

박희병, 「한국의 전통적 생태사상과 평화주의―홍대용의 경우」, 통일과 평화 4집 2호, 2012.

박희병, 『범애와 평등―홍대용의 사회사상』, 돌베개, 2013.

백승종, 『정감록 역모사건의 진실게임』, 푸른역사, 2006.

백승종, 『정조와 불량선비 강이천』, 푸른역사, 2011.

송영배, 「홍대용의 상대주의적 사유와 변혁의 논리」, 한국학보 74집, 1994.

송지원, 『장악원, 우주의 선율을 담다』, 추수밭, 2010.

심재우 외, 『조선의 세자로 살아가기』, 돌베개, 2013.

안길정, 「〈조행일록〉으로 본 19세기 조운의 운영실태」, 사림 29호, 2008.

안대회, 『정조치세어록』, 푸르메, 2011.

안상현, 「김영과 1792년에 출간된 새로운 〈보천가〉」, 천문학논총 26권 4호, 2011.

안상현, 『우리 혜성 이야기』, 사이언스북스, 2014.

우석훈, 『내릴 수 없는 배』, 웅진지식하우스, 2014.

이지우, 「전통시대 마산지역의 조운과 조창」, 가라문화 16집, 2002.

이철희, 「18세기 한중 지식인 교유와 천애지기의 조건」, 대동문화연구 85집, 2014.

임건순, 『묵자―공자를 딛고 일어선 천민 사상가』, 시대의 창, 2013.

임종길, 「조운에서의 해난사고를 통해 본 조선시대의 해운경제」, 해운연구: 이론과 실천, 2002.

정민, 『18세기 한중 지식인의 문예공화국』, 문학동네, 2014.

정병설, 『권력과 인간─사도세자의 죽음과 조선 왕실』, 문학동네, 2012.

한영호 외, 「홍대용의 측관의 연구」, 역사학보 164집, 1999.

한영호, 「서양 기하학의 조선 전래와 홍대용의 〈주해수용〉」, 역사학보 170집, 2001.

허남진, 「홍대용의 과학사상과 이기론」, 아시아문화 9집, 1993.

송명호 블로그 http://blog.ohmynews.com/songpoet/

작가의 말

돌아오지 못할 줄 알았다.

내가 만든 탐정과 함께 늙어 가고 싶다고 종종 이야기했었다. 2003년 시리즈를 시작할 땐 열 개도 넘는 이야기를 미리 짜 두기도 했다. 그러나 『방각본 살인 사건』, 『열녀문의 비밀』, 『열하광인』을 써 나가면서 깨달았다. 사필귀정(事必歸正)이란 참으로 어렵구나. 소설 속에서 김진과 이명방이 흉악범을 연이어 잡아들여도 세상은 바뀌지 않는구나.

어두워지고 더 어두워지다가 햇빛이 닿지 않는 심해(深海)에 닿았다. 이 어둠을 쓰기로 방향을 고쳐 잡았다. 범인을 잡는 데 성공하는 이야기만 쓰고 있기엔 세상이 너무 엄혹했다. 소설에서 잠깐 이겨 기분 좋은 이야기가 아니라, 지고 지고 또 져 눈(雪)처럼 바다 밑에 쌓인 기억들에 관한 이야기. 소설뿐만 아니라 현실에서도 사필귀정이 가능하다는 믿음이 생기면, 그때 혹시 백탑파를 찾게 될까 어렴풋하게 생각한 정도였다.

2014년 5월 중순부터 『목격자들』을 쓰기 시작했다.

그 전에 한 달 동안은 아무것도 쓰지 못했다. 예정된 이야기가 있었지만 덮었다. 그다음 이야기도 그다음 이야기도 덮고 나니 구상 노트엔 남은 이야기가 없었다. 바닷가였다. 눈앞은 망망대해, 내게는 내디딜 한 치도 허락되지 않았다. 산이라면 메아리라도 돌아오겠지만 아무리 이름들을 불러도 대답이 없었다.

20년 가까이 매일 아침 이야기를 만들어 왔다. 쓰지 않는 날엔 하루가 불안했다. 새벽이 와도 어두운 날들이 이어졌다. 당분간 쓰지 않고 그 어둠을 응시하겠다는 예술가 친구들도 있었다. 거리에서 거리로 구호를 외치며 걷는 이들도 있었다. 모두 고민에 고민을 더한 끝에 내린 결정이고, 또 그 결정을 따르면서 새로운 고민이 쌓여 갔다.

한 달이 지난 뒤 나는 이 침묵이 어디로부터 왔는가를 내 식대로 써 보기로 했다. 침묵을 상세히 묘사하는 데 그치지 않고 그 침묵의 근원을 따져 들어가고 싶었다. 이 불행의 원인을 현실에서 밝히는 것이 점점 어려워질수록, 소설을 통해서라도 상상해 보기로 했다. 영국 소설가 존 버거가 『여기, 우리가 만나는 곳』에서 망자들을 이야기 속으로 불러냈듯이.

그때, 그리운 벗 김진과 이명방이 찾아들었다. 8년이나 잊고 지낸 내 탐정들이 찰랑이는 파도처럼 손을 내민 것이다. 그리고 나는 마음을 또 고쳐먹었다. 현실에 희망이 없다면 소설에서라도 희망의 불꽃을 만들자고. 8년 전 백탑파 시리즈를 접을 때보다 더 힘든 시절이지만 내 발길은 정반대로 향하고 있었다. 독자들에게도 고백하고 싶다.

"나는 내가 만든 탐정과 함께 늙어 가겠습니다. 또 거짓말 아니냐고 비난하시더라도, 이번엔 진짭니다. 이 많은 범죄, 이 지독한 악취, 이 뿌연 풍광을 외면하지 않고, 김진과 함께 이명방과 함께 달리고 또 달리겠습니다."

담헌 홍대용의 나날을 상상하며 조금씩 자세를 가다듬었다. 그의 문집을 읽으면서, 별을 우러르기 전에 얼마나 오래 땅을 보며 밤길을 걸었고, 멋진 거문고 연주를 들려주기 전에 얼마나 깊은 속울음을 혼자 몰래 삼켰는지 느껴졌다. 슬픔과 아름다움은 모순된 단어가 아니었다. 함께 어우러져 품고 나갈 수 있음을 배웠다. 말 한 마디 걸음 한 보 눈빛 하나 조심하며 정성을 쏟는, 그리워하며 기다리는 자의 품격을 확인하는 시간이기도 했다.

답사에 도움을 주신 전남영상위원회 윤철중 선생님께 감사드린다. 덕분에 목포와 해남과 진도 일대를 자세히 살필 수 있었다. 원고를 미리 읽고 고견을 주신 송명호 선생님과 안상현 선생님께 감사드린다. 『목격자들』이 현실로부터 얼마나 벗어나 있고 또 닮아 있는가를 고민할 소중한 기회였다. 초고를 검토한 김준태, 이경아, 정미진, 오기쁨 님과 민음사 한국문학팀에 감사드린다. 『목격자들』뿐만이 아니라 '소설 조선왕조실록' 시리즈를 함께 만들어 가고 있는 김소연 편집자의 격려 덕분에 퇴고의 절망에서 벗어날 수 있었다. 그 봄 바다에 빠져 돌아오지 못한 이들을 위해 정성을 쏟은 김창완 선생님을 비롯한 가수들, 박재동 선생님을 비롯한 화가들께도 감사드린다. 새벽마다 함께 만들고 있다는 느낌이 들어 든든했다. 울분을 내지르지 않고 꾹꾹 눌러 이야기에 담았다. 오랫동안 독자들에게 스며들었으면 좋겠다. 그 봄을 잊지 않는 싸움은 이제부터 시작이다.

우리는 구경꾼이 아니라 목격자가 되어야 한다.

2015년 2월

김탁환

●'소설 조선왕조실록'을 펴내며

인생의 향기가 유난히 강한 곳엔 잊지 못할 이야기가 꽃처럼 놓여 있다. 이야기들은 시간의 덧없는 풍화를 견디면서, 생사의 경계와 세대의 격차 혹은 거리의 원근을 따지지 않고 영원을 향해 자신을 밀어붙인다. 역사가 그 움직임의 거대한 구조에 주목한다면, 소설은 그 움직임의 구체적 세부를 체감하려 든다.

인류는 현재의 화두로 과거를 끊임없이 재구축해 왔다. 미래는 아직 오지 않은 과거이기에, 과거를 고찰하는 것은 곧 현재를 뛰어넘어 미래로 도약하는 방편이다. 선조의 삶을 핍진하게 담은 어제의 신화, 전설, 민담 역시 오늘의 소설로 재귀해야 한다. 60여 권이 훌쩍 넘을 '소설 조선왕조실록'에서 다룰 대상은 500여 년을 이어 온 나라 조선이다. 조선은 빛바랜 왕조에 머무르지 않는다. 국가의 운명을 둘러싼 정치 경제적 문제에서 일상에 스며든 생활 문화적 취향에 이르기까지, 21세기 한국인의 삶에 계속해서 육박하는 질문의 기원이 그 속에 자리 잡고 있다.

일찍이 한국 근대문학의 선구자인 이광수를 비롯하여 김동인, 박태원, 박종화 등 뛰어난 작가들은 조선에 주목하여 소설화에 힘썼다. 이 왕조의 중요 인물과 사건을 이야기로 담는 일이 개화와 독립 그리고 건국의 난제를 넓고도 깊게 고민하여 해결책을 찾는 길임을 예지했던 것이다. 그 당시 독자들은 이들을 읽으면서, 각자에게 닥친 불행의 근거를 발견했고 눈물을 쏟았고 의지를 다졌고 벅차올랐다. 등장인물들은 오래전 흙에 묻힌 차디찬 시신이 아니라 더운 피가 온몸으로 흐르는 젊은 그들이었다. 안타깝게도 이 걸작들은 세월과 함께 차츰 망각의 강으로 가라앉았다. 21세기 독자들과 만나기엔 문장 감각도 시대 인식도 접점을 찾기 어려웠다.

최근 들어 조선을 다루는 소설과 드라마 혹은 영화의 확산은 환영할 일이다. 하지만 붓끝을 지나치게 자유로이 놀려 말단의 재미만 추구하고 예술적 풍미를 잃은 작품이 적지 않은 것도 사실이다. 역사소설의 '현대성'은 사실의 엄정함을 주로 삼고 상상의 기발함을 종으로 삼되, 시대의 문제를 정면으로 응시하고 국학계의 최신 연구 성과를 두루 검토한 후 그에 어울리는 예술적 기법을 새롭게 선보이는 과정에서 획득된다.

'소설 조선왕조실록'은 새로운 세기에 걸맞도록 조선 500년 전체를 소설로 재구성하는 작업이다. '소설 조선왕조실록'을 평생 걸어갈 여정의 깃발로 정한 이유는, 세계기록문화유산으로 등재될 만큼 정밀하면서도 풍부하게 하루하루를 기록한 이들의 정신을 본받기 위함이다. '조선왕조실록'이 궁중 사건만을 다룬 기록이 아니라 정치, 경제, 사회, 문화 모두를 포괄하는 기록이듯이, '소설 조선왕조실록' 역시 정사와 야사, 침묵과 웅변, 파괴와 생성의 세계를 넘나들며 인생과 국가를 탐험할 것이다. 아직 작가의 손이 미치지 못한 인물과 사건은 신작으로 발표하고 이미 관심을 두었던 부분은 기존 작품을 보완 수정하여 펴내, 거대한 퍼즐을 맞추듯 조선을 소설로 되살리겠다. 한 왕조의 흥망성쇠를 파노라마처럼 체험하는 것은 작가에게도 독자에게도 특별한 경험이리라. 소설의 플롯이 시간 순으로 구성되지 않듯이 '소설 조선왕조실록' 또한 조선의 시간을 다시 배치하고 구성한다. 소설 장르가 가진 유연함을 바탕으로 테마별, 인물별로 묶어 낼 예정이다. 그것이 모두 완성되었을 때, 우리는 '작은 이야기'들로 완성된 '거대한 세계'를 목도할 수 있을 것이다.

세르반테스는 『돈키호테』에서 일찍이 강조했다. "역사는 진실의 어머니이며 시간의 그림자이자 행위의 축적이다. 그리고 과거의 증인, 현재의 본보기이자 반영, 미래에 대한 예고이다." 이제 조선에 새겨진 우리의 미래를 찾아 들어가려 한다. 서두르지 않고 황소걸음으로 한 문장 한 문장 최선을 다하겠다. 이 길고 오랜 여정에 독자 여러분의 강렬한 격려를 바란다.

김탁환

소설 조선왕조실록 10

목격자들 2 조운선 침몰 사건

1판 1쇄 펴냄 2015년 2월 25일
1판 4쇄 펴냄 2020년 9월 8일

지은이   김탁환
발행인   박근섭·박상준
펴낸곳   **(주)민음사**

출판등록   1966. 5. 19. 제16-490호
주소   서울특별시 강남구 도산대로1길 62(신사동)
           강남출판문화센터 5층 (우편번호 06027)
대표전화   02-515-2000 | 팩시밀리   02-515-2007
홈페이지   www.minumsa.com

© 김탁환, 2015. Printed in Seoul, Korea

ISBN 978-89-374-4211-7 04810
ISBN 978-89-374-4201-8 04810(세트)